Du monde entier

REBECCA MAKKAI

CHAPARDEUSE

roman

Traduit de l'anglais (États-Unis)
par Samuel Todd

nrf

GALLIMARD

Titre original :

THE BORROWER

Pour Lydia et Heidi
Que toutes les portes — et tous les livres — s'ouvrent pour vous.

REMERCIEMENTS

Même si j'ai dû renoncer à un fantasme enfantin qui voulait que les livres de poche Penguin soient dirigés par les pingouins de M. Popper, j'ai joyeusement remplacé cette idée en découvrant que cette maison d'édition était remplie de gens merveilleux qui ont corrigé mon manuscrit et mis en fabrication ce livre au moment même de la naissance de mon deuxième enfant. Merci infiniment à Kathryn Court, Alexis Washam, Tara Singh, Kate Griggs, mais aussi à Carolyn Coleburn de Viking, sans oublier Yuki Hirose pour le temps passé et pour son aide. Nicole Aragi est un jour tombée du ciel et a transformé ma citrouille en carrosse. Je n'en reviens toujours pas de la chance que j'ai eue. Je ne sais comment lui exprimer mes remerciements. David Huddle a été un lecteur et un soutien de la première heure, et Heidi Pitlor, qui a pris fait et cause pour mon court roman, m'a stimulée dans mon travail et m'a donné l'énergie de mener à bien ma tâche.

Rares sont les auteurs qui remercient leur mère pour ses pertinentes remarques éditoriales ; je suis une heureuse exception. Enfin, pour l'essentiel de l'écriture de ce livre, mon unique public fut mon mari, Jonathan Freeman. Seuls ses étudiants, passés et actuels, savent la chance qui est la mienne d'avoir à mes côtés un homme si gentil et perspicace en guise de premier lecteur.

S'il n'y avait pas de prologue, Ian boudait

Je pourrais être la méchante de l'histoire. Difficile à dire, aujourd'hui encore.

Du temps de la bibliothèque, parmi les livres et ouvrages sur l'Égypte ancienne, l'illustration favorite des enfants montrait le dieu de la mort pesant le cœur d'un homme mort et une plume. Une consolation : un jour, le moment venu, je connaîtrai le poids de ma faute.

J'ai abandonné tous ceux que je connaissais. J'ai trouvé une autre bibliothèque, lambrissée de chêne, aux balustrades en fer forgé. Une bibliothèque universitaire où les gens savent ce qu'ils cherchent. Je bipe leurs ouvrages et ils me remarquent à peine à travers une brume de caféine. Rien à voir avec ma bonne vieille bibliothèque, un bâtiment de brique rouge aux pièces tapissées et maculées de taches ; mais les livres sont identiques — mêmes dos et codes-barres sur leurs étiquettes jaunes. Pas un qui ait de secret pour moi. Jugements qu'ils ne manquent jamais de me chuchoter.

Fugitifs et kidnappeurs baissent les yeux sur moi depuis leurs rayonnages, et ils me considèrent comme l'une des leurs. Ils me suggèrent de déguerpir, estiment que, comme eux, je fonce tout droit en enfer. Ils affirment que je suis la plus grande menteuse croisée au cours de leur existence. Et celui-ci, vieux lépidoptériste vicieux, baratineur bavard sirotant sa vodka ananas depuis l'étagère des tocards, qui me laisse déformer ses mots. (Chez une bibliothécaire, toujours s'attendre à une prose banale.) Mesdames et messieurs du jury, la pièce à conviction numéro un représente ce que j'enviais et que je croyais pouvoir réparer. Observez donc cette prison faite de livres.

Avant que tout cela ne commence, j'avais dit à Rocky qu'un jour je classerais mes bouquins par personnage et ordre alphabétique. Désormais, je sais où serait ma place : Hull, bien calé entre Huck et Humbert. Mais en réalité je devrais être classée sous Drake ; pour Ian, ce gamin que j'ai chapardé. Car, qui que soit le méchant, je ne suis pas l'héroïne de cette histoire. Et même pas le sujet de cette prière.

1

L'heure de l'histoire

Tous les vendredis, à seize heures trente, ils s'asseyaient en tailleur sur le tapis marron à poils longs, grattaient les croûtes de boue et de colle Elmer, et ils s'adossaient contre les étagères de livres illustrés.

J'avais cinq fidèles et, parmi eux, certains, s'ils l'avaient pu, seraient venus sept jours sur sept. Ian Drake se pointait avec la varicelle, une jambe cassée et pire encore. Il débarquait même quand il savait que la séance avait été annulée, s'asseyait, et lisait à haute voix. Et toutes les semaines, deux ou trois nouveaux rappliquaient — parents en panne de baby-sitter. Ils se démenaient entre les chapitres huit et neuf d'un livre qu'ils ne pouvaient suivre, tirant les fils de leurs chaussettes avant de s'en servir comme fil dentaire.

Cet automne-là, il y a cinq ans, nous en étions à la moitié de *Matilda*, livre entamé un mois plus tôt. Ian vint me voir ventre à terre avant la séance.

«J'ai dit à ma mère que nous relisions *La petite maison dans le grand bois*. Je ne suis pas sûr qu'elle serait très fan de *Matilda*. Elle n'a déjà pas beaucoup apprécié

Fantastique Maître Renard. » Il se passa les doigts dans les cheveux. « On est d'accord ? »

J'acquiesçai : « On veut tout sauf inquiéter ta mère. » Nous n'avions pas encore atteint la partie fantasmagorique, mais Ian l'avait déjà lue, en cachette, accroupi par terre à côté des Roald Dahl. Il connaissait donc la suite.

Il flâna du côté des biographies, puis vers les sciences, la tête inclinée pour lire les dos.

Loraine surgit à mes côtés — Loraine Best, la bibliothécaire en chef, qui Dieu merci n'avait rien entendu de notre conciliabule — et regarda les premiers enfants se rassembler sur le tapis. Certains vendredis, elle descendait juste pour hocher la tête et sourire aux mères qui déposaient leur bambin. Comme si l'atelier la concernait. Comme pour s'assurer que trois minutes de lecture des *Œufs verts au jambon* n'allaient pas déclencher des crises de larmes chez la moitié des enfants, tandis que les autres lèveraient le doigt pour savoir si la sorcière était gentille ou malfaisante.

Ian disparut de nouveau, faisant un détour vers l'histoire américaine, et caressa chaque livre en haut à droite. « Il vit pratiquement ici, pas vrai ? chuchota Loraine. Ce petit garçon homosexuel…

— Il a dix ans ! dis-je. Je doute qu'il soit *quoi que ce soit* de sexuel.

— Eh bien, je suis désolée, Lucy, je n'ai rien contre lui, mais cet enfant est gay », dit-elle avec le même ton enjoué teinté d'une magnanimité des plus imaginaires, le ton que mon père utilisait chaque fois qu'il évoquait « Ophelia, ma secrétaire noire ».

Arrivé maintenant à la fiction, Ian se tenait sur la

pointe des pieds pour retirer un grand livre vert d'un rayonnage en hauteur. Un roman policier : l'autocollant bleu de l'homme à la loupe le désignait comme tel. Ian s'assit par terre et commença le livre comme s'il contenait toutes les solutions aux mystères du monde, comme si toutes les énigmes de l'univers pouvaient être résolues à la page 132. Ses lunettes reflétaient la lumière fluorescente, deux disques jaunes sur les pages. Il ne bougea pas avant que les autres enfants se rassemblent et que Loraine se penche à côté de lui en disant : « Tout le monde t'attend. » Ce qui n'était pas le cas — Tony n'avait pas encore retiré son blouson — mais Ian recula sur les fesses pour nous rejoindre, sans jamais lever les yeux du livre.

Cinq auditeurs aujourd'hui, et que des fidèles.

« Très bien, dis-je, espérant que Loraine allait maintenant faire sa sortie, où en étions-nous ?

— Miss Trunchbull criait parce qu'ils ne savaient pas leur leçon de math, dit Melissa.

— Et elle criait après Miss Honey.

— Et ils apprenaient leur règle de trois. »

Ian soupira bruyamment et leva la main.

« Oui ?

— Tout ça c'était il y a deux semaines. MAIS, quand on a quitté notre héroïne la dernière fois, elle découvrait l'histoire de Miss Trunchbull en lanceuse de marteau, et il y avait aussi tous les appareils de torture qu'elle garde dans son bureau.

— Merci, Ian. » Il me sourit. Loraine roula des yeux — à mon intention ou à celle de Ian, je n'en étais pas sûre — et retourna en vacillant vers l'escalier. Je devais sans cesse le couper, mais Ian s'en fichait. Mis à part incendier la bibliothèque, impossible de le chasser. Je gardais un exemplaire de *C'est dur à supporter* sous le comptoir pour le lui refiler furtivement dès qu'il venait sans sa baby-sitter. Tous les après-midi ou presque, la semaine précédente, il avait dévalé l'escalier et planté sa tête sur mon bureau, essoufflé.

À l'époque, avant ce long hiver, Ian me rappelait un ballon à hélium. Pas seulement à cause de sa voix, mais à la façon dont il regardait vers le haut en parlant, et rebondissait sur ses orteils comme s'il luttait pour ne pas décoller.

(Avait-il un prédécesseur ? demande Humbert.

Non. Non, il n'en avait pas. De ma vie je n'avais jamais rencontré quelqu'un comme lui.)

S'il ne trouvait pas livre à son goût, il s'accoudait sur mon bureau. « Qu'est-ce que je pourrais *lire* ?

— *Comment arrêter de gémir* », disais-je, ou « *Une introduction aux fichiers informatiques* », mais il savait que je plaisantais et que c'était la question que je préférais. Je lui trouvais alors quelque chose — soit les *Mythes grecs* des d'Aulaire, ou *La roue sur le toit.* En règle générale, il aimait ce que je lui proposais, et le livre des d'Aulaire inaugura une fête mythologique qui dura deux bons mois.

Parce que Loraine m'avait informée très tôt au sujet de la mère de Ian, je m'assurais qu'il lisait des livres aux titres inoffensifs et aux couvertures agréables. Rien d'effrayant à première vue, pas de *Jeu égyptien.* À huit ans, il était venu avec une baby-sitter et il avait emprunté *Au théâtre.* Il me l'avait rendu le lendemain : il n'avait le droit de lire que des « livres de garçon ».

Heureusement, les connaissances de sa mère en matière de littérature enfantine semblaient plutôt limitées. Donc *Ma montagne enchantée* passa sous le radar, et *Le secret de la vieille dame* aussi. Deux livres sur des fugitifs, constaterais-je plus tard, même si je jure qu'à l'époque cela ne m'avait pas effleurée.

On termina deux chapitres puis je fis traîner la séance jusqu'à dix-sept heures trente, moment où la moitié des mères dévalaient l'escalier dans leurs jupes de tennis et où les autres émergeaient avec leurs bambins du coin des livres d'images. « Qui est le héros de ce livre ? » demandai-je. Facile. C'était toujours le personnage principal. Dans les livres pour enfants, il y a rarement un anti-héros, un narrateur peu fiable.

Aaron avait l'air d'avoir répété sa réponse pendant des heures : « Matilda est vraiment le héros, mais Miss Honey est aussi une espèce de héros, parce qu'elle est très gentille.

— Qui est le méchant ?

— Mme Crunchable ! cria Tessa. Même si elle est la broviseure. Et les broviseures sont d'habitude gentilles !

— Oui, dis-je, je pense que tu as raison. » Même quand le méchant ne porte pas un masque noir, les enfants se font une idée assez juste de la méchanceté. Quelques-uns, malins, comprennent à quel point cette catégorie est vaste.

« Parce que le méchant peut être n'importe qui, comme un lapin dans ton jardin, dit Tessa.

— Et serait-il possible que ce soit un parent ? » demandai-je. Je voulais qu'ils réfléchissent au père et à la mère minables de Matilda, les autres antagonistes du livre accros à la télé.

« Ouais, dit Jake, si ta maman a un pistolet. »

Astucieux. Des enfants modernes. Ils le savaient : une mère pouvait se révéler être une sorcière, un enfant se transformer en criminel. Et une bibliothécaire en voleuse.

Nommons la scène du crime : Hannibal, dans le Missouri. (Bien sûr, il y a un vrai Hannibal quelque part, qui vit du tourisme grâce à Mark Twain et aux eaux du fleuve. Je ne demande qu'à emprunter le nom.) *Cet* Hannibal n'avait pas de fleuve, mais une autoroute qui traversait la ville, et si vous l'empruntiez et ne voyiez que le McDonald's et la station Citgo, la crasse, le maïs et les fumées de voitures, impossible de soupçonner l'existence des pelouses bordées de haies, des écoles aux drapeaux flambant neufs, des grandes maisons à l'ouest, des plus petites à l'est, et leurs allées de gravier avec leurs boîtes aux lettres rutilantes.

Et la cité comptait une bibliothèque — juste derrière la rue principale — à l'architecture affreuse en brique des années 1970, masquée par des bannières annonçant le festival d'automne, avec trois écureuils en fer hauts de un mètre. De nobles écureuils, têtes en l'air, sentinelles du retour des livres et de l'entrée du public. Avant de pousser les lourdes portes, les enfants sentaient un besoin impérieux de les effleurer, ou d'enlever la neige sur leur queue, ou même de les escalader avant de se percher sur la tête du plus grand. Tous les enfants, sans exception, pensaient que c'était interdit. Les joues d'un rouge vif, ils dévalaient ensuite l'escalier vers le sous-sol dans un fracas de tonnerre. Ils dépassaient mon bureau, dans leur anorak rembourré aux couleurs chatoyantes. Certains souriaient, d'autres hurlaient leur bonjour, et quelques-uns évitaient tout contact visuel.

À vingt-six ans, j'étais la bibliothécaire en charge des enfants juste parce que j'étais prête à travailler plus que les deux autres femmes (bien plus âgées), Sarah Ann et Irene, qui semblaient considérer leur activité à la bibliothèque comme une espèce de travail bénévole, la soupe populaire.

« On a tellement de chance qu'elles nous donnent de leur temps », disait Loraine. Ce qui était vrai, vu qu'elles étaient souvent occupées à réorganiser entièrement l'agencement des pièces.

J'étais sortie de la fac quatre ans plus tôt, j'avais recommencé à me ronger les ongles. Je comptais en tout et pour tout deux amis adultes. Je vivais seule dans un appartement à deux patelins de là. Une demoiselle bibliothécaire dans sa plus simple expression.

À noter, pour le dossier, ma constitution génétique indiquant une légère prédisposition aux comportements criminels, une propension héréditaire à la fuite, et une caution chromosomique de l'autoflagellation éternelle.

Choses héritées de mon père :

— Un goût pour le café à la consistance de vase.

— Deux nœuds osseux sur le front, un au-dessus de chaque œil, juste au-dessous des cheveux. (Pas un traumatisme de naissance, on ne m'a pas laissée tomber par terre. Perplexes, les infirmières m'avaient frictionné le front, tandis que mon père avançait son explication. Si lui et moi ne sommes pas les méchants de l'histoire, alors pourquoi ces cornes familiales ?)

— Un tempérament révolutionnaire, remontant à mon arrière-grand-père, le bolchevique.

— Une moitié de nom de famille, Hulkinov abrégé en Hull[1] par un juge de New York, la plaisanterie perdue pour les oreilles d'immigrant de mon père, en godillots de réfugié, carcasse de son identité russe.

— Des cheveux russes et pâles, qui n'évoquent aucune couleur en particulier.

— Les armoiries familiales apportées de Moscou par mon père sur une massive chevalière en or, représentant un homme — un livre dans la main droite, et une tête embrochée sur une pique dans la gauche. (Le plus fameux des Hulkinov était un guerrier érudit du XVIIe siècle, un qui avait entendu les trompettes sonner au loin, abandonné ses précieux ouvrages afin de se battre pour la justice, la liberté et l'honneur. Et me voilà, en fin de lignée : la bibliothécaire criminelle du XXIe siècle.)

— Une profonde culpabilité russe.

Choses héritées de ma mère :

— La culpabilité juive américaine, éternelle.

Voici donc le cadre et les principaux personnages. Bien lovés sur notre pouf, allons-y.

(« Où papa part-il avec cette hache ? » demanda Fern.)

1. *Hull* : carcasse, coque. *(N.d.T.)*

2

Des ennuis, ici à River City

Début octobre, une femme seule en pantalon et talons, chemisier en soie marron, descendit l'escalier un après-midi. Visiblement un parent, pas un professeur débraillé, une grand-mère ou un éducateur. Splendide, avec des cheveux roux coiffés en queue-de-cheval qui ne tombait pas tristement comme la mienne, mais nette et épaisse comme la vraie queue d'un vrai cheval. Elle posa un livre sur le comptoir. Ses boucles d'oreilles en argent tanguèrent, synchrones. Je ne l'avais jamais vue.

« Je vous dérange ? »

Je remis le capuchon de mon stylo et souris. « Non, absolument pas.

— Je suis la maman de Ian. »

Son regard était si intense que je ne parvins pas à déchiffrer ses mots.

« Je vous demande pardon ?

— Mon fils est Ian Drake !

— Ah, *Ian*. Oui, bien sûr. Que puis-je faire pour vous ? » dis-je, légèrement surprise de constater que je n'avais encore jamais rencontré cette femme. Et que je n'y avais même jamais pensé, malgré toutes les discussions sur les livres que sa mère allait ou non approuver. Plus petit, Ian venait toujours avec une baby-sitter. Désormais, il arrivait souvent seul à bicyclette, portant un sac à dos qu'il remplissait de livres.

« Eh bien, il a rapporté à la maison ce roman, *Tuck éternel*. » Elle le poussa vers moi, comme si j'avais voulu y jeter un coup d'œil. « Je suis sûre que c'est un livre formidable pour des enfants légèrement plus âgés, et nous apprécions *beaucoup* vos suggestions. Il est juste un peu sensible. » Elle rit doucement et se pencha en avant. « Ce dont Ian a vraiment besoin en ce moment, ce sont des livres qui contiennent un souffle divin.

— Un souffle divin.

— Je sais que vous faites un sacré boulot pour nourrir leurs esprits, mais nous avons aussi besoin de lectures pour nourrir nos âmes. Chacun d'entre nous. » Elle sourit, sourcils haussés. « Et Ian est encore si jeune, il a besoin de votre aide. Je suis persuadée que vous pouvez faire ça pour moi, Sarah Ann. »

Je la fixai bouche bée, avant de voir que j'avais laissé la petite pancarte siglée Sarah Ann sur le comptoir. J'étais étrangement flattée que Ian n'ait pas révélé mon nom à sa mère, que nos conversations quotidiennes restent un jardin secret. Je n'allais pas la reprendre. Si elle pensait que Sarah Ann Drummond se chargerait des livres au souffle divin, tant mieux.

M'assurant qu'elle avait fini, je souris. « En fait, en tant que bibliothèque publique, nous ne censurons rien. C'est notre boulot de rendre tout accessible. Même si les *parents* peuvent évidemment choisir pour leur enfant. »

J'aurais pu continuer dans cette veine, mais je me surpris à me retenir. Je ne voulais pas qu'elle prenne peur et dise à Ian que, désormais, il ne pouvait plus venir à la bibliothèque. Normalement, je n'étais pas fan des enfants non accompagnés. Mais je ne pensais pas que son expérience de la lecture serait encouragée par cette mère qui se penchait sur son épaule, s'assurant que tous les mots écrits par Judy Blume étaient assez imbibés de divin. Je n'allais donc sûrement pas préciser qu'il pouvait aussi consulter tous les livres à l'étage dans la section des adultes et accéder à presque tous les sites Internet existants depuis nos ordinateurs.

« Il aime vraiment la bibliothèque », dit-elle. Il ne lui manquait que l'accent du Sud, telle une de ces beautés du Kentucky. Il lui serait allé comme un gant. Elle sortit une feuille de papier pliée de son sac, beige avec le nom de *Janet Marcus Drake* écrit à l'encre bleu clair brillante. « Voici une liste des contenus que j'aimerais qu'il évite. » Elle avait soudain troqué le charme du Kentucky contre l'air extrêmement pro de ces femmes perfectionnistes qui n'ont expérimenté le monde du travail que deux ou trois ans avant de s'arrêter pour faire des enfants, et qui sont maintenant terrifiées à l'idée de ne pas être prises au sérieux. Elle me tendit la liste et patienta comme si elle attendait que je la lise à haute voix. La liste indiquait :

— *Sorcellerie*
— *Magie*
— *Satanisme / Religions occultes, etc.*
— *Contenu pour adultes*
— *Armes*

— *La théorie de l'évolution*
— *Halloween*
— *Roald Dahl, Lois Lowry, Harry Potter et auteurs similaires*

« Vous comprenez ce que "contenu pour adultes" signifie ? »

Je réussis, tant bien que mal, à ouvrir la bouche pour lui assurer que oui.

« Et j'ai omis de le mettre sur la liste, mais j'ai aussi cru comprendre que vous aviez des bonbons pour les enfants. » Inutile de le tourner de façon si formelle. Elle fixait le bol de Jolly Ranchers sur le coin de mon bureau. « Je ne veux pas le voir cavaler ici avec un excès de sucre ! » Et elle rit de nouveau, telle Scarlett O'Hara sur la véranda.

Puisque à cet instant précis rien de non profane ne me vint à l'esprit, je ne dis rien. Ce n'était pas tant mes bonnes manières ou de la retenue qu'une sorte de paralysie de la langue. Je voulais lui demander si elle avait entendu parler du Premier Amendement, si elle était au courant qu'Harry Potter n'était pas un auteur, si elle croyait vraiment que nous avions des livres traitant de satanisme qui traînaient dans la section des enfants, si elle me prenait pour la baby-sitter de Ian, une espèce de chaperon de ses lectures, sa monitrice de colo. À la place, je pris mon stylo et ajoutai à sa liste : « Pas de bonbon. »

« Sarah Ann, je suis ravie de votre coopération », dit-elle.

Je voulais me débarrasser d'elle, et la calmer, mais impossible de rester assise là et de passer un contrat moral qui braverait la Constitution. Je dis donc : « Ce que je peux faire, c'est éviter de recommander des livres avec ces contenus.

— Mais vous comprenez bien qu'il pourrait les trouver tout seul. »

J'acquiesçai — libre à elle de l'interpréter à sa guise — et j'ajoutai, rassurante, pour conclure : « Tout est noté ici. » Je tapotai la liste et me levai pour lui tendre la main.

Une fille apparut derrière elle avec une pile de livres. Mme Drake se retourna pour la regarder, me fit un clin d'œil en me serrant la main, et partit.

La fille hissa les ouvrages sur le comptoir, sept bouquins, tous sur Marco Polo.

Je passai les cinq minutes suivantes affalée sur ma chaise, en mode respiration yoga, à essayer de déterminer si je m'étais compromise moralement. J'avais toujours la liste de Janet Drake serrée dans la main. Puis j'aperçus Loraine qui tanguait dans l'escalier, et vacilla avant de se pencher sur mon bureau et d'y caler ses deux mains. Cheveux bruns et courts en bataille, touffes plaquées au front par une laque faite de gel et de sueur.

« Lucy, dit-elle bien trop fort, as-tu réussi à calmer cette femme ?

— Oui. » Je glissai mes pieds dans mes chaussures. « Elle m'a donné cette *liste.* » Je me mis à la déplier, mais elle agita une main. Clairement, elle l'avait déjà vue.

« Assure-toi simplement qu'il n'emprunte plus de livres avec des magiciens. Et laisse aussi un mot pour Sarah Ann et Irene. »

Loraine n'avait plus de secrets pour moi, tout comme sa philosophie : la communauté va un jour nous acheter de nouvelles chaises, il faut donc la ménager et faire son bonheur, et au diable les libertés civiques. En règle générale, elle était favorable au retrait rapide et définitif de tout livre à propos duquel un usager lambda s'était donné la peine de se plaindre. Au lieu de la traiter de vieille chauve-souris alcoolique, de prendre mon téléphone pour alerter la Ligue des droits de l'homme, j'optai pour la résistance passive. « Et comment suis-je censée le faire exactement ? » demandai-je.

Loraine vacilla légèrement et se rattrapa au bord du bureau. Des ongles rouge foncé, tout comme la peau autour. « Bah, dis-lui juste que c'est un livre de référence ou un truc dans le genre. Dis-lui qu'on ne peut pas l'emprunter.

— Pas de problème. » Je n'étais pas inquiète : Loraine n'allait pas remettre ça sur le tapis, ni même s'en souvenir dans un mois. Et si elle essayait de me virer parce que j'avais laissé emprunter un livre à la bibliothèque municipale, en dix minutes, j'aurais tellement de gens prêts à me défendre gratuitement que sa tête imbibée de gin en tournerait.

« Tu ne te sens pas bien, Lucy ? Je te pose la question parce que ta chemise est toute froissée.

— Ça va bien.

— Bon, d'accord, je suis sûre que ça va. » Elle retira ses mains du comptoir et se dirigea avec mille précautions vers les toilettes des enfants.

À dix-huit heures, j'éteignis l'ordinateur, remis en rayon les livres du chariot, et montai l'escalier. Rocky extirpa son fauteuil roulant de derrière le bureau tandis que j'arrivais. Il portait des lunettes à monture noire aux verres si épais qu'ils déformaient ses yeux, déjà engloutis par ses bajoues. Plusieurs usagers m'avaient confié (et j'acquiesçais, quelque peu horrifiée) qu'ils étaient « étonnés de l'entendre s'exprimer si bien ».

« Un café ?

— Bien sûr », dis-je.

On ferma avant de traverser la rue pour gagner la sandwicherie. Rocky m'attendit dehors à cause de la marche, et je lui apportai son café. Il roula jusqu'à un banc sur le trottoir, et je m'assis. Je goûtai mon café par le trou du couvercle et me brûlai la langue.

« Je disais donc que la mère de Ian Drake m'a engueulée aujourd'hui », ce qui était faux mais reflétait exactement ce que j'avais ressenti. « Et puis Loraine m'a engueulée à propos de la mère de Ian. » C'était comme si j'avais huit ans, disant « engueulée » uniquement parce que cela ne m'avait pas plu. « Elle m'a demandé de censurer ses lectures. Et *Loraine* aussi. »

Il enleva le couvercle de son café avant de souffler dessus. Pourquoi moi, je me brûlais toujours la langue ? Pourquoi les autres pensaient, eux, à prendre ces précautions ?

« N'en tiens pas compte. Tu ne serais pas en train de te laisser contrarier par ça ? »

Selon Rocky, je prenais tout trop à cœur. Et il était si habitué à Loraine, après douze ans passés à la bibliothèque, que plus rien ne pouvait le choquer. Ces derniers temps, il semblait aussi prendre un malin plaisir à souligner ma naïveté en faisant comme s'il s'attendait, et en était même blasé, à tous les comportements humains inhabituels : un rejeton de quatre ans vomissant sur notre nouvelle série de l'encyclopédie Britannica, Loraine gardant une vieille bouteille de Sprite remplie de vodka dans le frigo de l'équipe, le président des États-Unis clamant que Jésus voulait que l'on soit en guerre.

« Tu as trouvé ton thème pour cet été ? » demanda-t-il. Il n'était pas question qu'il me laisse ruminer.

« Non. » J'allais passer une bonne partie de l'hiver et du printemps à élaborer des prospectus et à fabriquer des guirlandes en forme de voitures de course et de comètes pour les suspendre au mur de l'Atelier de lecture de l'été. Il y avait, bien entendu, des kits que l'on pouvait commander, mais je les trouvais sans âme, et Loraine les trouvait chers. « Loraine veut encore un truc sur un voyage magique. » Deux ans plus tôt, le thème « Il n'y a pas meilleure frégate qu'un livre » avait été un désastre, car aucun des enfants ne savait ce qu'était une frégate, et plusieurs parents avaient cru qu'il s'agissait de quelque chose de cochon.

« "Dévorez un livre" ? Avec par exemple un requin qui engloutirait un bouquin. Ou un dinosaure.

— Pas mal.

— C'est mieux que la frégate. »

Je pivotai sur le banc et relevai les pieds. « Et pourquoi pas "Sorcellerie et occultisme satanique" ?

— "L'être et le néant" ! Tu pourrais leur donner des badges à l'effigie de Sartre.

— "Malaise dans la civilisation" ! »

On continua dans cette veine un moment, et cela eut le mérite de me réconforter. Notre relation semblait là tout entière résumée. Probablement par ma faute. On allait ensemble voir de vieux films à la cinémathèque — pas des rancards, juste des films oubliés qui n'intéressaient personne et on roulait des yeux toute la journée, jusqu'à ce qu'il décide que j'en rajoutais et me le dise.

Il tira la manche de mon pull. « Tu m'as demandé de t'engueuler si tu portais encore un gilet.

— Il fait froid.

— Je suis les ordres, c'est tout. »

Je détestais me voir commencer à ressembler à une bibliothécaire. Ce n'était pas bien. À la fac, j'avais fumé des trucs. Ma première voiture avait des autocollants agressifs sur le pare-chocs. Je descendais d'une longue lignée de révolutionnaires.

Je me levai et m'étirai, et je me sentis soudain irrationnellement coupable de m'étirer en face de Rocky qui, lui, ne pouvait en faire autant. J'en avais tellement marre d'être *assise* toute la journée. J'étais sûre que ça allait me filer la gangrène ou des hémorroïdes. Je trouvais des excuses au boulot pour arpenter les rayons. Le chariot contenait rarement plus de trois livres, parce que je me levais toutes les cinq minutes pour les remettre en place.

Et depuis combien de temps, dans l'histoire de l'humanité, les gens travaillaient-ils à une table ? Peut-être quatre cents ans, sur quatre millions. Ce n'était pas naturel.

La blague favorite de mon père : « Qu'est-ce qu'un Russe ? Un nihiliste. Qu'est-ce que deux Russes ? Une partie d'échecs. Qu'est-ce que trois Russes ? Une révolution. »

Mais comment qualifier un révolutionnaire en puissance scotché à un bureau ? Agité, peut-être. Ennuis. Un volcan endormi.

3

La main de rien

Le jour d'Halloween, assise à mon bureau, je distribuais des bonbons aux enfants costumés dont les parents préféraient qu'ils fassent la tournée des commerçants plutôt que celle des maisons des quartiers est d'Hannibal, évidemment infestées de lames de rasoir. J'avais mis une affiche sur la porte principale annonçant que les enfants déguisés en un personnage de livre auraient deux fois plus de bonbons et un marque-page mais, jusque-là, nous n'avions eu que deux Harry Potter, une Dorothée, et un garçon qui affirmait que Michael Jordan comptait parce que de nombreux ouvrages lui étaient consacrés.

Ian descendit l'escalier avec la main manucurée de sa mère sur l'épaule. J'attrapai rapidement la petite plaque avec mon nom et la fourrai dans le tiroir du haut. Je me demandais si j'allais un jour revoir Ian seul. Il n'était pas déguisé, portant simplement son sempiternel anorak bleu. Je me souvins que, d'après la liste de sa mère, ils ne fêtaient pas Halloween. Cependant, à travers ses lunettes, Ian fixa un long moment deux gamins qui quittaient les lieux dans leur costume de cosmonaute, avant de montrer à sa mère où était l'étagère de C. S. Lewis. Mme Drake gagna ensuite le rayon où j'avais disposé quelques vainqueurs oubliés du prix Newbery et leurs dauphins. Elle fronçait les sourcils et feuilletait *La coupe en or* quand Ian se faufila jusqu'à mon bureau. Il sortit sa main gauche de la manche de son anorak. Son index était enveloppé de papier alu froissé, le bout en pointe et imitant les contours grossiers d'un visage.

« Miss Hull ! murmura-t-il. Je ne suis pas déguisé, mais mon doigt est le Bûcheron en fer-blanc ! »

Je ris et articulai en silence : « Oh mon Dieu ! », avant de lui donner deux KitKat et un marque-page.

Il fourra les sucreries dans sa poche et remonta sa main dans sa manche juste au moment où sa mère arrivait au bureau les bras chargés de livres. Quelques volumes des *Frères Hardy* et des biographies mais, selon moi, rien qui allait plaire à Ian. Je les tamponnai avec un peu trop d'enthousiasme, et lui rendis son sourire tandis qu'elle me souhaitait une excellente soirée.

Dans ces moments de mesquinerie propres aux petites villes, ces moments où je comprenais que je serais à jamais dans le camp des adultes responsables lors des échanges de bonbons d'Halloween, ces moments où je baissais les yeux et me voyais portant des chaussures orthopédiques, j'aurais pu me maudire d'avoir fini à Hannibal. J'aurais pu vivre dans un loft à Brooklyn, ou bien traverser l'Espagne sac au dos avec l'argent de mon père, ou finir une thèse. Mais je ne le regrettais pas, du moins pas totalement, parce que le caractère anonyme de mon boulot en faisait le charme. Mon père aurait pu me pistonner pour obtenir une centaine de bons jobs ou, du moins, « bons » financièrement parlant. Il aurait payé un master bidon de cinéma dans l'université la plus chère du pays.

Mais, quatre ans plus tôt, mon diplôme de littérature en poche, j'avais obstinément refusé de lui dire si j'avais le moindre boulot en ligne de mire. Cette année-là, au mois d'avril, j'avais traversé le campus jusqu'au bureau d'orientation professionnelle, au dernier étage du bâtiment des étudiants. Je m'étais assise sur une chaise en plastique jusqu'à ce qu'une femme que je n'avais encore jamais vue — une femme aux cheveux blancs laqués — m'accueille dans son bureau pour me poser tout un tas de questions — et qui, face à mes réponses, se montrait de plus en plus perplexe — sur ce que je voulais faire de ma vie. Elle avait beaucoup de mal à croire qu'une étudiante ayant obtenu une mention bien puisse se soucier aussi peu de son avenir proche. Elle finit par demander à sa secrétaire de m'imprimer une liste de cinquante pages, indiquant les adresses et titres de tous les anciens élèves de la base de données dont les boulots pouvaient être considérés, de près ou de loin, « en rapport avec les lettres ». Ces gens seraient sans aucun doute concernés par le sort de l'une des leurs, et ils m'aideraient à trouver un boulot. J'étais un peu déçue, après avoir délibérément tourné le dos à mon père et ses relations, de me voir tendre une cinquantaine de pages de relations supplémentaires. Au moins, c'était mes relations, pas les siennes. Ces personnes dûment listées œuvraient dans l'enseignement, la rédaction technique, les cours particuliers, la traduction et le journalisme. Loraine Best, promotion de 65, était l'une des rares à exercer le métier de bibliothécaire, mais ce n'est pas la raison pour laquelle je lui écrivis. J'avais simplement envoyé des e-mails à toutes les personnes de la liste, par ordre alphabétique, jusqu'aux vacances. J'étais allée de Aaronson à Chernack, puis j'avais passé trois semaines à étudier, boire de la bière, rompre avec mon petit ami et attendre. En m'y attelant par ordre alphabétique et donc sans la moindre discrimination, j'avais le sentiment de moins faire marcher le piston et, d'une certaine façon, de m'en remettre au hasard. Nous autres Russes avons toujours été bons à la roulette.

Je n'avais ni diplôme ni expérience dans ce domaine, mais Loraine avait rapidement besoin d'une bibliothécaire pour les enfants, après que l'on eut diagnostiqué un cancer du sein en phase avancée à l'ancienne titulaire du poste. Loraine n'avait même pas eu le temps de passer une petite annonce, alors, quand ma lettre arriva, elle la prit comme une réponse à ses prières et m'embaucha au téléphone. On m'offrit ce boulot alors que j'étais sur la couchette du haut dans ma chambre à la fac, en sous-vêtements, T-shirt Violent Femmes et chaussettes de laine. Kate Phelps avait déjà succombé à son cancer au moment où j'arrivai à Hannibal en voiture au mois de juin.

Bien entendu, Loraine ne manquait jamais une occasion de me le rappeler : « Je t'ai embauchée sans même t'avoir vue parce que je savais que tu étais une ancienne d'Holyoke, et je pensais que c'était le gage d'une certaine éthique du travail. »

Quand j'avais annoncé à mes parents que j'allais m'occuper de la section enfants dans une petite bibliothèque d'un bled du Missouri, mon père avait déclaré :

« C'est à cause d'un petit copain ? Il y a des millions de garçons bien à Chicago, et beaucoup d'entre eux sont russes. Un jour, tu voudras être bibliothécaire pour *adultes*, non ? Je te dis ça parce qu'il te faut un objectif. Je peux faire jouer le piston dans certaines bibliothèques universitaires. »

Ma mère, elle, avait lancé : « Au moins tu seras à portée de voiture. » Elle n'avait rien ajouté, et j'avais compris que c'était la chose la plus gentille qui lui avait traversé l'esprit.

Plus tard, ce même automne, Ian participa au concours d'écriture des enfants. Cinq minutes avant le gong, il descendit seul pour me remettre son histoire, avec une couverture en papier mauve décorée d'un découpage jaune vif emprunté à une boîte de Cheerios. Elle était intitulée « La main de rien ». Il repoussa ses cheveux humides de sueur et me sourit comme s'il s'attendait à ce que je la lise tout de suite.

« Ça a l'air chouette », dis-je, avant de feuilleter les pages imprimées. Je levai les yeux sur lui tandis qu'il se penchait sur mon bureau, et j'observai ses cheveux désormais plaqués en arrière par la sueur, et les étranges marques au-dessus de son sourcil gauche que je n'avais encore jamais remarquées. Quatre petits points roses et dentelés, bien alignés, uniformément espacés de quelques millimètres. Les traces d'une fourchette ? J'avais entendu dire que les enseignants devaient constituer un dossier au moindre hématome suspect, et je me demandai s'il fallait que je m'y mette. Je songeai aussi à Emily Alden, son gros hématome sur le cou, et ses affirmations l'hiver précédent : son frère lui avait lancé une boule de neige.

« C'est sur cette main, dit Ian, qui est complètement invisible, et elle est détachée de tout corps humain. Genre comme dans un mythe grec, mais il y a une mortelle à la fin, et elle est sur une page à part. Donc, à la fin de l'histoire, il faut deviner la mortelle, et alors seulement tu peux tourner la page et voir si tu avais raison.

— Donc il y a une *morale* ?

— Non, une mortelle, parce que c'est inspiré des mythes grecs. Tu comprends ? C'est une plaisanterie. Ah, aussi, j'ai oublié de numéroter les pages.

— Je ferai une exception pour toi », dis-je. Je savais déjà qu'il allait gagner le premier prix des CM2, son unique rival ayant planché sur une espèce de bataille entre ninjas. Je lus le début dès qu'il eut disparu. Imprimé en bleu foncé :

LA MAIN DE RIEN

par Ian Drake

CM2

Il était une fois une main qui n'était faite de rien. Elle était invisible à tous vos sens mais elle pouvait faire ce qu'elle voulait. Voici sa vie :

Premier jour : Vole des donuts et se cache.

Deuxième jour : Mange les donuts volés, à l'aide de sa bouche spéciale.

Troisième jour : Se venge des petites brutes en utilisant des ruses.

Quatrième jour : Se cache sous des rochers dans la forêt, en attendant les ennuis.

Je passai à la fin pour voir la morale.

Mortelle : Ne dis même pas aux lapins où tu te caches, parce que les lapins ne savent pas garder un secret.

Je me demandai pourquoi une main invisible éprouverait le besoin de se cacher. La première fois que j'avais organisé le concours, un petit garçon obèse m'avait rendu une histoire sur des enfants capables de rétrécir pour atteindre cinq centimètres et ainsi se balader dans des petites voitures. Je me souvins avoir pensé que les mondes imaginaires des bambins étaient très étroitement liés à leurs désirs ; ce pauvre petit obèse voulait manifestement maigrir. Alors, qu'est-ce que *cela* signifiait, de la part d'un enfant omniprésent et d'une certaine façon exigeant — ce vœu de double invisibilité ? Certes, ce n'était pas une coïncidence s'il passait tout son temps libre dans une pièce calme en sous-sol, le visage plongé dans des biographies consacrées à Houdini. Pour la ville d'Hannibal, il était déjà à moitié invisible.

Le jour de la fête d'Hannibal, je m'étais liée d'amitié avec une certaine Sophie Bennett, enseignante en CM1, et je décidai de l'interroger sur Ian la prochaine fois qu'elle viendrait. Elle fouillait dans la littérature non romanesque une bonne heure, pratiquement tous les week-ends, empruntant des pelletées de livres sur les Aztèques ou les champignons. Ce dimanche après-midi-là, elle s'affaissa bruyamment sur l'une des chaises pour enfants près de mon bureau.

« Je suis foutrement malade », dit-elle. Elle posa son

gros sac de toile par terre à côté d'elle et examina la pièce. Elle détestait tomber sur ses élèves. Une petite fille arrivée seule coloriait à une table, un garçon plus âgé jouait sur un ordinateur, et deux collégiens étudiaient en silence avec leurs répétiteurs. « Je pense que j'ai été en pleine forme une dizaine de jours depuis que j'ai commencé à enseigner. Et voilà que tous mes mômes ont des poux. Sérieusement, ne t'approche pas d'eux. Ne t'avise même pas d'effleurer leurs manteaux. »

Je ris et contournai le bureau pour que l'on puisse discuter plus tranquillement. « J'ai une question à te poser », dis-je, m'asseyant à côté d'elle sur une des chaises pour enfants. Elle sortit une grande pince à cheveux de son sac, la mit dans sa bouche, et entreprit de se faire une queue-de-cheval.

« Hum !

— Ian Drake. Il est en CM2. Tu l'avais dans ta classe l'année dernière ?

— Non, dit-elle, je crois que c'est Julie Leonard qui l'a eu. Sa famille est légendaire. Un véritable cauchemar.

— À vrai dire, j'ai dû affronter sa mère. Elle est descendue ici même, et m'a sorti : "Mon fils doit lire des livres saints !" J'ai toujours un topo tout prêt à débiter pour l'occasion, où je me fais l'ardent défenseur du Premier Amendement. La voilà qui débarque, et tout ceci était tellement *stupide* que j'en suis restée sans voix.

— Ouais, enfin non, ils sont complètement tarés. » Elle examina de nouveau la pièce, au cas où. La petite fille, son crayon au-dessus de la tête, dessinait apparemment dans les airs. « Sont très religieux, ce qui ne t'a sûrement pas échappé. Je crois que la mère a eu des problèmes psychiatriques, et elle est sans aucun doute anorexique.

— Je n'avais pas remarqué », dis-je. J'essayai de me la remémorer. Sa maigreur m'était juste apparue comme partie intégrante de sa personnalité.

« Enfin, le côté positif est que Ian ne semble pas affecté. Il peut être *très* lunatique et verser dans le mélodrame, mais c'est pour faire l'intéressant. C'est le plus heureux des gosses. Il s'est pointé l'année dernière au printemps musical. Ils ont dansé le french cancan. Il était le pire de tous, se cognait dans tout le monde, mais sans se départir d'un immense sourire. À fond dedans. Il s'en tirera bien quoi qu'il arrive. Ça va foutre un sacré bordel quand il annoncera qu'il est homo, mais il s'en sortira. »

Je rigolai. « Mon Dieu, il faut que les gens *arrêtent* avec ça. »

Même si, pour être honnête, mon indignation n'était pas tout à fait sincère. La question m'avait souvent traversé l'esprit, surtout lorsque Ian lisait des ouvrages sur l'histoire des meubles. J'imaginais alors qu'un jour il viendrait me rendre visite avec son compagnon et sa fille adoptive chinoise, et je lui demanderais l'effet que ça faisait de grandir à Hannibal, et il me confierait que la lecture lui avait sauvé la vie. Et même s'il n'était pas homo, il passerait me rendre visite, avec sa charmante épouse et ses jumeaux qui lui ressembleraient comme deux gouttes d'eau, et, pour une raison ou une autre, il trouverait aussi le moyen de placer la phrase « la lecture m'a sauvé la vie ».

Trois fillettes descendirent avec leurs sacs à dos et firent un signe à Sophie en riant bêtement. Elle haussa les sourcils à mon intention et se mordit la lèvre, ce qui signifiait : motus.

« Très bien », reprit-elle une fois les filles installées à distance respectable, « j'ai besoin de livres sur le mensonge. Des ouvrages illustrés, des contes folkloriques, tout ce que tu peux trouver. Nous sommes face à une petite épidémie. »

Je lui dégotai des histoires d'Abe Lincoln et un conte chinois intitulé *La jarre vide.*

« Sérieusement, je pense qu'il va bien », chuchota-t-elle tandis que je tamponnais les livres. « Tu devrais voir le père. Je pense que *lui* est homo. C'est pour ça que la mère est malheureuse. Il est tellement refoulé que c'est comme s'il était de retour dans... le putain de *Monde de Narnia.* Je te dois de l'argent ?

— Bien sûr que oui », répondis-je, en lui tendant les livres et le reçu.

« Merci, mon chou. » Elle sourit, fit tinter ses clefs et gagna l'escalier.

Mon père m'appela ce soir-là, assez excité. « Il y a des libraires aux infos de Chicago ! Ils protestent au sujet de l'USA Patriot Act ! » Mon père a un accent russe que j'oublie en face à face, mais dont je perçois les traces au téléphone ou sur mon répondeur ou lorsqu'il essaye de pimenter son discours d'expressions vieillottes, comme : « Je fais amende honorable. » Ça m'occupe quand je ne veux pas l'écouter. Pour tous les autres, apparemment, son accent est assez prononcé. « Lucy, dis-moi plutôt : est-ce que le gouvernement de George W. Bush est passé te poser des questions ?

— Je ne pense pas que le gouvernement s'intéresse beaucoup aux livres illustrés.

— Et si un type basané et barbu emprunte un livre sur la fabrication des bombes, est-ce que ton boss va appeler le FBI ? Est-ce que le FBI a déjà pénétré dans vos ordinateurs ? »

J'étais sûre que si le gouvernement contactait Loraine, elle serait l'une des rares bibliothécaires du pays ravie de coopérer. « Je n'en sais rien. S'ils te demandent un dossier, ils t'ordonnent en même temps de la boucler.

— Écoute, Lucy. Ce sont des méthodes soviétiques. Si tu as la tête sur les épaules, tu quittes cette affaire de bibliothèque sur-le-champ. C'est comme ça que les ennuis commencent. » Dernièrement, j'avais beaucoup entendu la comparaison avec le KGB, notamment de la part de Rocky, mais mâtinée d'un accent russe ça sonnait comme une vieille blague de Yakov Smirnoff. (« En Russie soviétique, les livres de bibliothèque *vous* empruntent ! »)

« Je suis d'accord, dis-je. Mais ils se moquent comme d'une guigne de qui emporte Dr. Seuss.

— Ces bibliothécaires que j'ai vus aux informations déchiquetaient tous leurs documents et effaçaient leurs dossiers informatiques. Ce n'est pas non plus une bonne idée. Fais-moi confiance sur ce point, en tant que victime des Soviétiques, je sais de quoi je parle. Tu es donc tout aussi fichue en les aidant qu'en les combattant. Il ne fait pas bon travailler dans une bibliothèque.

— Bien sûr que si, dis-je. Vu mon salaire colossal. Je vais me contenter de garder la tête basse. »

Mais, bien sûr, j'aurais préféré qu'on utilise encore les cartes d'emprunt et leur petit étui en carton. Elles auraient pu être brûlées en cas d'urgence, jetées par la fenêtre à l'approche des fédéraux, ou remplacées par la carte de *Lassie chien fidèle.* J'étais résolument pour la capture des terroristes, mais pas au prix de transformer les bibliothèques en souricières. Sans doute parce que je n'avais pas de diplôme de bibliothécaire, j'avais tendance à compenser en prenant le Premier Amendement plus au sérieux que certains collègues. Et, bien sûr, j'avais fait miennes les peurs de mon père à propos des gouvernements adeptes de la méthode Big Brother.

Sans compter la dimension nostalgique de ces cartes. Quelques-uns des plus vieux livres les avaient conservées, abandonnées là quand nous étions passés à l'informatique en 1991. Elles consignaient scrupuleusement le nom de tous les enfants qui avaient lu le livre au cours de tel ou tel mois, sur des années et même des décennies. Elles s'étaient ensuite tout bonnement interrompues, comme si la civilisation avait touché à sa fin. Je lisais toujours les noms en remettant les livres en rayon, et j'avais découvert que certains apparaissaient sur des centaines de cartes. Allie Royston, par exemple, qui devait avoir environ dix ans en 1989, semblait avoir lu tous les ouvrages sur les chevaux. Un autre enfant avait emprunté *Ellen Tebbits* six fois en deux ans. Ces cartes renfermaient les meilleurs esprits de chaque génération — les plus motivés, cultivés, curieux, insatiables. Si elles avaient encore été en usage, le nom de Ian aurait figuré dans la moitié des livres.

« Lucy, voilà ce que tu devrais faire. D'abord, quitter ce boulot de bibliothécaire et te trouver un nouveau bon job. Et puis écrire des articles pour les journaux. Tu es plus intelligente que la plupart de ces gens, et tu pourrais rédiger une lettre expliquant ce qui cloche exactement avec le Patriot Act. La liberté de la presse !

— Papa, les gens ont déjà tenté le coup. Par milliers.

— Mais tu as une expérience personnelle de bibliothécaire, et tu pourrais expliquer en quoi cela t'a touchée !

— Cela ne m'a pas touchée le moins du monde.

— Lucy, tu as vingt-six ans, non ? Tu dois t'interroger sur ce que tu as fait durant toutes ces années. À vingt-six ans, j'étais à la tête d'une entreprise capitaliste illégale bravant les Soviétiques, et puis j'ai fui ces maudits Soviétiques au péril de ma vie, et démarré une nouvelle vie dans la patrie des braves, d'accord ? Donc si on est dans la patrie des braves, où sont les braves ?

— Ils sont sur le point d'aller au lit après une longue journée à enregistrer les livres empruntés par des enfants de six ans.

— Écoute, mon ami Shapko l'Ukrainien a besoin d'une assistante pour ses transactions immobilières. Tu ferais ça très bien.

— Ton ami Shapko qui a été arrêté pour escroquerie ?

— Il n'a même pas été inculpé par un grand jury ! Le système judiciaire américain est bon, en attendant que ton George W. Bush mette la main dessus.

— Il me semble que c'est fait, papa.

— Exactement ! »

En raccrochant, j'avais envie de secouer la tête et de rire, mais je savais que cela devait être horrible pour mon père, risquer sa vie pour quitter la Russie, choisir l'Amérique entre tous les pays, pour ensuite observer le gouvernement serrer la vis, empiéter petit à petit sur les libertés individuelles tant promises, embastiller de jeunes hommes à Guantánamo sans inculpation, ni avocat, ni avertissement. Et peu importait que cela ne lui arrive pas à lui personnellement. Le simple fait qu'on mette des gens sur écoute lui rappelait de façon viscérale la « sécurité d'État » de l'ère pré-Eltsine.

En mai 2002, je rendais visite à mes parents dans leur appartement de Chicago quand le téléphone sonna pendant le dîner. C'était Magda Johnson, une amie de ma mère qui avait grandi en Pologne pendant la Seconde Guerre mondiale, et qui vivait désormais près de Lincoln Park. Je perçus sa voix tandis que ma mère éloignait le combiné de son oreille : « Il y a des explosions dans la rue ! Quelqu'un tire et ça hurle de partout ! »

« C'est le Cinco de Mayo ! avais-je précisé à ma mère. Dis-lui de mettre les infos. C'est juste le Cinco de Mayo ! »

Mais Magda Johnson continuait de crier, à nouveau petite fille de cinq ans dans un abri antiaérien. Un souvenir qui la rattraperait toute sa vie.

Et je ne devais pas oublier que mon père, lui non plus, n'avait pas misé là-dessus. Il pensait avoir laissé ça derrière lui.

Je vérifiai l'heure pour m'assurer que la répétition était terminée en bas, puis montai le volume de la musique et passai l'aspirateur. Ma tension était élevée et, comme ça ne valait pas le coup de maudire un vieux Russe pour son idéalisme, je me vengeai sur la moquette. Je pouvais faire tout mon possible, elle ne paraissait jamais vraiment propre. Beige par endroits, ailleurs couleur avoine, certains bouts ressemblaient à des agrandissements de photos de scène de crime. Je devais incliner l'aspirateur avec soin autour des piles de livres qui servaient de meubles d'appoint, de guéridons pour tasses de café, courrier et magazines. Je me refusais à avoir des étagères, horrifiée à l'idée de devoir classer les livres selon un système trop strict — Dewey ou alphabétique ou pire —, et donc les bouquins vivaient en piles, parfois aussi grandes que moi, dans un ordre des plus subjectifs.

Ainsi, Nabokov trônait entre Gogol et Hemingway, en équilibre entre le Vieux Monde et le Nouveau ; Willa Cather, Theodore Dreiser et Thomas Hardy étaient empilés ensemble non pas pour leur proximité chronologique mais parce que je leur trouvais à tous une forme de sécheresse (dans le cas de Dreiser, c'était plus lié à son nom) ; George Eliot et Jane Austen partageaient une pile avec Thackeray parce que tout ce que j'avais de lui était *La foire aux vanités*, et je pensais que Becky Sharp se sentirait mieux en présence de dames (au fond de moi, je craignais qu'à côté de David Copperfield elle ne tentât de le séduire). Et puis il y avait diverses piles d'auteurs contemporains dont je pensais qu'ils se seraient bien entendus à une sauterie. Plus trois piles de livres insipides selon moi, mais que je gardais au cas où quelqu'un me demanderait de les lui prêter : par exemple, un livre captivant sur une famille d'artistes de cirque ou ce roman expérimental sur une bonne sœur qui voyageait dans le temps. J'aurais détesté devoir répondre que oui, je savais quel livre serait parfait, mais que je venais de m'en débarrasser. Certes, cela arrivait rarement. Mais parfois Tim — mon logeur — ou son compagnon Lenny s'invitaient pour examiner les piles et me posaient ma question préférée : « Hé, qu'est-ce que tu me conseillerais de lire ? » Mieux valait être prête.

Ces piles étaient la principale décoration de mon appartement. J'avais de jolis meubles de mes parents, avec des trucs standard et rectangulaires de chez Ikea. Je vivais là depuis trois ans, mais je n'avais jamais songé à punaiser des photos. Mon lit se résumait à un matelas par terre. Peut-être à cause des histoires de mon père, l'idée de devoir fuir et traverser une frontière clandestinement ne me quittait jamais. Mis à part les livres, je n'avais jamais aimé amasser plus de biens que le toit d'une voiture ne pouvait en porter. On ne sait jamais quand les cosaques vont envahir.

Une semaine plus tard, un colis de mes parents arriva. Il contenait deux numéros du journal des anciens élèves de Holyoke pour lequel je ne m'étais jamais donné la peine de faire changer l'adresse, une boîte de bonbons à la menthe et un éditorial du *Tribune* sur le Patriot Act. J'étais flattée, vraiment, que mon père pense soudainement que mon boulot était dangereux, sinon excitant. J'espérais presque que ce fût vrai. Toute mon enfance, entendant des histoires de révolutionnaires et de réfugiés russes, je m'étais préparée à l'ultime bataille. Et voilà que je me retrouvais sans personne contre qui me rebeller, à part Loraine Best. Et Janet Drake, qui ne connaissait même pas mon nom.

Je m'allongeai par terre et lus un article sur une ancienne camarade de fac — elle vivait dans ma résidence en première année et avait pour habitude de brûler de l'encens et de boire des sodas coupés au vin — qui venait de mettre sur pied un refuge pour femmes battues dans le Maine et s'était récemment exprimée devant le

Congrès. Sur la page suivante, une fille qui venait d'obtenir son diplôme mesurait la fonte des glaces quand elle n'était pas occupée à collecter des fonds. Une femme de la promotion 1984 faisait du lobbying pour les droits des gays en Californie. Une photo d'elle et de sa petite copine les montrait dans une grange du XIXe siècle qu'elles avaient restaurée ensemble.

J'imaginai ce qu'ils pourraient écrire sur moi :

Lucy Hull, diplômée en 2002, a courageusement laissé emprunter un ouvrage de La Bibliothèque rose *à un usager de dix ans, malgré le contenu séditieux d'un livre dont le souffle divin reste à prouver.*

« Ce n'était pas vraiment un choix », dit Hull, âgée de vingt-six ans, qui n'a pas fait grand-chose de sa vie d'adulte, mis à part tamponner des livres, les remettre en rayon, et les lire à voix haute avec des intonations marrantes. « En fait, c'est illégal de refuser un livre à quelqu'un qui possède une carte de bibliothèque. Je ne suis pas sûre de comprendre pourquoi vous m'interviewez. »

Hull vit seule au-dessus d'un théâtre, oublie fréquemment de s'hydrater, et a récemment développé des allergies à l'arrière des jambes, la faute au tissu de sa chaise de bureau.

Cette nuit-là, je rêvai des cartes. Loraine me montrait un livre rouge et me demandait qui l'avait emprunté. Je lui lisais la carte : Ian Drake, George W. Bush, et Dieu Tout-Puissant.

4
L'arche

Je devais lui reconnaître ceci : Ian était brillant. Il vint un jour de novembre avec sa baby-sitter, après plusieurs semaines où il avait emprunté sans conviction diverses biographies et un ouvrage consacré aux mythes et légendes des Indiens d'Amérique. (« Que des trucs sur les corbeaux », dit-il en le rendant. « Selon moi, ce livre est un peu trop chargé en corbeaux. ») La baby-sitter, Sonya, était une Philippine débraillée, mère d'une fillette de cinq ans qui parfois les accompagnait en silence et restait dans un coin à caresser les marionnettes. Lorsque Ian choisissait des livres, Sonya les retournait dans ses mains, les feuilletait comme si la justesse du choix allait ainsi se révéler, et demandait : « Qu'est-ce que va dire ta mère ? Je vais lui montrer, d'accord ? » Ian reprenait invariablement l'ouvrage en question, le remettait sur l'étagère, et se réfugiait en trombe dans la section de la littérature non romanesque.

Ce samedi-là de novembre, Sonya et lui arrivèrent seuls, et Ian s'assit immédiatement devant un ordinateur face à mon bureau — quelque chose qu'il ne faisait jamais, pas même pour chercher un livre. Il dit : « Hé,

Sonya, je vais jouer à la Mission de Noé en ligne. Tu veux regarder ?

— Ta maman a dit : "Pas de jeux vidéo à la bibliothèque." »

La voix de Ian devint si perçante que je sus qu'elle allait céder, juste pour qu'il se taise. Une voix de spray au poivre. « C'est *le* jeu auquel j'ai le droit de jouer ! Et tu m'as *vu* y jouer à la maison ! C'est celui avec Noé ! Tu peux lui *demander* ! Tu peux l'appeler tout de suite et lui *demander*, mais elle sera furieuse contre toi parce qu'elle est en plein milieu de sa réunion, mais tu peux l'appeler quand même !

— D'accord, d'accord, d'accord », lâcha Sonya en s'installant sur la chaise à côté de lui.

C'était le jeu vidéo le plus inepte et le plus lent que j'aie jamais vu, au graphisme réchappé de la fin des années 1980. Noé devait courir partout pour recueillir deux animaux de chaque espèce, et les rapporter sur sa tête jusqu'à l'arche. Pendant ce temps-là, des noix de coco lui tombaient dessus et des aigles attaquaient en piqué pour lui dérober son butin. Je dus tousser pour dissimuler mon rire lorsque Noé mourut et tomba en bas de l'écran tandis que l'ordinateur bipait en mode mineur. Normalement, cela me rendait dingue lorsque des gamins venaient uniquement pour jouer, mais ce jeu était, de façon perverse, divertissant. Je me réjouis secrètement de voir que Noé avait encore neuf vies. Sonya dut le voir aussi car, au même moment, elle annonça qu'elle remontait chercher un magazine.

Ian regarda de plus près le moniteur, balança une chèvre sur la tête de Noé. Puis, quand Sonya eut passé le coin, il bondit de sa chaise et se précipita à mon bureau.

« Mission accomplie ! Génial, non ? Elle s'est ennuyée à mort ! » Il enleva le sac à dos vide que je n'avais pas remarqué et l'ouvrit. « Le plein ! »

J'eus l'impression de participer à cet antique jeu où, pendant trois minutes, il fallait cavaler dans un supermarché pour trouver tous les articles d'une liste. Je piétinai presque un bambin en goguette pour atteindre *Un pli du temps*. Puis j'attrapai *Haroun et la mer des histoires* et *Cinq enfants et ça*. Il me suivit, tenant ouvert le sac à dos tandis que j'y déversais les livres. Il avait déjà l'air plein et je ne voulais pas éveiller les soupçons de Sonya, mais je ne pus résister et ajoutai *Princesse Bride*. Je ne savais pas combien de temps ce chargement lui durerait. Il referma le sac et fonça vers l'ordinateur, où Noé se tenait toujours bêtement, une chèvre sur la tête, épargné par les noix de coco et l'aigle. Je regagnai mon ordinateur pour enregistrer tous les livres sur mon propre compte. Je ne pouvais être sûre que Loraine (ou Sarah Ann, ou Irene) n'allait pas joyeusement débiter la liste des livres empruntés par Ian à sa mère.

Sonya revint une minute plus tard, le dernier John Grisham coincé sous un bras. « Dieu a-t-il inondé le monde ?

— Non, ce jeu est débile. Allons-y.

— Tu ne veux pas emprunter des livres ?

— Je ne suis plus trop dans la lecture. »

(Dans une bibliothèque du Missouri recouverte de vigne
Vivaient des milliers de livres sur une centaine de droites lignes
Un garçon entrait à neuf heures et demie
Chaque samedi de soleil ou de pluie
Sa sélection de livres était clan-des-tine.)

5
Fête de charité

Je revis Janet Drake plus tôt que je ne l'aurais souhaité, même si elle — grâce soit rendue à Dieu pour l'invisibilité des bibliothécaires — ne me vit pas. Une fois par an, toutes les bibliothécaires du comté se perchaient sur des talons hauts, essayaient de retirer les poils de chat de leur pull avec du papier adhésif, et s'enduisaient les lèvres d'un affreux rouge tomate qui avait perdu de sa fraîcheur dans son tube. Tout cela pour convaincre les donateurs de la région d'Hannibal que les bibliothèques se portent mieux avec des chaises, des livres et de l'argent. En cette fin novembre, tandis que je pénétrais dans le Club de l'Union en petite robe noire de la fac, l'odeur des gens me frappa — sinistre, moisie et masculine. Cela faisait des siècles que je n'avais pas senti d'eau de Cologne. Je l'inspirai et écoutai un brouhaha de voix étouffées.

Loraine portait une robe jaune pâle et me fit un signe de la main avec son verre. Je ne vis pas Rocky, mais il se fondait facilement dans une foule. Attendant au bar un gin tonic, je regardai les donateurs se réchauffer à leurs premières gorgées de vin et les grappes de bibliothécaires qui se blottissaient dans les coins, tous adeptes de la raie au milieu. Mon père imaginait que j'allais finir comme ça. Puis, non loin de moi, j'aperçus Janet Drake. Elle avait l'air à l'aise, un châle d'un vert chatoyant sur les épaules, mais elle semblait s'y agripper, et les muscles de sa mâchoire demeuraient crispés même lorsqu'elle souriait à la ronde. Elle dit quelque chose et rit en même temps, comme si c'était si comique qu'elle ne pouvait garder son sérieux, mais elle n'avait pas l'air franchement amusée. Je le faisais parfois moi-même : ce que j'appelais mon rire Daisy Buchanan. Un rire léger et aérien qui, au mieux, paraissait joyeux et spirituel, au pire rappelait un chat suffoquant. Je l'avais emprunté à une amie de ma mère, experte en la matière, dont les bijoux en argent cliquetaient en cadence. Alors que j'observais Janet Drake, je compris que je m'en servais quand j'étais extrêmement mal à l'aise. Ce n'était jamais délibéré, ni sincère.

« Vous avez l'air d'en avoir besoin », dit quelqu'un à côté de moi, et je me rendis compte que je n'avais pas quitté le bar, telle une ivrogne, mon gin tonic à moitié descendu.

L'homme avait des cheveux bouclés de la même couleur que son smoking. Il était bien trop habillé.

« Vous m'avez démasquée », dis-je. Il avait de grandes dents brillantes. Il me tendit la main.

« Je m'appelle Glenn. Je suis le pénis.

— Je vous demande pardon ?

— Le pianiste. Pour ce soir. » Il hocha la tête vers le piano à queue désert dans le coin.

« *Ah.* » Ce qui expliquait le smoking. « Je m'appelle Lucy. »

Il jeta un coup d'œil décontracté, mais pas très subtil, sur ma main gauche. « En fait, normalement je joue des percussions avec l'orchestre symphonique de St. Louis. Je crois que cela s'appelle manger de la vache enragée. » Il rit, et le barman lui apporta une mixture marron avec des glaçons. « Vous êtes bibliothécaire ?

— Nous sommes faciles à reconnaître.

— Non, pas du tout... Vous avez simplement l'air plus jeune que la majorité de ces gens.

— Merci », dis-je. Je précisai où je travaillais et combien ces manifestations m'étaient pénibles.

« Étudiant, j'ai bossé à la bibliothèque musicale d'Oberlin. Ma tâche principale consistait à effacer les marques de crayon sur les partitions de la saison précédente. Dès que j'en avais terminé, ils se plongeaient dans les partitions de la saison suivante, et c'était donc un travail sans fin. »

Je ris. « Je passe le plus clair de mes journées à effacer des marques de crayon.

— Beaucoup de livres gagneraient en qualité avec un petit coup de crayon ! » Assez vaseux, mais pardonné : il avait déjà vidé son verre. « D'habitude, je fais face aux gens lorsque je joue, mais ce soir ils ont installé le piano contre le mur. » Il jeta un œil à un type en costume bon marché qui désignait du menton le piano et tapotait sa montre. Glenn déposa son verre et s'essuya les mains avec une serviette. « Bon sang ! J'ai toujours les mains gelées avant de commencer à jouer. » Il les porta à sa bouche et souffla dessus. Il essayait de capter mon regard de ses pupilles pétillantes et hypnotiques, et cela fonctionnait. « Un morceau en particulier ?

— Quelque chose qui leur fera mettre la main au porte-monnaie. »

Il rigola. « Je vais glisser *Brother, Can You Spare a Dime.* Bon, écoutez. » Il inspira profondément, comme si je ne savais pas ce qui allait suivre. « Je suis un peu pressé, là, et je n'aurai pas trop le temps de discuter ce soir. Mais il y a la première d'un concert le week-end prochain. Ou plutôt, l'orchestre présente la première de *ma* pièce. C'est du jazz, pas du tout ennuyeux. Vous pourriez venir. » Je haussai les sourcils et hochai la tête. « Enfin, je serai sur scène et tout ça, mais il y a une fête après.

— Ça pourrait me brancher », dis-je.

Il sortit une carte de visite de sa poche, écrivit une adresse et « Starr Hall, 15 h, samedi 3 décembre », son numéro de téléphone, et me la donna. Il souleva ma main et, l'espace d'une seconde, je crus qu'il allait l'embrasser. « Vous jeûnez ?

— Je vous demande pardon ?

— Vous jouez ? Du piano ?

— Oui.

— C'est bien ce que je pensais. Vous avez de bons doigts. » Il me fit un grand sourire par-dessus son épaule en se dirigeant vers son instrument, ses dents aussi blanches que sa chemise.

Je me retournai et vis Rocky, stationné à côté des olives, qui me fixait. « Le truc chouette, m'avait-il dit un jour, c'est que comme personne ne se sent à l'aise lorsqu'il s'agit de m'approcher, ça ne gêne personne que je reste seul à une fête. Les gens pensent que c'est normal. Ainsi, je n'ai pas à m'inquiéter de ce qu'on pense de moi, et je peux observer.

— Tu ne le penses *pas,* dis-je. Et les gens ne pensent *pas* ça non plus. »

En le regardant maintenant, je me rendais compte qu'ils le pensaient. Mais il devait y avoir eu une époque, à l'école primaire au moins, où c'était le contraire, quand les enfants lui accordaient toute leur attention, qu'elle fût bienveillante ou non. Je me demandai quand le changement avait eu lieu.

Mon verre était vide et, tandis que le barman le remplissait de nouveau, je me fis le serment de ralentir la cadence. Je me grattai vite et fort derrière les cuisses. Les démangeaisons empiraient, même si je n'avais pas porté de short ou de jupe depuis plus d'un mois. Je savais que c'était ma chaise de bureau, car désormais mon dos était rouge, jusqu'aux omoplates.

Quatre types entouraient Janet Drake. Celui qui lui faisait face devait être son mari. Il faisait une tête de plus que tout le monde, et ses yeux semblaient suivre une mouche folle à travers la pièce. Les autres, avec leurs épaules massives, leurs rires gras et leurs voix tonitruantes, n'auraient pu être décrits comme efféminés. Le visage de M. Drake était chiffonné en ce qu'il devait penser être un sourire ironique ; résultat : on aurait dit qu'il tentait de condenser son visage tout entier dans l'espace entre ses deux yeux. Il semblait continuellement donner son avis, inclinant la tête rapidement, tels ces oiseaux en plastique qui plongent dans un verre d'eau. Il était aussi peu à sa place dans la pièce que les bibliothécaires, malgré son bronzage et sa cravate pleine de drapeaux de sémaphore.

Je me demandai si Sonya laisserait Ian veiller pour qu'il finisse *L'île au trésor.*

Glenn entama son récital. Il était bon, meilleur qu'un simple musicien capable de berner son monde avec douze minutes de pot-pourri des œuvres d'Andrew Lloyd Webber. À l'entendre, on aurait dit qu'il avait une quarantaine de doigts.

Mon deuxième verre était à moitié vide. Je quittai le bar et me dirigeais vers Rocky lorsque Loraine m'attrapa par l'épaule. « Je t'ai vue parler à quelqu'un ! » Il aurait suffi que je bouge pour qu'elle tombe.

« Une super fête !

— Oui, et il faut que tu sois au TAQUET. Parle-leur des PROGRAMMES. » Elle me postillonna sur la joue. Je m'essuyai d'un revers de main.

« D'accord », dis-je. Je jetai un coup d'œil pour vérifier que Rocky ne perdait rien de la scène. Mais non, il était occupé avec les olives.

« Et reste à l'écart de cette femme en colère. N'aggrave pas les choses.

— OK. » Je me dégageai, et l'absence de mon épaule l'envoya tituber vers une femme au gigantesque collier de diamants. Plus je buvais, plus j'avais envie d'aller réciter le Premier Amendement à Janet Drake. Une image me combla : Maman Drake se plaignant dès le lendemain à Loraine parce que Sarah Ann Drummond l'avait accostée pendant la fête.

La soirée fut ensuite voilée au gin tonic : steak de thon sec et asperges molasses. J'étais attablée parmi une dizaine de mondains d'Hannibal obnubilés par le bal donné pour les leucémiques. Je subis un discours inarticulé de Loraine sur « les dons de précieuses ressources à nos bibliothèques municipales » et deux heures de silence inexpliqué de la part de Rocky. J'espionnais, très discrète mais un rien imbibée, les Drake. Au milieu du dîner, Janet répondit au téléphone, plissa le front, dit quelque chose à son mari, puis servit à la table une explication en riant à la Daisy Buchanan et quitta la fête en traînant son époux par la main. Grâce à mon don inné, je déchiffrai sur ses lèvres le mot « baby-sitter ». Du genre, « Notre fils a pleurniché jusqu'à ce que la baby-sitter nous appelle pour que l'on rentre à la maison. »

Je partis, moi aussi, assez tôt, et comme Rocky n'était pas disposé à me parler, il se trouverait bien quelqu'un d'autre à la fin des réjouissances pour l'aider à s'installer dans son van. Je voulais lui demander ce qui n'allait pas, mais je craignais comme toujours qu'il ne m'annonce soudainement qu'il m'aimait. Je ne savais pas si c'était le cas, et m'étais convaincue que cela ne l'était probablement pas. Mais l'idée m'avait traversé l'esprit un an plus tôt. Et, contrairement à la plupart des conversations imaginaires que j'avais avec des gens face à mon miroir, je ne parvenais pas à trouver une fin heureuse à celle-là.

En partant, je déposai une pièce de dix cents sur le piano de Glenn, avec mon numéro de téléphone.

En me garant devant chez moi, je vis que les acteurs étaient toujours en pleine répétition : pas de lumière dans les étages et des voitures sur le parking. Le bâtiment en brique rouge, situé deux villes au nord d'Hannibal, abritait le George Spelvin Memorial Theater, et j'étais la voisine des cinq piliers de la compagnie, à la santé mentale discutable.

Un des acteurs fondateurs possédait l'immeuble et en avait fait don à la troupe. Point de directeur officiel donc, juste Tim en directeur artistique avec sa queue-de-cheval blonde. Je l'avais vu punaiser une petite annonce concernant un appartement libre sur le tableau d'affichage dans l'entrée de la bibliothèque un matin. À l'époque, je louais un logement cher à Woodward qui sentait le beurre rance. Je ne lui avais rien dit sur le moment, mais en partant ce soir-là, j'avais arraché une des petites étiquettes orange. Il avait lui-même déchiré les trois premières. J'appelai le lendemain et il me fit visiter l'endroit le soir même.

« Les murs sont pas épais », m'avait dit Tim alors que je le suivais dans un escalier très étroit. « Mais on est tous soit en répétition soit en représentation le soir, donc ça devrait être calme quand vous rentrerez à la maison. Mais bon », dit-il en se retournant et en se grattant la tête, tout sourire, « je ne sais pas ce qu'on entend d'ici. » Des dents jaunes. Un visage hâlé, avec, au coin des yeux et de la bouche, de fines ridules pâles, prémices de rides à venir, comme s'il passait ses journées à sourire au soleil. Il se remit à gravir les marches. « Mon appartement est juste à côté, et, en général, mon compagnon Lenny est là le soir, mais il est calme. C'est le seul qui ne soit pas comédien. Ne me demandez pas ce qu'il fait, impossible de m'en souvenir. Il y est question de chiffres.

— Le bruit ne me dérange pas du tout. » Plus tôt, j'avais fait l'erreur de lui dire que j'étais bibliothécaire. « Je travaille avec les enfants. Et c'est rarement synonyme de silence. »

L'appartement était minuscule et ancien, les gonds bruyants et la cuisine meublée de placards en bois massifs. Il sentait le tabac. Une glace dans la salle de bains.

Je lui signai un chèque sur-le-champ et contre le mur, à défaut d'autre support. Tout à sa joie, Tim me souleva et me porta jusqu'à la porte.

Un endroit agréable. J'utilisais gratuitement la machine à laver dans la pièce réservée aux costumes, j'assistais à l'œil aux représentations et je pouvais même y inviter des amis. Mais il m'était interdit de faire tourner le lave-vaisselle et de tirer la chasse entre dix-huit et vingt-trois heures, tout comme de porter des chaussures dans ma cuisine : elle était juste au-dessus de la scène. Parfois, je m'inquiétais que Tim et Lenny soient en pleine crise conjugale, avant de me rendre compte qu'ils déclamaient.

Ce soir-là, tandis que je m'affalais tout habillée sur mon matelas, je devinai que quelque chose ne tournait pas rond : la répétition était si bruyante que je l'entendais distinctement. Je pouvais parfois suivre les pièces lorsque la météo était clémente et mes fenêtres ouvertes : le son sortait des conduits d'aération et rebondissait sur la boulangerie en face. Mais on était en novembre, et il était tard. Il s'agissait d'*Oncle Vania* — une histoire peu bruyante, mis à part les coups de feu. Une demi-heure plus tard, j'étais toujours éveillée et le vacarme s'intensifia soudain dans l'escalier. Puis on tambourina à ma porte.

Quand je l'ouvris, Tim me tomba pratiquement dessus. Il y avait au moins une douzaine de personnes derrière lui — les comédiens résidents, les acteurs occasionnels, l'équipe technique et Lenny. Ils riaient tous comme des fous, essayant cependant de se contenir, comme s'il restait quelqu'un d'autre à réveiller dans l'immeuble. Tim dit : « Oh mon Dieu, Lucy, tu dormais ? On est désolés !

— Non ! Je viens juste de rentrer ! » Je ne sais pas pourquoi je voulais toujours prouver que je n'étais pas l'une de *ces* bibliothécaires, celles qui avaient quitté le gala de charité pour nourrir leurs chats.

« On a besoin de ton aide ! La tienne et seulement la tienne ! Et tu ne peux pas refuser ! » Il s'allongea par terre, membres écartés telle une étoile de mer. Les autres suivirent, et l'un d'eux tenait une robe de mariée miteuse.

Apparemment, Beth Hopkins, l'actrice rousse qui vivait au-dessus de chez moi, avait quitté la ville juste après la répétition. Il s'agissait de se venger d'une vieille farce. Ils avaient passé les deux dernières heures à reproduire chaque photographie de son appartement avec leurs humbles personnes comme sujets, prenant les mêmes poses. Son frère serrant la main du sénateur Glass serait remplacé dans son cadre par Tim serrant la main de l'assistant à la mise en scène. Tim me la montra sur son appareil photo numérique — ils avaient tous les deux revêtu des costumes. « Lenny peut changer l'arrière-plan avec son ordinateur ! » La fille qui tenait le rôle d'Éléna berçait une poupée sur un autre cliché. Ils avaient déjà fait quinze photos. Ils espéraient qu'il faudrait plusieurs jours à Beth Hopkins pour remarquer les changements.

Lenny me montra une photo encadrée. « C'est toi, d'accord ? » La photo montrait deux jeunes mariés, dansant dans une salle de bal. « Tu ressembles *trait pour trait* à cette fille. Tu ne trouves pas ? Vous avez toutes les deux cette espèce de truc à la Audrey Hepburn, mais avec les cheveux longs, pas vrai ? »

Je n'avais pas vraiment le choix — et désormais je riais moi aussi, entraînée par toute cette comédie. Je me précipitai à la salle de bains pour enfiler la robe moisie, qui n'avait pas été lavée depuis les représentations de *Beaucoup de bruit pour rien*. Quand je réapparus, me sentant légèrement affreuse et un brin Miss Havisham, ils avaient déplacé ma table basse et la télé. Place à la scène de liesse ! Je posai, dansant avec Lenny, qui évoquait vaguement le marié asiatique du cliché original. Quelqu'un avait mis Ella Fitzgerald sur ma chaîne. Tim, l'appareil photo en main, nous dirigeait tous, commandant aux faux invités d'avoir l'air plus gais, de se masquer un peu le visage, et me disant de me rapprocher de Lenny et de le fixer droit dans les yeux.

Ils prirent trois ou quatre bonnes photos, puis se ruèrent dehors pour la scène de nuit sur le toit. Je ressentis une étrange sensation de vide quand ils partirent. Cela m'aurait semblé déplacé de m'imposer, et je devais bosser le lendemain matin, mais ces gens faisaient partie de mon monde — des âmes folles, courageuses et entières. Cependant, j'avais eu beau tenir mon rôle, ils avaient échoué à me recueillir, à m'adopter, en somme à me reconnaître comme l'une des leurs.

Ils m'avaient prise à tort pour une bibliothécaire.

6

Un simple origami de lune

Deux explications sont possibles concernant le cadeau que Ian me fit en décembre. Soit il ne savait qu'inconsciemment ce qu'il faisait. Ou alors, il appelait sciemment à l'aide. Mais ce n'était pas un hasard. Freud n'aurait-il pas vu là un acte manqué ?

Le 1er décembre (« Le premier jour de l'Avent ! » annonça-t-il), Ian dévala l'escalier, suivi d'une traînée de neige sale, jusqu'à mon bureau. Il fourra la main dans la poche de son manteau et me tendit un origami complexe en papier blanc, rouge et vert sur les bords. Je le tenais et essayais de deviner ce que c'était, mais je me gardais bien de tout commentaire. Le dernier origami qu'il m'avait donné était supposé représenter la tête d'Elvis.

« C'est un Jésus ! dit-il. Dans une crèche ! » Les lunettes de Ian étaient recouvertes de buée et je ne distinguais même pas ses yeux, mais uniquement son grand sourire.

Dans ma main, cela ressemblait à un trapèze à l'envers.

« Ah, j'y suis, dis-je. C'est magnifique ! Merci !

— Joyeux Noël ! » cria-t-il. Il gravit l'escalier en courant. Sa mère devait l'attendre en haut.

Bébé Jésus resta sur mon bureau jusqu'au samedi suivant, quand je décidai de faire du rangement. Je dépliai le papier pour le passer à la déchiqueteuse lorsque je m'aperçus que l'intérieur était imprimé. Un e-mail envoyé par jmdrake68 à rita_mclaughlin. Bien sûr, je ne pus m'empêcher de le lire. Après l'en-tête, il disait :

Chère Rita, j'espère que c'est le genre de témoignage que tu cherchais, ne te gêne pas pour le poster !!!

Chers amis,
Nous sommes les parents d'un adorable petit garçon de dix ans, qui fait la joie de notre existence. Aux alentours de son huitième anniversaire, ses manières et son comportement ont commencé à nous inquiéter fortement. Ils ne correspondaient guère à ceux de la plupart des garçons de son âge. Pendant quelque temps, nous nous sommes voilé la face. Comment ce don de Dieu pouvait-il avoir été transmis avec un tel fardeau ? Nous nous sommes demandé encore et encore ce que nous avions pu faire de mal. Mais après de nombreuses prières, nous nous sommes rendu compte que les plus beaux cadeaux de Dieu peuvent aussi se révéler Ses plus grands défis.
Le mois dernier, nous avons inscrit Ian dans le groupe de jeunes de Bob Lawson, et Bob a été une inspiration. Nous faisons une heure de route pour nous rendre aux réunions. Les séances de groupe avec les autres parents pendant que les garçons travaillent avec le pasteur Bob sont épatantes. Ceux qui sont passés par là nous ont redonné de l'espoir grâce à leurs témoignages. Un père a dit : « C'est comme si notre fils était né de nouveau. » Et notre Seigneur Jésus-Christ ne demande-t-il pas à chacun de nous de renaître en lui ?
La vie est un voyage, et nous ne prétendons pas qu'il y ait une réponse immédiate. Nous avons beaucoup de travail à accomplir nous-mêmes, et nous devons persévérer dans

notre relation à Dieu et aux autres, avant que ne puisse commencer notre propre guérison.
Nous vous demandons de prier pour nous dans les mois à venir, et nous vous offrons nos prières.
Entre Ses Mains,
Janet et Larry D.

Je montai l'escalier et montrai l'e-mail à Rocky. « Est-ce qu'on pense bien à la même chose ? Et qu'est-ce que signifie "Entre Ses Mains" ? »

Rocky lut en riant et en secouant la tête. « Qu'est-ce qu'ils sont ? Pentecôtistes ?

— Fondamentalistes, je pense, d'un genre ou d'un autre. Une de ces énormes paroisses évangéliques avec groupe de rock attitré. »

Il la parcourut de nouveau. « C'est inquiétant ! » dit-il. Je fus impressionnée par tant de réactivité. La veille, je lui avais raconté qu'un libraire indépendant d'Hannibal mettait la clef sous la porte, et il m'avait lâché : « Tu t'attends à quoi ? Je t'ai vue utiliser Amazon. Désormais, ainsi va le monde. » Toujours prompt à exprimer la colère, la surprise ne semblait jamais l'effleurer.

« Qu'est-ce que je dois faire ? »

Il rit. « Absolument rien. Quoi, tu veux appeler la police ? J'adorerais entendre ça. "Bon alors, j'ai ce morceau d'origami..." Personne n'a enfreint la loi. Sauf toi peut-être, en lisant un e-mail privé.

— Ce n'est pas ce que je voulais dire. Tu prétends que je réagis de manière exagérée même quand ce n'est pas le cas. Mais je pourrais prévenir son école, non ? Ses professeurs aimeraient sûrement être mis au parfum.

— Ne le fais pas, Lucy. Ne t'en mêle pas. Toi qui es tellement à cheval sur la vie privée et le Premier Amendement, pas vrai ? Tu n'étais pas censée tomber là-dessus. » Il replia le papier en quatre et le tint au-dessus de la poubelle. « Je peux le balancer ? Que tu ne fasses rien d'imprudent ?

— Évidemment. »

Mais, évidemment, je le récupérai plus tard et le conservai.

Une recherche facile, vu la somme affolante d'informations disponibles sur Internet. Bob Lawson, calvitie naissante et visage rougeaud, était le fondateur du Ministère du cœur joyeux, une organisation « œuvrant à la réhabilitation dans le Christ des frères et sœurs sexuellement désorientés ». Pour cinq cents dollars le séminaire d'un week-end, les « adultes en rechute » pouvaient retourner à l'état naturel et sain d'hétérosexualité. Ils auraient cependant besoin de conseils additionnels hebdomadaires pour les préserver de glisser de nouveau dans le péché. Seulement cinq ans après sa création, il y avait des antennes dans six États, mais le pasteur Bob continuait d'animer en personne celle de St. Louis. Ian était apparemment enrôlé dans le groupe des jeunes. Les enfants âgés de dix à treize ans dont les parents soupçonnaient qu'ils étaient « sur la mauvaise pente » pouvaient apprendre, *via* les prières et les manuels d'exercices, à mener des « vies saines et pieuses » et à comprendre que « la sexualité est un choix, pas une identité ». Les adolescents plus âgés étaient envoyés dans des « camps de réinitialisation », mais le but avoué de l'organisation était de

« parler à nos enfants avant que les médias profanes ne les aient dévoyés avec leur programme politique ».

« Le pasteur Bob Lawson, indiquait la page biographique, a vécu dix-sept ans en homosexuel avant de rencontrer le Christ, et de comprendre que Son amour éternel pouvait combler le vide qu'il ressentait depuis si longtemps. Bob est marié depuis 1994 à DeLinda Reese-Lawson, une ancienne lesbienne, et le couple a trois enfants. Le mariage de Bob et DeLinda en est le témoignage : c'est l'amour du Christ qui préserve le mariage et l'union d'une famille, et l'amour terrestre n'est que la manifestation de cet amour plus grand. Quand notre relation avec Dieu est pure, notre relation avec Ses autres serviteurs terrestres doit aussi être pure. »

Ailleurs sur la Toile, je trouvai des témoignages, des renoncements, et des articles de la presse chrétienne ou non. Huit mois plus tôt, le pasteur Bob avait été photographié quittant une boîte gay, après quoi il avait affirmé « secourir les malades ».

Je sentis ma pression artérielle s'affoler à la seule vue de sa grosse tête. Si je n'avais pas été au boulot, j'aurais sans doute engueulé l'ordinateur. Je me demandai si Ian comprenait seulement pourquoi il allait à ces réunions — expliquaient-ils les choses en détail, ou essayaient-ils de garder les enfants dans le flou, espérant que les options ne leur viendraient jamais à l'esprit ?

Qu'allait-il arriver à Ian, suspendu aux lèvres du pasteur Bob ? Enfant unique, comme moi — il allait se raccrocher au premier adulte à la ronde. Point de bébé chinois adopté, et pas de « la lecture m'a sauvé la vie ». Il pouvait se transformer en pasteur Bob.

Je suivis le conseil de Rocky et résistai à l'envie pressante de le raconter à Sophie Bennett, ou à quiconque le jour de la fête d'Hannibal. Même si je ressentais le besoin de me confier à tous les gens que je croisais dans la rue, de l'écrire dans le courrier du cœur, de le consigner dans mon hypothétique dossier des blessures indéterminées. En bonne Russe, j'avais envie de pénétrer par effraction dans la maison du pasteur Bob et de l'empoisonner. En bonne Américaine, j'avais envie de poursuivre quelqu'un en justice.

Mais en bonne bibliothécaire, je restais assise à mon bureau et attendais.

7

Le gars aux percussions

Ce même après-midi, Glenn le pianiste appela et insista pour que j'aille le lendemain au Starr Hall, en fait la salle de concert d'un centre universitaire. C'était une matinée — probablement pas un bon signe pour une première — et j'avais dit à Loraine que mon père était en ville afin de sécher le boulot. (« Tu te souviens pour cet après-midi, pas vrai ? lui avais-je lancé en partant. Je t'en ai parlé le soir du dîner de bienfaisance. ») Je misais, comme souvent, sur le fait qu'elle prétendait se souvenir de toutes les conversations durant lesquelles elle était saoule. Rocky affirmait avoir un jour obtenu ainsi une augmentation.

Un billet réservé au nom de « Lucy » m'attendait au guichet. Je trouvai une place isolée vers le fond et me mis à lire le programme imprimé à l'ordinateur. Glenn était né dans le nord de l'État de New York, apprenait-on, et il avait commencé à composer dès l'âge de neuf ans. Il maîtrisait plus de vingt-cinq instruments de percussion. Je me demandai quelle somme de travail il fallait pour maîtriser le triangle.

Je fus étonnée lorsque Glenn apparut pour diriger. Je n'avais pas lu le programme assez attentivement. Au moins, il n'avait pas l'air ridicule là-haut, tels certains chefs d'orchestre qui agitent leurs bras comme s'ils essayaient de s'envoler. Il se tenait droit dans son smoking, le même que celui du dîner de charité, les bras conduisant de manière nette et précise. Une musique moderne, et par bonheur jazzy. Le thème principal m'était familier, mais je n'arrivais pas à le remettre. Je me laissai aller en arrière dans le fauteuil et fermai les yeux.

Ian m'avait fait part quelques semaines plus tôt de son idée de la Symphonie Ultime. « Au début, ils apportent sur scène cette énorme horloge de grand-père, normale en apparence. Mais en réalité, quelqu'un est caché dedans. L'horloge se met alors à jouer Big Ben, et tout l'orchestre suit, à la manière de Big Ben. Tu connais la chanson de Big Ben ?

— Oui », avais-je dit avant de la fredonner pour l'en convaincre. Il était penché par-dessus mon bureau, hors d'haleine à cause du tas de livres qu'il avait traînés jusqu'en bas pour me les rendre en main propre. Sonya était assise par terre, lisant une histoire d'Arthur à sa fille, jetant occasionnellement un coup d'œil pour s'assurer que Ian était toujours entre de bonnes mains.

« Et puis ils jouent pendant quinze minutes, mais s'ils ne sont pas en rythme, le type dans l'horloge peut accélérer la cadence. Pile au moment où ils finissent ce mouvement, l'horloge sonne le quart d'heure, soit le tout début de Big Ben. Puis ils jouent de nouveau, et chaque mouvement est calculé pile poil pour que l'horloge sonne, et alors à la toute fin, cela fait une heure, et cette fois quand l'horloge joue le morceau, ils l'accompagnent en cadence, très fort. Mais ce serait *ritardando*, et c'est pourquoi on a besoin du type dans l'horloge, pour la ralentir. Une symphonie très triste, qui serait sur la Seconde Guerre mondiale.

— C'est super ! avais-je dit. Tu devrais te mettre à la composer. »

Il avait grimacé. « Je ne peux pas. J'ai football le mardi, et français le lundi et le mercredi, et ce cours de religion tous les week-ends, et stage de science le lundi après le français, et piano le jeudi, et même quand je répète mon piano, je ne peux pas travailler à ma symphonie, parce que mon professeur dit que la chose importante est de travailler la main gauche.

— C'est absolument tragique.

— Un autre détail concernant ma symphonie. Toutes les parties pour piano seraient réservées à la main droite. »

J'ouvris les yeux et essayai de me concentrer sur la musique. Je me grattai une jambe avec la main droite, et le dos avec la gauche. Plus je me grattais, plus ça me démangeait. Le xylophone entra dans la danse, auquel firent écho les bois, et soudain je le reconnus. C'était presque exactement le thème de la pub pour Mr. Propre, celle que vous connaissez par cœur si un jour, malade, vous êtes resté l'après-midi sur votre canapé à regarder des talk-shows : « Monsieur Propre, Monsieur Propre, la la LA la la la LA… » Je me pris la tête dans les mains pour me retenir de rire, comme si tout le monde me regardait.

Le concert terminé, je flânai dans un couloir qui

pouvait mener aux loges et, trois marches plus loin, Glenn apparut devant moi, tout sourire. Sa veste de smoking était couverte de peluches blanches.

« On essaie de s'échapper, dit-il, ou on me cherche ?

— On cherche la bibine », dit Daisy Buchanan.

Il ne me lâcha plus, se moqua de lui-même et me raconta une histoire sur une tentative de construction du plus grand parcours de golf du monde quand il avait huit ans. Je le trouvai tout à fait charmant ; c'était peut-être dû au fait que je ne me rappelais pas mon dernier rendez-vous qui n'impliquait pas Rocky et une rétrospective Hitchcock.

Adossée dans un coin, où les autres invités nous avaient abandonnés l'un à l'autre, je lui racontai l'histoire de mon nom tronqué, je lui parlai de mon appartement, et j'essayai de lui expliquer la tardive séance photo de l'autre nuit. « Je ne comprends pas », dit-il.

Après mon quatrième verre de vin, je lui racontai que j'entendais les représentations avec les fenêtres ouvertes, et il prétendit ne pas me croire. Il devrait le constater par lui-même. Même si je flairais l'excuse, assez boiteuse, je lui dis que, bien sûr, il pourrait venir vérifier. Il était dix-neuf heures passées, *Vania* débutait à vingt heures. Dans mon immeuble, il insista pour que l'on prenne l'ascenseur antique parce qu'il le trouvait amusant, avec ses grilles en fer et sa feuille de « dernière vérification » habilement recouverte par Tim d'un autocollant « Je freine pour les chiens ». Il rit en découvrant mes piles de livres. On installa des chaises à côté de la fenêtre ouverte pour regarder la foule s'écouler lentement des petits restaurants dans la rue en face. Le brouhaha des voix dans le hall remontait jusqu'à nous, et on entendait les gens marcher sous mon salon puis ma cuisine et ma chambre tandis qu'ils trouvaient leur place, les fauteuils craquant lorsqu'ils les ouvraient et installaient leurs corps post-dînatoires sur les antiques ressorts.

Une nuit, l'été précédent, j'étais sûre d'avoir entendu la voix de Ian au-dessous. J'avais passé la journée avec lui, un samedi où il avait campé de neuf heures à seize heures, et sa voix résonnait encore à mes oreilles. Je m'étais rendu compte que c'était une fille, parlant à ses amis du restaurant indien de l'autre côté de la rue. Je me souviens avoir souhaité, avant même le début des événements à venir, que Ian puisse être là, au premier rang ou derrière la scène, à écouter Shakespeare et tomber amoureux en voyant l'univers s'ouvrir à lui. Je pouvais lui mettre un livre entre les mains, mais pas le prendre par les chevilles pour l'envoyer tête la première dans un autre monde. Pour une raison ou une autre, je savais déjà qu'il en avait besoin.

Glenn et moi restâmes assis pendant la majeure partie du premier acte, à écouter les voix étouffées mais intelligibles. Il fuma trois cigarettes en me souriant de toutes ses dents. Je posai ma tête sur son épaule, somnolente à cause du vin.

Lorsque Glenn se leva pour aller aux toilettes, je dus l'arrêter. « C'est embarrassant, dis-je, mais on ne peut pas tirer la chasse pendant la représentation. » Il rigola et continua son chemin. « Non, je suis sérieuse. Les tuyaux passent juste au-dessus de la scène. Tu peux y aller, mais pas tirer la chasse. La plupart du temps, ils terminent vers vingt-trois heures.

— Tu plaisantes ?

— Non, il y a un planning dans les toilettes. Tim en imprime un pour moi, et un autre pour Lenny, son compagnon.

— Est-ce que c'est légal de t'imposer cela ?

— Je ne sais pas, mais mon loyer est de trois cents dollars, donc je m'en fiche.

— Mais je pourrai la tirer demain matin, non ? demanda-t-il.

— C'est très présomptueux de ta part. »

Cela ne l'était pas tant que ça, et il avait bonne haleine et de magnifiques cils, et plus tard il me montra que ses avant-bras étaient plus puissants que ses biceps à force de jouer du piano, et, pour être honnête, Mr. Propre est un peu cochon.

8

Pièce à conviction D : les matelas

(ou : Si l'on donne un cagibi à une bibliothécaire)

Si l'on donne un cagibi à une bibliothécaire, elle le remplira probablement de camelote.

Si elle le remplit de camelote, on y trouvera des livres à rafistoler.

Si parmi cette camelote se trouvent des livres, et que le cagibi est au fond d'une pièce, elle y cachera d'autres ouvrages, des livres dont elle pense qu'ils sont nuls comme la série des Sœurs tumultueuses, *mais dont sa patronne estime que la bibliothèque doit les garder.*

Si elle y cache des livres nuls, elle ne sera pas pressée de débarrasser le cagibi.

Si dix mois passent sans qu'elle y fasse le ménage, elle fera tout pour cacher le foutoir à sa patronne alcoolique et caractérielle.

Si elle veut cacher le foutoir à sa patronne, elle entassera à l'avant du cagibi les matelas naguère utilisés pour la sieste de l'éphémère garderie de la bibliothèque, aux environs de 1996.

Si elle fourre des matelas dans le cagibi, ils y resteront jusqu'à ce qu'ils soient déplacés par un garçon lors d'une nuit décisive. Avant, le cagibi demeurera fermé pendant des mois.

Si le cagibi demeure fermé pendant des mois, la bibliothécaire en décorera la porte avec des affiches et des dessins, un effort pour décourager ses collègues bibliothécaires de l'ouvrir un jour.

Si une bibliothécaire décore la porte d'un cagibi, elle utilisera des dessins de Conan le bibliothécaire, un vaste autocollant indiquant « Le monde est calme ici », une affiche de Si vous donnez un gâteau à une souris, *un graphique de réanimation cardio-pulmonaire, et une serviette aux couleurs d'une librairie signée par Jeffrey Eugenides.*

Si elle utilise ces articles, sa patronne lui demandera : « Bon Dieu, mais qu'est-ce que ça veut dire, "Le monde est calme ici" ? C'est politique ? » et sa patronne lui demandera aussi : « Tu ne classes pas Jeffrey Eugenides dans la section des enfants, n'est-ce pas ? » Mais sa patronne, l'attention détournée par ces articles, ne pensera jamais à ouvrir la porte.

Si sa patronne n'ouvre jamais la porte, elle oubliera qu'elle a donné un cagibi à la bibliothécaire et offrira à la fin de l'année un second cagibi.

Si elle donne un second cagibi à la bibliothécaire, cette dernière le remplira probablement de camelote…

9

Le prédécesseur

« Ça me tue », dis-je.

Rocky et moi avions assisté à une projection de *La vie est belle,* comme si on ne pouvait pas le voir à la télé, et nous étions maintenant au Pasta Palace, attablés dans un coin. Rocky entortillait ses fettuccinis *Alfredo* en grosse boule graisseuse autour de sa fourchette. « Ce n'est pas ton problème, dit-il. Il n'y a pas de maltraitance, il ne t'a pas demandé de l'aide, et tu ne les connais même pas. Il faut que tu penses à autre chose.

— Tu sais comment ils appellent ça, sur ces sites Internet ? AMS, soit Attirance pour le Même Sexe, comme si c'était une maladie. Si tu n'y cèdes pas, alors tu n'es pas homo. Ils parlent d'« avoir » l'AMS. Comme avoir la grippe ou que sais-je encore.

— C'*est* barge, mais ce n'est pas de ta responsabilité.

— Je dois être la seule personne au courant », dis-je. Je songeai à évoquer la marque de fourchette sur la tête de Ian, mais je savais que Rocky se contenterait de rouler des yeux.

Il parlait la bouche pleine, comme souvent : « Tu n'es même pas son instit !

— Désolée, je vais la fermer. » Mais je ne cessais d'y penser. « Je vois tes fettuccinis quand tu parles. »

Rocky s'essuya la bouche et sourit. « *Je vois tes fettuccinis.* Par Dr. Seuss. » Cela nous faisait beaucoup rire, cette manie qu'il avait de transformer ce que je disais en titres de livres illustrés. *Trop de tequila,* par Margaret Wise Brown. *Un nez manifestement refait,* par Eric Carle. Il les prononçait de la voix d'un père abordant avec sa fille un classique de la littérature enfantine.

« Bon alors, on est censés parler de quoi ? » demandai-je. D'habitude, on discutait du film, mais *La vie est belle* me faisait pleurer ou m'énervait, et on l'avait tous les deux vu une centaine de fois.

(George Bailey, au désespoir : « Où est ma *femme* ?

L'ange Clarence, au paroxysme de l'horreur et du chagrin : « Ça ne va pas te plaire, George. Elle ferme la *bibliothèque* ! Maintenant ! »

Et là, elle court avec ses grosses lunettes, serrant des livres contre ses seins inutiles. Un cauchemar. Mary Bailey a ruiné sa vue à cause de ces longues heures à lire dans l'obscurité.

Comme c'est étrange, cette profession systématiquement associée à la solitude, à la virginité et au désespoir féminin. La bibliothécaire, avec son pull à col roulé, qui n'a jamais quitté sa ville natale. Assise à son bureau, elle rêve du grand amour.)

« En fait, j'ai une faveur à te demander.

— Quoi ? » Je pris une grosse bouchée de pizza pour avoir le temps d'esquiver si nécessaire.

« Le mariage de mon cousin, à Kansas City. C'est le 25 mars, je crois. Un samedi. »

Je devais maintenant avaler et m'assurer de répondre à la bonne question.

« T'as besoin que je t'y emmène, ou d'un rancard ?

— Ça ne me dérangerait pas que tu m'emmènes, en fait, mais je pensais à un rancard. »

Je croquai un autre morceau de pizza. Trois choses que je ne trouverais pas marrante : un mariage où je ne connaîtrais personne, conduire jusqu'à Kansas City et m'inquiéter de l'interprétation que Rocky allait en faire.

« Tu peux refuser. Je n'ai pas *besoin* d'un rancard. Mais ce serait sympa.

— Je ne suis pas très douée pour ce genre de choses. Tu m'as vue à la soirée de charité, discutant avec le pianiste et le barman plutôt qu'avec les donateurs. » Je ne sais pas pourquoi, mais je me sentis obligée d'omettre que j'avais revu Glenn — deux fois depuis le concert.

« Ces gens ne sont pas intimidants. Mon cousin est patron d'une crêperie, très terre à terre. Relax. Fais comme tu le sens.

— Je vais vérifier, dis-je, mais le week-end du 25 mars, je crois que je dois aller à Chicago. Faut que je regarde. » Je pourrais toujours faire en sorte que cela soit vrai, si nécessaire. Pile à ce moment-là, un bébé à la table d'à côté nous inonda de ses pleurs. Des cris magnifiques, miséricordieux.

J'ai dit plus tôt que je n'avais jamais rencontré quelqu'un comme Ian. Ce n'était qu'une demi-vérité, une de mes spécialités.

La voilà donc, cette bonne vieille mémoire refoulée. Et je ne paye même pas pour m'allonger sur votre divan.

En terminale, mon ami Darren m'avait un jour invitée à grimper dans la salle de projection pour nous en griller une. Ce n'était pas vraiment mon ami, pas encore, trop cool pour moi avec son pantalon en velours côtelé vert et ses cheveux blonds teints en rose au Kool-Aid, mais nous suivions les mêmes cours, ceux des bons élèves, ce qui signifiait qu'on pouvait se comporter comme des amis sans passer par toutes les étapes préliminaires. Je n'étais encore jamais montée dans la cabine — j'avais échappé au virus de l'audiovisuel — mais elle était exactement comme je l'avais imaginée : pleine de boutons et de veilleuses, un vieux pot à moitié rempli de mégots. Je savais que Darren était homo, sinon j'aurais pensé que c'était une invitation de radin. Il alluma nos cigarettes et on fixa, derrière la vitre, les sièges de l'auditorium au-dessous, comme si quelque chose était sur le point de s'y produire.

Il me demanda comment j'allais — je m'étais fait larguer deux semaines plus tôt, trois jours avant la fête marquant le début de l'année — et je prétendis que je me remettais. Je dis : « Je payerais cher pour être homo. »

Darren eut l'air choqué, déconcerté, presque blessé. J'ajoutai : « Je suis désolée, je veux dire, je sais que c'est vraiment dur…

— Tu sais que je suis homo ? » Bien sûr que je le savais. Le lycée tout entier le savait. Les gens louaient son courage d'être ainsi sorti du placard. Les cancans sur sa vie amoureuse assuraient des records d'audience à la cafétéria. « Parce que, de ma vie, je ne l'ai jamais dit qu'à deux personnes. »

Alors je mentis. « J'ai un radar gay surdéveloppé. C'est un don. Sérieusement, si ça ne marche pas à la fac, je pourrais faire *carrière*.

— Ah... » Il fit tomber la cendre de sa cigarette sur une espèce de console. « Enfin, j'imagine que ça doit sauter aux yeux. Mon père s'en est toujours inquiété, depuis que j'ai, euh... trois ans peut-être. Il m'a supprimé tous mes cahiers de coloriage.

— Pourquoi ?

— Ils me captivaient sans doute un peu trop. Ensuite, il ne m'a plus laissé jouer avec des filles, mais ma mère a dit un truc du genre, "c'est pire pour lui de jouer avec des garçons". Donc je n'ai plus été autorisé à jouer avec personne, mis à part mes cousins. Ils sont catholiques. Mes parents. Enfin, mes cousins aussi, mais tu vois ce que je veux dire. »

On discuta le temps de fumer assez de cigarettes pour m'irriter la gorge, et j'imagine qu'il fut impressionné que je ne le lâche pas, que j'en parle avec lui sans être choquée. Quatre-vingts pour cent des gamins de l'école auraient eu la même réaction. Ils auraient adoré avoir une conversation privée avec Darren Alquist. Mais Darren ne semblait pas en avoir conscience, et je ne pouvais pas le lui dire sans dévoiler à quel point il était sorti du placard. En plus, si je prétendais être l'une des rares personnes à pouvoir le comprendre, cela pourrait conduire à une amitié, et il était bien plus intéressant et populaire que mes autres camarades. Je nous imaginais assis ensemble à la cafétéria, passant en revue les garçons.

Lors de cette même conversation, il me dit : « C'est comme si, depuis que je suis né, ils m'avaient enlevé des bouts de mon être pour me brancher sur de fausses pistes. Comme mon père qui m'a supprimé mes livres de coloriage et donné des Lego. Et puis tous les gars au collège se moquaient de la façon dont je marchais jusqu'à ce que j'adopte cette fausse démarche que je dois sans cesse surveiller. Et puis *cette* école, bon Dieu, c'est comme s'ils m'avaient pris mon cœur et donné un quignon de plomb.

— Comme le Bûcheron de fer-blanc », dis-je. Il haussa un seul sourcil — sans effort, comme s'il n'en avait jamais froncé qu'un à la fois. « Dans le livre, pas dans le film. Il commence par se couper le bras pour se doter d'un bras en fer, et il finit par se retrouver tout en fer. »

Il me fit un large sourire et je compris que notre amitié était scellée. On fumait et regardait les entraînements d'athlétisme depuis le toit du bâtiment des arts. On fit équipe pour le projet d'un film en cours d'anglais et il dessina une girafe à l'intérieur de mon casier. Dans mon cahier de texte, il inscrivit au Stabilo vert : « Lucy ma chérie, si jamais je suis un jour enlevé et torturé, otage de la Garde nationale bolivienne, le souvenir des moments passés ensemble me permettra d'oublier la douleur. »

Je lui écrivis plusieurs fois de la fac sans jamais obtenir de réponse. Quelqu'un me dit qu'il avait abandonné ses études à Pomona.

Et voilà ce qui ne tourne pas rond : vous savez déjà ce qui va se passer ensuite, parce que c'est un cliché. Et c'est un cliché parce que ces histoires finissent toujours ainsi, la pauvre maman du gamin essayant de nettoyer la merde de son pantalon avant que les secours n'arrivent, et c'est cette scène qui se répète avec votre ancien camarade de classe en vacances — non pas celle où il s'est procuré le flingue, ou celle qui explique pourquoi il est passé à l'acte, ou combien de fois il avait déjà essayé, mais la scène de la merde dans son pantalon et sa mère le frottant avec une serviette comme si cela faisait une différence, comme si elle ne voulait pas que sa famille soit gênée devant le coroner.

De retour à la fac, après les funérailles, je fis tout un foin à mes amis : j'aurais pu stopper cela si j'avais dit la chose adéquate. Mais j'étais rattrapée par le cliché, les scénarios que l'on se choisit lorsque quelqu'un meurt, et je n'y croyais pas vraiment. J'aurais aussi bien pu dire : « Il était si jeune, il avait la vie devant lui ! » ou « Cela aurait dû être moi ! » ou « Comment un Dieu bon peut-il laisser une telle chose se produire ? » D'une certaine façon j'en aurais apprécié la musique.

Environ cinq ans après, cela me frappa, lourd et dur comme le cœur en quignon de plomb de Darren : c'était aussi *ma* faute. J'aurais pu dire un truc lorsque Brian Willis avait blagué en cours de math, expliquant que Darren était en retard parce que quelqu'un avait laissé tomber son savon dans les douches du vestiaire. J'aurais dû me lever et cogner sa gueule rougeaude et bouffie.

Donc la voici, ma conviction fermement enracinée, ce que je projetais sur Ian, cette excuse qui palpitait dans ma poitrine. J'aurais beaucoup de mal à convaincre un jury que cela justifiait mes actes. Mais je crois que cela avait fait de moi une personne plus en colère que d'autres. Vous devez au moins me reconnaître ceci : sous des dehors communs, malgré une vie privilégiée et un sens de l'humour affirmé, j'étais en colère. J'aimais blâmer les gens. Quand j'entendais parler d'imbéciles comme le pasteur Bob, je bouillais de rage. En fait, je *bouillonnais.* Pendant des semaines ensuite, en conduisant ma voiture, je fulminais contre les pasteurs Bob du monde entier. Un monologue qui devait ressembler, dans les rétroviseurs de ceux qui roulaient devant moi, à la tirade enflammée d'une maîtresse éconduite.

Tous les matins, en chemin pour le boulot, mes tirades étaient interrompues par la vision de Janet Drake qui courait le long de Waxwing Avenue, même lorsque les trottoirs étaient gelés. Je l'avais probablement aperçue tous les jours pendant deux ans sans jamais me rendre compte que c'était la même personne, le même survêtement rose, les mêmes coudes pointus, jusqu'à ce que je lui aie parlé. Elle courait toujours vers le nord, rentrant d'un périple d'elle seule connu. Ils vivaient quelque part non loin de la bibliothèque, et je la dépassais environ dix minutes avant d'arriver au boulot. Combien de kilomètres avait-elle déjà couru avant que je ne la croise ? Par ailleurs, elle était aussi très souvent dans la salle du club de fitness — là quand j'arrivais après le travail, à dix-huit heures quinze, et toujours là à dix-neuf heures, sur sa machine elliptique, tandis que je repassais en vitesse, espérant qu'elle n'allait pas me reconnaître. Mais alors quand trouvait-elle le temps d'exercer son autorité ?

« Miss Hull ?

— Oui, Ian. »

Il se pencha en avant, poitrine appuyée contre mon bureau. Sonya était en haut, où elle restait de plus en plus souvent lors de leurs visites à la bibliothèque. Je me demandais si elle avait vraiment confiance en Ian, ou si elle se moquait des instructions de Janet Drake. Elle devait avoir l'impression immuable qu'en bas il jouait à la Mission de Noé. Maintenant qu'il faisait froid, il avait mis au point un système pour fourrer deux livres dans son pantalon, un devant et un derrière, sa parka couvrant les deux. « Est-ce que vous serez ouverts à Noël ?

— À Noël ? Non. On est fermés du 24 au 26. C'est le dernier jour pour emprunter des livres. »

Il s'écroula, je ne le voyais plus. « Vous voulez dire que vous êtes fermés aussi ces deux jours-là ? Vous êtes donc fermés pendant *trois* jours ?

— Ouais. »

Il se releva, le visage rose et chiffonné, la bouille d'un enfant de deux ans. De façon dramatique et délibérée, il croisa les bras devant son visage et me tourna le dos.

« Ian, ce n'est que trois jours. »

Sa respiration était rapide et bruyante, et ses épaules tressautaient.

« Ian ?

— C'EST INJUSTE ! » cria-t-il. La mère qui lisait un livre à son bambin se retourna pour voir ce qui se passait.

« Ian. » Je fis le tour du bureau et posai mes mains sur ses épaules. Il se dégagea vivement. Je l'avais déjà vu faire des scènes à Sonya, et Sophie Bennett m'avait dit que ses professeurs le trouvaient incroyablement pénible cette année, mais il ne me l'avait encore jamais fait à *moi*. Je jetai un coup d'œil furtif à travers ses bras pour voir son visage. Il ne pleurait pas, se contentant de haleter et de gémir bruyamment.

« Tu sais, Ian, dis-je, tu peux emprunter des tas de livres avant que l'on ferme et les rapporter après.

— C'est pas vrai. Parce qu'on va partir. Presque une semaine, jusqu'au Nouvel An, et ma maman va vérifier ma valise. Il faut donc que j'emporte des livres débiles, comme *Les frères Hardy*, et puis de toute façon je ne pourrais prendre que dix livres, parce que je ne suis autorisé à emprunter qu'à hauteur de mon âge. » De nombreuses familles avaient cette règle : un enfant de cinq ans pouvait prendre cinq livres et ainsi de suite. Il s'adossa contre une grosse plante en pot à côté du mur et la renversa presque.

« Je pense que dix livres devraient largement suffire, tu ne crois pas ? Tu n'as pas envie que ta valise pèse une tonne.

— Et ma maman ne va jamais me laisser emporter des livres en plus parce qu'elle ne me laisse *jamais* rien faire.

— Dur, dur ! » dis-je. Je retournai derrière mon bureau. Il regarda entre ses bras pour voir si je l'observais encore, ce qui était le cas. Il tripota les feuilles de la malheureuse plante pendant une minute, respirant fort, puis se dirigea d'un pas lourd vers l'étagère de la mythologie.

Il finit par choisir les dix premiers tomes des *Jumeaux Bobbsey*. « Est-ce que c'est aussi stupide que ça en a l'air ?

— Oui, plutôt, dis-je.

— Super. »

À la fin de la journée, Glenn apparut à mon bureau avec un exemplaire de *1 000 chouettes rancards*. « Choisis-en un », dit-il.

Je ne lui avais jamais suggéré de passer me voir au boulot, et le côté présomptueux de la chose m'ennuyait. On s'était revus plusieurs fois depuis sa première, et il m'avait harcelée de e-mails, mais dernièrement mes réponses étaient de plus en plus brèves. Il avait quelque chose d'un peu trop superficiel, cette façon de me poser des questions tout droit sorties du guide de drague de *GQ*, comme « Quel est ton plus beau souvenir d'enfance ? ». Et cette manière de se pointer comme ça à l'improviste, brillant de toutes ses dents en touches de piano.

J'étais contente qu'il n'y ait personne dans le coin. Cet après-midi-là, j'avais essuyé plusieurs demandes vaines et désespérées pour *Le Pôle-Express* et *La nuit avant Noël*, mais à cet instant précis le sous-sol était désert.

« Soyons spontanés », dit-il. Il me sortait ça sans arrêt ces derniers temps, comme si c'était la vertu ultime. Pour un musicien de jazz, j'imagine que c'est une qualité — quatre mesures à remplir, une trompette dans les mains — mais pas pour une bibliothécaire.

Je me mis à feuilleter le livre. « Ne m'emmène pas nourrir les canards.

— Hé », dit-il. Il se pencha par-dessus le bureau. « J'vais t'emmener sur la lune, bébé. » Une voix ringarde à la Sinatra, sourcils qui se tortillent.

J'entendis le cliquetis incertain des talons de Loraine dans l'escalier. « D'accord, chuchotai-je. Fais semblant de consulter des bouquins, vite. » Je me levai et tirai d'un coup sec le drap blanc de ma chaise et le planquai sous le bureau. Je l'avais utilisé toute la semaine, espérant qu'il protégerait ma peau du tissu de ce fauteuil ; mes rougeurs n'avaient fait qu'empirer. J'envisageais de l'échanger pour un pouf que je calerais sur des piles de livres, une espèce de trône de géant.

Loraine se pencha par-dessus le bureau et me tendit une enveloppe, dont je savais par expérience qu'elle contenait un bon de vingt dollars pour une des chaînes de restaurants que l'on trouve sur les autoroutes. « Joyeux Noël ! dit-elle. Et Hanukkah aussi, bien sûr. Et repose-toi bien. Tu en as vraiment besoin. » Glenn se tenait là, faisant semblant d'être fasciné par les exemplaires de *Junie B. Jones*. Quand elle partit, je fermai la boutique. Puis Glenn et moi gravîmes ensemble les escaliers. Nous dépassâmes Rocky au bureau principal, et je songeai à présenter Glenn comme un vieil ami, mais Rocky l'avait vu à la soirée de bienfaisance. Je dis juste : « Joyeux Noël ! Je t'appellerai pour qu'on se fasse une toile ! » et Rocky me lança un drôle de regard, se retenant de rire. Non, c'était plus comme s'il essayait péniblement d'avoir l'air de se retenir de rire mais n'y arrivait pas vraiment.

Glenn et moi allâmes à la Trattoria del Norte et nous bûmes beaucoup de vin, et je ramai pour faire la conversation. Nous n'avions pas grand-chose en commun et je le découvrais. Et plus j'y pensais, moins j'étais sûre de vouloir sortir avec quelqu'un dont l'œuvre maîtresse était le thème d'une pub pour un détergent. Pas plus que je ne voulais être dans le coin lorsque quelqu'un le lui ferait remarquer. Cependant, il ne semblait pas conscient de mon ambivalence et il me souriait de toutes ses dents par-dessus la table, essayant de me fixer dans les yeux. J'avais regardé *The Music Man* assez souvent, étant gamine, pour me méfier des musiciens souriants. Cette façon qu'ils ont d'entrer en valsant et chantant dans votre bibliothèque, balançant leur mallette d'escroc et vous disant d'être spontané. Ils vous assurent que cette fichue ville pourrait être sauvée avec un peu de chance et un bon orchestre.

Pour combler le silence, j'en vins presque à raconter à Glenn la scène de Ian. Je me gardai bien de le faire. Si déjà je gonflais Rocky, qui connaissait le gosse et travaillait avec moi, je n'osais imaginer ce que ça serait avec quelqu'un qui s'en foutait *vraiment.* Et parmi les centaines de décisions stupides que je pris cet hiver-là, des décisions qui menaient droit en prison ou pire, celle-ci, alcoolisée et un rien arbitraire, fut probablement celle qui me sauva la vie.

10

Stupide

J'essayais d'observer Ian de façon objective cet hiver-là, après l'e-mail origami. Et je n'inventais pas ses yeux devenus mornes ou sa tendance à trépigner comme s'il attendait son tour aux toilettes, furax. Il avait toujours été lunatique, mais auparavant il était parfois de bonne humeur, ou légèrement survolté, et ce n'était désormais plus le cas. Début janvier, je lui donnai *Le plus délicieux des délices*, qu'il rapporta le lendemain.

« C'était super ennuyeux, dit-il. J'ai arrêté. »

J'étais stupéfaite. Ce livre, mes meilleurs lecteurs le finissaient en une journée, n'arrêtant même pas pour dîner si nécessaire.

« Bien, qu'est-ce que tu veux ?

— Un autre bouquin stupide.

— Tu veux quelque chose de stupide ?

— Bah, tout est stupide, alors je m'en fiche. Je vais lire un livre pour bébé. » Il se cala péniblement dans l'une des chaises en plastique pour les enfants de trois ans et attrapa sans le regarder *Des myrtilles pour Sal*. Il feuilleta les pages si vite que j'eus peur qu'il ne les arrachât. « Ce livre est le plus intelligent de tous les temps. Ce livre est extraordinaire. Ce livre est trop difficile pour moi. Ouais. » Il le reposa à l'horizontale, au-dessus d'autres illustrés.

Une autre fois, il descendit en trombe l'escalier, son manteau encore boutonné. « Ne lui dis pas que je suis là ! » chuchota-t-il, avant de dépasser mon bureau en cavalant vers les rayonnages. J'aperçus brièvement son visage. Il n'avait pas l'air effrayé, mais ne semblait pas non plus en train de jouer. On aurait dit qu'il essayait d'avoir l'air mauvais.

Une minute plus tard, Mme Drake, en jeans et pull en cachemire gris, descendit l'escalier aussi vite que le lui permettaient ses talons. « Excusez-moi, Sarah Ann, auriez-vous vu mon fils Ian ? » Mon Dieu, qu'elle était maigre ! Ses coudes étaient plus gros que le reste de ses bras.

Là où il était, Ian ne pouvait pas me voir, et je désignai du doigt et en silence l'allée des biographies. Elle disparut à sa suite. J'entendis alors le cri strident de Ian, et je la regardai le traîner vers l'escalier, ses ongles roses autour de ses épaules. L'écho de la voix de Ian se répercutait dans l'escalier : « Mais maman, tu ne peux pas être furieuse à cause de moi parce que — aïe ! — quand je me suis caché, j'étais déjà en train de le regretter. Maman, je le regrette déjà, tu n'as pas le droit d'être fâchée ! »

Dès lors, j'aurais dû accorder plus d'attention à sa sournoiserie, à son côté fuyant et sa propension à se cacher. J'aurais aussi dû percuter, la semaine suivante, lorsqu'il me posa des questions sur la femme de ménage. Il se tenait devant mon bureau, le visage contrarié, la voix monotone.

« Qui fait le ménage dans cette stupide bibliothèque ?

— Je suis désolée, Ian, je ne comprends pas.
— J'ai dit, qui fait le ménage à la bibliothèque ?
— Une charmante personne qui s'appelle Mme Macready. Elle passe l'aspirateur. Elle a des cheveux blancs.
— Est-ce qu'elle fait le ménage tous les jours ?
— Je n'en ai pas la moindre idée. Je ne pense pas. Plutôt un jour sur deux.
— Est-ce qu'elle le fait avant que vous arriviez, ou après que vous êtes partis ?
— Bon, j'ai du travail qui m'attend.
— Je pensais que ton boulot c'était de répondre aux questions des enfants.
— Oui, aux questions sur les livres. Tu as une question sur un bouquin ? »

Il attrapa *Continue, monsieur Bowditch* sur un coin de mon bureau. « Si je le lâche, et qu'on attend que la femme de ménage le ramasse, elle le rangera avant que la bibliothèque ouvre ou après qu'elle ferme ?
— La réponse est que *tu* le rangeras *toi-même* comme un grand. »

Il le jeta par terre et remonta l'escalier en courant.

Je ne le revis plus pendant quatre jours, un record. Il revint avec une assiette de cookies au glaçage bleu brillant, vert au centre. Il semblait avoir retrouvé son humeur habituelle, me rejoignant sur la pointe des pieds à côté du chariot des retours où je m'affairais. J'avais pris la décision de ne pas m'asseoir sur ma chaise pendant une semaine, pour voir si mes démangeaisons disparaîtraient. Sonya me fit un signe de la main et dirigea sa fille vers les marionnettes, avant de remonter.

« Même si nous sommes toujours en janvier, j'ai fait des cookies pour la Saint-Patrick, parce que c'est les prochaines bonnes vacances ! Le bleu représente l'océan, et le vert l'Irlande. J'ai coloré le sucre glace, et mes mains sont encore bleues. » Il déposa le plat recouvert de cellophane sur le chariot et me montra ses paumes bleu pâle.

« Tu as l'air d'un schtroumpf.

— Un quoi ? Au fait, je suis désolé d'avoir jeté ton livre. *Et*, je ne suis pas venu parce que je me suis fait baptiser. On a organisé une fête et on m'a offert environ cinq mille livres. »

Je retirai le film plastique et pris un cookie. « Qu'est-ce que tu as eu ?

— Des livres d'origami, et puis ces cinq tomes de la collection *Vers la lumière*. C'est sur ces enfants à la fin du monde, quand la plupart des gens sont au paradis, mais eux sont restés derrière pour essayer de sauver tous les autres. Pour adolescents, mais ils sont faciles à lire.

— Hum. C'est bien ?

— Ouais, vraiment marrant. Ils en ont fait un film mais ma maman pense qu'il fait trop peur. Il faut qu'elle le voie avant pour se faire une idée. Tu les as en stock ? »

J'essayai d'avaler ce cookie à la fois sec et gluant. « Tu sais, on n'a pas beaucoup de fictions religieuses pour enfants. Mais nous avons de la littérature non romanesque sur la religion.

— Ah, ouais. Comme ce livre stupide avec ces crétins de dieux indiens et tous leurs bras. Je les ai déjà lus. Vous devriez vous procurer *Vers la lumière*. »

Je connaissais la collection dont il parlait. À douze ans, j'avais passé une semaine chez un voisin évangéliste et j'avais lu trois livres appartenant à sa fille. Je les avais trouvés très amusants, très proches d'un roman à l'eau de rose ou d'un thriller. Le seul dont je me souvienne encore débutait dans un charter survolant l'Afrique, avec un chrétien « en rechute » remarquant que le pilote priait avant de manger son sandwich. Il l'interrogeait et une conversation s'engageait mais, peu de temps après, l'avion s'écrasait, les laissant tous perdus dans le Sahara, et cetera, et cetera, jusqu'à ce que tout le monde soit sauvé ou meure. En réalité, je n'avais pas trouvé ces livres *bien.* Comment Ian, un gamin qui avait lu sept fois *Le vent dans les saules*, pouvait-il s'enthousiasmer pour ça ?

« Et de toute façon, c'était plutôt chouette parce que j'avais mes copains de l'église qui sont venus à la maison après, et c'est tout ce que j'aurai cette année parce que je suis trop vieux pour une fête d'anniversaire. »

Son anniversaire était en avril, je le savais grâce à son compte. « Quoi, onze ans ? Ce n'est pas du tout trop vieux, dis-je. Aucun de tes camarades de classe n'organise de fête pour son anniversaire cette année ? »

Il soupira, décolla la Cellophane et remit en place les cookies pour combler le trou laissé par ma victime. « C'est pas exactement ça. Bon, d'accord. Tu vois, l'année dernière, j'ai organisé une fête et tous les gens que je voulais inviter, c'étaient des filles. Une super fête qui s'est résumée à une chasse au trésor dehors. Mais mon père a dit que cette année il fallait qu'il n'y ait que des garçons ou alors moitié-moitié. Et plus personne n'organise de fête où c'est moitié-moitié. Tout le monde fait une soirée pyjama, et je n'en ai vraiment pas envie. Donc mon père a décrété que je n'aurai pas de fête, et j'ai dit d'accord, mais j'ai demandé si, à la place, je pouvais inviter mes copains de ce cours de catéchisme. Il a catégoriquement refusé mais je ne comprends même pas pourquoi. Et puis il a dit que de toute façon j'étais trop grand pour les anniversaires, et que je devais juste économiser mon argent de poche et m'acheter quelque chose. »

Il semblait triste, réellement abattu, et j'eus l'impression que la blessure n'était pas récente. Son anniversaire n'était que dans quatre mois, mais ça lui triturait les méninges depuis déjà un bon bout de temps. J'avais toujours essayé d'être évasive, la bibliothécaire amicale et neutre — une espèce de thérapeute qui écoute en hochant la tête. Dans le cas présent, je ne pus m'empêcher de prendre parti. « Ian, ça n'est vraiment pas juste, dis-je. Je pense que c'est très injuste. »

Il me sourit, jeta un œil par-dessus son épaule pour s'assurer que Sonya ne descendait pas les escaliers, et attrapa un cookie irlandais. J'en pris un deuxième aussi, même si le premier était encore coincé quelque part autour de ma glotte.

À cet instant, il me fallait pour lui le roman parfait, celui qui allait le transporter à cent mille kilomètres de sa mère, du pasteur Bob et d'Hannibal, Missouri. Au lieu de ça, je dis : « Ces cookies sont délicieux. »

11

Tête de citrouille

Je trouvai Tim, le directeur artistique, adossé au mur extérieur de son appartement, les yeux humides et joyeux. J'étais partie tôt de chez Glenn, prétextant que je devais être en forme pour mon boulot le lendemain.

« Lucy la bibliothécaire ! » Il m'embrassa sur la joue. « Je suis complètement bourré ! On fait une fête pour le discours sur l'état de l'Union ! Je vais chercher les costumes ! Viens m'aider ! » Il s'assit par terre pour nouer ses lacets. Chez lui, des gens riaient, et on aurait dit qu'ils cassaient la vaisselle.

« Tim, j'ai une question à te poser », dis-je, tandis que nous descendions vers la réserve des costumes.

Tim déverrouilla la porte et tira le fil de l'ampoule nue au-dessus de nos têtes. C'était la pièce où je venais faire ma lessive et où, une fois, j'avais hurlé devant ce que j'avais pris pour une bête sur la table, mais qui se révéla être une perruque. Un espace soigneusement organisé, avec des rangées de boîtes en plastique étiquetées : « Paillettes », « Chapeaux », « Militaire », « Collants », « Chaussures de femme, 36-39 », « Élastiques ». Les murs étaient décorés d'affiches de spectacles et d'une énorme tête de cerf avec un chapeau de paille pendu à l'un de ses bois.

« Oui ! cria-t-il. Une question ! Pose-la ! » Il tira un carton de sous la table qu'il traîna au milieu de la pièce avant de le fouiller.

« Très bien, dis-je. Quels livres conseillerais-tu à un garçon de dix ans qui a besoin d'un soutien indirect sur certaines questions relevant de la sexualité qu'il pourrait ou non se poser ?

— Ah ! » Il retira un peignoir rouge du carton et le lança vers l'antique machine à coudre vert avocat dans le coin. « Il y a des tas de choses disponibles mais surtout pour des gosses plus âgés. C'est un bon lecteur ? Choisis des costumes. Tout ce qui te tombe sous la main. On attend une soixantaine de personnes. J'ignorais que Lenny avait des amis. »

Je tirai la boîte « Chapeaux » de son étagère. Il y avait un modèle à la Abe Lincoln sur le dessus, dont je me dis qu'il en valait bien un autre. Je le pris et le déposai sur la table. « Le truc, c'est qu'il faut que ça soit inoffensif. Ses parents vont faire une attaque si je lui donne, disons, *Sors du placard, Bobby.*

— Un excellent morceau de littérature, dans mon souvenir. » Il entassait sur ses deux épaules des piles de ce qui ressemblait à des robes de chambre. « Sérieusement, je peux répondre à cette question. » Il pointa un doigt dans ma direction et me fit un clin d'œil. « *Le vilain petit canard.* Voilà ce qu'il te faut.

— Non, dis-je. Ce gosse a dix ans. Et il est intelligent. Il se moquerait de moi.

— D'accord. Bon, je suis catégorique : la série du Magicien d'Oz. Tous, pas seulement le premier. » J'allais acquiescer, mais il continua. « *Parce que*, voilà le truc à propos du Magicien d'Oz. » Il vida l'intégralité du carton estampillé « Paillettes » sur la table avant de tout refourguer dedans. Il me mit la boîte dans les bras et plaça le chapeau de Lincoln dessus. « T'es au courant de ce culte gay fanatique, pas vrai ? Que l'on doit en partie à Judy Garland. » Il attrapa deux tuniques élisabéthaines brillantes sur le portant, ramassa le peignoir rouge, et ouvrit la porte. « Deux choses : dans toute la série, pas la moindre trace d'une vraie histoire d'amour. Tu peux éteindre la lumière. Il n'y a que ces histoires vraiment grotesques. Donc c'est comme si c'était un royaume libéré de l'amour hétéro. Et il y a même un garçon qui se transforme en fille. Oups, une tapette.

— En effet. Ozma, dis-je.

— Et deuxièmement, tout le monde est très *bizarre*, mais complètement accepté. Genre, t'as une tête de citrouille, le mec d'à côté est en fer, t'es un poulet qui parle, et alors ? Roule, ma poule ! »

Lenny nous retrouva dans le couloir, l'air aussi saoul que Tim. Il attrapa les robes sur les épaules de Tim, cria : « Les costumes ! », et les lança dans l'appartement. Les gens étaient déjà en train de les passer par-dessus leurs vêtements lorsqu'on entra. Beth Hopkins, l'actrice rousse dont j'avais aidé à profaner les photos, accourut, saisit la boîte à paillettes dans mes bras et entreprit de lancer bandeaux, écharpes et boucles d'oreilles scintillants dans la pièce.

« Vous connaissez tous Lucy ! cria Tim. On adore Lucy ! Elle est prête à tout ! »

Beth virevolta et me saisit par les épaules. « Quelle fantastique mariée ! Une épouse magnifique ! »

Je ris. « Combien de temps il t'a fallu pour te rendre compte de tout ça ?

— Oh mon Dieu, environ deux semaines ! Je te jure ! »

Je finis par observer la fête plus que je n'y participais. Le chapeau de Lincoln atterrit sur ma tête à un moment, et je m'installai dans un fauteuil avec une bière apportée par Lenny. La plupart des hommes avaient revêtu des robes pour se transformer en ménagères républicaines, certaines femmes flânaient attifées en prostituées, d'autres incarnaient divers personnages shakespeariens. Tim était vautré dans un énorme fauteuil et braillait des insultes racistes à travers la pièce. Lenny alluma la télé tandis que le président montait sur l'estrade et que des types aux cheveux blancs applaudissaient derrière lui. Le but de la fête était de réagir à l'allocution comme l'aurait fait le personnage que l'on incarnait. Lenny, paré d'une tunique élisabéthaine, hurlait et se signait dès que le programme spatial était évoqué. Pour l'essentiel, Tim et les ménagères républicaines criaient des encouragements à chaque allusion un tant soit peu bigote. Dès que le président prononçait le mot « nucléaire », tout le monde était obligé de s'envoyer un verre.

Je penchai la tête en arrière et fixai notre président, ses oreilles en forme d'antennes paraboliques et ses yeux sévères. Il parlait à la caméra de préserver la civilisation. « Nous sommes tous des ambassadeurs, disait-il, qui répandent la bonne parole de l'Amérique à l'étranger. Les valeurs américaines, les libertés américaines. Et nous nous battrons pour ces valeurs. Et nous *protégerons* ces valeurs. »

« Ouais, l'hégémonie ! » cria Tim, lançant sa bouteille de bière vide vers la bibliothèque.

« *Ave* César ! » cria une prostituée.

Quelqu'un se mit à chanter *Ô Canada !*.

Je me demandai si la vie de Tim comprenait des instants ancrés dans le réel. Chaque fois que je le voyais, il était saoul, costumé, ou les deux.

Je le regardai défaire sa queue-de-cheval et tirer ses cheveux blonds et raides de chaque côté de son visage. « Je suis John Lennon ! beugla-t-il avec un accent anglais. Je suis foutrement troublé par toute cette merde. Bordel, qui est ce foutu mec aux grandes oreilles ? Hé ! me cria-t-il. Abraham Lincoln ! Tu es foutrement silencieux ! Qu'est-ce que tu penses de ce président ? »

J'essayai de trouver une réplique lincolnienne. Des bouts du discours de Gettysburg me passèrent par la tête, mais rien de franchement drôle.

« Fous-lui la paix ! lança le régisseur. Il est *mort*, nom de Dieu !

— Eh bien, moi aussi ! gémit Lennon. Nous sommes deux foutues victimes, voilà ce que nous sommes ! »

Le président demanda à un type installé au premier rang de se lever. Cet homme avait été licencié deux ans plus tôt, et désormais, grâce à l'économie florissante, il goûtait aux joies d'un nouveau boulot, comme chef d'une chaîne de montage. Il pouvait nourrir ses six enfants. L'homme regardait de gauche à droite comme un écureuil affolé. Devait-il se rasseoir ? Rester debout ? Je détestais les discours présidentiels même lorsque j'appréciais le président, je détestais leur optimisme. Notre acteur national, en scène pour nous asséner que tout allait pour le mieux dans le meilleur des mondes.

« Tu as de la chance, disait souvent mon père, de pouvoir te moquer ainsi de ton président. Tu sais ce qui se passait quand on riait de Staline ? Si quelqu'un voulait te raconter une blague sur Staline, il prenait d'abord le soin de te traîner dans un cagibi sombre et vérifiait s'il n'y avait pas de micros. Les gens mouraient sans arrêt à cause de boutades. Les hommes emmenés de force en pleine nuit l'étaient souvent parce que quelqu'un avait entendu par hasard leur plaisanterie absurde. Je t'ai raconté celle du chat et de la moutarde ? »

Vers minuit, Tim s'assit à côté de moi, une main sur mon épaule. « Autre chose, dit-il. À propos d'Oz. » Il avait l'air vraiment saoul, mais sa diction était claire. « Je pense que l'intérêt vient en partie du fait que ce personnage peut tout *arranger*. Ils vont tous trouver le magicien pour être *normal*, tu vois ? C'est ce qui hypnotise certains gosses. Mais ça ne marche pas, et le livre leur réserve moult surprises de charlatan. Et c'est ce qui *résonne*, parce que c'est ce qu'ils savaient depuis le début au fond de leurs tripes. » Il ponctua sa théorie d'un rot avant de se moquer de lui-même.

Cette nuit-là, je m'endormis vite, l'estomac plein de bière, et je roupillai le bras droit étendu derrière ma tête comme la statue de la Liberté. Comme si moi-même, perdue, j'essayais de montrer la voie à quelqu'un.

12

La semaine précédente

Quiconque a déjà entendu ce genre d'histoire, où quelqu'un fait un truc irréfléchi et envoie tout promener, s'interrogera sur ce que je fuyais. Parce que c'est une certitude, moi aussi, je fuyais quelque chose. J'étais sans doute profondément insatisfaite. Ou je vivais une relation amoureuse bancale et gênante, ou je refusais d'affronter le fait que j'étais inconsciemment amoureuse de Rocky, ou je me sentais comme un imposteur parce que j'étais, croyez-le ou non, illettrée. Oui, nous y voilà. J'étais une bibliothécaire illettrée, qui devait s'enfuir parce qu'elle avait volé de l'argent à Rocky après qu'il lui eut brisé le cœur en la quittant pour Loraine.

Non. Rien de tout cela. Je n'étais pas au point d'ébullition ; je mijotais. Soit, je n'étais pas particulièrement passionnée par mon boulot. J'avais toujours pensé qu'à vingt-six ans ma vie serait un peu plus glamour. Hannibal sentait un brin le renfermé. Je m'ennuyais carrément. Mais ce n'est pas une raison, une excuse ou même une motivation pour faire ce que je fis. Si cela me fait paraître altruiste, genre tout ce que j'ai fait c'était pour Ian, on se trompe. J'étais plus malheureuse qu'altruiste, et un hasard imbécile y fut pour beaucoup.

Malheureuse, ne sachant rien de rien, perdue. Altruiste seulement par défaut. Hull jusqu'au bout des ongles.

Donc, voilà : je n'avais aucune raison particulière de partir ni de gâcher mon existence. Mais je n'avais pas non plus grand-chose qui me retenait ici.

Les rougeurs sur mes jambes et mon dos s'étaient transformées en plaies vermillon. La cinquième prescription de lotion ayant échoué, le docteur Chen m'avait dit de me reposer. « Et buvez plus d'eau, avait-elle ajouté. Parfois le corps essaye juste d'envoyer des signaux. »

La neige formait une croûte sur les pelouses en ce mois de mars, mais les parcs de stationnement étaient recouverts de gadoue marronnasse. Chaque matin, je songeais à appeler et à me faire porter pâle.

Rocky et moi, nous n'étions pas allés au cinéma depuis deux mois. Lorsque je lui demandais comment ça allait, il répondait un truc du genre *Plain* de Nora Roberts.

— Ouais, d'accord, mais comment tu vas ?

— Magnifiquement bien. »

Ian descendit un après-midi, les contours des yeux rouges comme s'il avait pleuré ou s'était frotté le visage sur un chat. Il me lança un bonjour tandis qu'il se dirigeait vers le rayon de la science-fiction que j'avais décoré avec des extraterrestres en papier alu. Il me dit : « M. Walters demande de lui monter des agrafes. » M. Walters, c'était Rocky. Pourquoi ne m'avait-il pas passé un coup de fil ou envoyé un e-mail ? Mystère. Lorsque Ian emprunta *Les petits hommes gris* dix minutes plus tard (ou plutôt lorsque je l'empruntai pour lui sous mon nom et le regardai le fourrer dans son pantalon), je lui tendis une boîte d'agrafes et lui demandai de la remonter. Ces derniers temps, Ian ne restait pas longtemps. Ses ongles avaient à moitié disparu à force d'être rongés.

« Est-ce que M. Walters est ton copain ? » demanda-t-il. Il posa la boîte d'agrafes sur sa tête, et tendit les bras tel un funambule.

« Non. J'ai un autre copain. » Ce besoin immédiat de devoir rétablir la vérité ne me plut guère.

« Tu devrais sortir avec M. Walters. Il a une croix rouge.

— Une quoi ? »

Ian se retourna et les agrafes tombèrent par terre. Il les remit sur sa tête et les tint là avec une main tandis qu'il s'éloignait. « J'ai oublié ce que c'était, répondit-il. Un truc rouge. Je suis une femme nigériane, et je traverse le Sahara.

— Eh bien, bonne chance. »

Lorsque je remontai pour aller chercher mon déjeuner de l'autre côté de la rue, je songeai à interroger Rocky sur cette histoire de croix rouge, mais, à l'aller comme au retour, Rocky resta dans le bureau du fond. J'avais l'impression qu'il voulait que je lui demande ce qui n'allait pas, mais je ne me sentais pas de jouer à ce jeu.

Et c'est là que l'histoire aurait dû se terminer. Parfois, assise à mon bureau, écoutant le doigté aérien des étudiants de troisième cycle avec leurs ordinateurs portables, attendant que le soleil se couche dans l'encadrement de la fenêtre et m'aveugle de sa lumière rouge, parfois je crois que c'est là que cela s'est terminé, que tout ce qui a suivi n'a été qu'un rêve. Que peut-être je repenserais au passé, imaginant ce qui aurait pu arriver si seulement j'avais fait quelque chose. Alors qu'en réalité je n'aurais rien fait. J'aurais passé les cinq années suivantes assise paisiblement à Hannibal, regardant Ian fêter ses onze ans, ses douze ans, puis constatant qu'il ne venait plus guère me voir, après quoi je l'aurais croisé, moi en voiture, lui sur le trottoir, et je me serais demandé comment il allait, mais je n'aurais pas voulu le gêner en abaissant ma vitre pour l'appeler.

Mais non, c'est arrivé. On peut cependant débattre d'une chose : cela m'est-il arrivé, ou ai-je fait en sorte que cela arrive ?

13

Hors du terrier du Hobbit

« MII, MAIS, MA, MO, MOU ! » chantait le mur de Tim à six heures du matin en ce lundi matin.

« TII-TII-TII-TII-TII-TII-TII-TII-TII-TII-TII-TII-TII-TII ! »

« Être assis dans le silence solennel de ce sombre et morne banc des accusés, dans une prison pestilentielle et cette peine de perpétuité, attendant la sensation d'un choc sec et coupant, du hachoir bon marché d'un bûcheron ! »

« iiiiiiiiiiiiiIIIIIIIIIIIIiiiiiiiiiii ! »

« Oh, bon Dieu, » criai-je au mur de Tim à travers mon oreiller. « Oh, bon Dieu, ferme-la ! »

« Iaaaaaaaaiiiiiouwah, iyoé, aé », répondit le mur. Tim révisait ses vers, mais sans les consonnes.

Dehors, une sombre tempête du Midwest se déchaînait, la première de l'année, et le tonnerre sonnait crescendo comme des bennes à ordures sur du gravier ou Dieu mâchouillant des rochers. Le vent était aussi déchaîné que la foudre, et je n'étais pas certaine que mes vitres tiendraient sur leurs châssis pourris. Je songeai à mettre de la musique pour me rendormir, mais je ne pouvais supporter d'en rajouter au niveau sonore.

J'enfilai sans conviction un vieux jean et des chaussures de marche, et je passai trois minutes à me gratter le dos contre le coin de ma penderie tel un chat psychotique. Ce n'était qu'une question de temps avant que je ne me déchire vraiment la peau, avant que quelqu'un ne s'approche de moi dans la rue et ne me demande pourquoi le dos de ma chemise était imbibé de sang. Je partis au boulot tôt finir les prospectus pour les ateliers de lecture estivaux, et constater les dégâts qu'avait faits Sarah Ann la veille, en fermant elle-même. J'arrivai à sept heures sous une pluie battante. Des branches mortes parsemaient tout le quartier. Je me secouai dans l'entrée, m'essuyai les pieds et refermai la porte derrière moi. Deux heures de solitude en perspective.

Peut-être à cause du silence, j'étais plus attentive aux détails ce matin-là — toujours un problème pour moi, puisque dans les histoires et les films, faire le point sur de petits détails tend à indiquer qu'un désastre est imminent. Un personnage de film ouvre sa porte, vérifie son courrier, allume la lumière, et vous savez qu'il lui reste environ trente secondes à vivre. J'étais habitée par une appréhension irrationnelle ce matin-là, comme je l'étais toujours quand je pénétrais seule et de très bonne heure dans la bibliothèque, et que les seuls sons que je distinguais étaient ceux de mes doigts sur le papier, ou celui de mon sac à main glissant dans le tiroir du bureau.

Je m'assis dans la pénombre un moment, puis me levai pour allumer les lumières du sous-sol, les six interrupteurs, l'un après l'autre, murs et vitrines se présentant de façon spectaculaire. J'étais encore trempée et frigorifiée à cause de la pluie. Je fis probablement du bruit, comme j'ai tendance à le faire dans le silence, fredonnant, sifflant ou claquant des dents. Je passai derrière mon bureau et m'affaissai de nouveau dans le doux fauteuil pivotant, lorsqu'un bruit de papier froissé me parvint du fond d'une allée dédiée à la fiction. Mon estomac se liquéfia et je remontai mes pieds sur la chaise. Je n'avais jamais eu qu'une seule souris dans mon appartement, mais cela m'avait tellement perturbée, l'idée de cette petite chose si intrusive, que j'avais traîné tous les soirs tard au boulot pendant une semaine, jusqu'à avoir la certitude qu'elle avait fini empoisonnée. Là, je cognai un grand coup sur la table pour l'effrayer et la faire fuir. Je baissai les pieds, martelai les tiroirs et écoutai, à l'affût d'un trottinement.

« Miss Hull ? » dit la voix de Ian. J'avais tellement l'habitude qu'il m'appelle ainsi, que je regardai devant le bureau pour le voir, et non vers l'endroit d'où était venue la voix. Je me sommai de ne pas jurer tandis que je trébuchais dans l'allée.

Ian était accroupi par terre à côté de la grande plante en pot avec des livres, des T-shirts et des couvertures éparpillés autour de lui.

Il riait nerveusement, l'air terrifié. Il enleva ses lunettes et s'essuya les yeux.

« Ne dis rien. Je veux dire, à mes parents ou à la police. S'il te plaît. Je suis très-très-très-très désolé. »

Je m'assis à côté de lui sur le tapis et esquissai un sourire placide, ne sachant trop que penser. « D'accord. » J'attendis. Il mordillait son jean au niveau du genou en se balançant d'avant en arrière, mais il ne pleurait pas, enfin pas vraiment.

« Regarde ! » dit-il soudain, beaucoup trop fort. Il tendit le bras en arrière. « J'ai fait un vrai baluchon ! » Il brandit une longue et solide branche avec ce qui ressemblait à une chemise de flanelle roulée en boule au bout. Il me le passa. C'était lourd.

« Qu'est-ce qu'il y a là-dedans ? » Je tâtai la chose, puis la déposai avec précaution sur le sol. Ian défit le nœud.

Il respirait normalement et souriait, assis en tailleur et adossé contre les étagères. « Primo : du fil dentaire. » Il le retira. « Shampoing. Barres énergétiques. Tu ne trouves pas ça bien, que j'aie pris des barres énergétiques ? Elles contiennent pratiquement toutes les vitamines dont on a besoin. »

Il dénicha un petit gobelet en plastique. « Pour l'eau. Et se laver les dents. Et là, mes médicaments. » Il saisit un inhalateur pour asthmatique et un flacon de pilules. « Brosse à dents, dentifrice, carte de piscine, chaussettes. »

Sur un ton calme et normal, je lui demandai : « Tu vas nager ?

— Non. » Il rit presque. « C'est ma pièce d'identité. Au cas où j'en aurais besoin.

— Eh bien, tu fais les choses à fond, Ian. »

Le soleil matinal qui se reflétait dans ses lunettes donnait à ses yeux une teinte jaune lunaire.

« Est-ce que tu sais pourquoi je n'ai rien apporté à faire ?

— Non, je ne sais pas.

— Parce que je venais *ici*. Il y a des livres et je peux écrire, et j'ai fait des origamis. Je suis désolé, j'ai cambriolé le placard à fournitures. Regarde ! » Il retira une grue en papier de la plante. Je regardai autour de moi et vis que tous les pots étaient remplis de feuilles de bloc-notes et de papiers pliés. Dans le pot le plus grand, il avait installé un village avec maisons, gens et arbres. D'autres abritaient des familles et des animaux, petits et grands, et nombre de mes plantes avaient des fleurs en papier éclatantes coincées dans leurs feuilles. « Voici mon avion crashé. » Dans un pot, il y avait un avion en papier froissé, le nez dans la terre, entouré de triangles rouges et orange. « Là, ce sont les flammes. » Il jucha la grue dans les feuilles d'un chlorophytum.

« Waouh ! dis-je. J'en déduis que tu es là depuis un bon bout de temps. »

Il regarda sa montre. « Quatorze heures. »

Du calme. « Tu as dormi ici cette nuit ?

— Voilà ce que j'ai fait. Mes parents étaient vraiment occupés à recevoir ce groupe d'études bibliques chez nous, et j'ai donc marché jusqu'ici. L'autre dame n'a même pas vraiment regardé autour d'elle quand elle est partie, même si j'étais prêt à me cacher n'importe où. Et puis j'ai trouvé un matelas dans le cagibi, et des couvertures, et j'ai tout apporté ici. Mais j'ai tout remis en place en me réveillant. J'ai arrosé tes plantes.

— Merci.

— Comme ça tu n'auras pas à le faire plus tard. Et les origamis resteront au sec. »

Il replia les bords de son baluchon, utilisant les manches de la chemise pour la nouer autour du bâton. Je me relevai et approchai un tabouret à roulettes pour m'y asseoir.

« Très bien, dis-je. Ta maman et ton papa se font un sang d'encre depuis très longtemps. On va les appeler. »

Ian retira un livre des étagères et le tint ouvert, juste devant son visage. Il marmonna : « Je ne pense pas que ce soit une bonne idée. »

J'essayai de baisser le bouquin, mais il avait de la force. « Tu veux les appeler, ou dois-je le faire moi-même ? » Il ne répondit rien. « J'en déduis que c'est à moi de le faire ? » Je m'attendais à une crise de colère comme celle avant Noël, à ce qu'il envoie valdinguer le livre par terre et se mette à hurler, mais il ne se passa rien. Je me levai et marchai jusqu'à mon bureau. « Quel est ton numéro de téléphone ? » Son visage apparut au bout de l'allée, mais au niveau du sol. Il avait dû ramper jusque-là. Il me donna le numéro, lentement et distinctement, et je le composai.

« Vous avez contacté la direction des ressources humaines de l'électricité du Missouri, annonça le combiné. *Nous sommes joignables de neuf heures à dix-sept heures, du lundi au vendredi. »*

« Ian, dis-je en raccrochant, tu habites au siège de la compagnie d'électricité ? » Son visage avait disparu de l'allée. « Ian, quel est ton numéro de téléphone ?

— J'ai oublié », dit-il juste derrière moi. Je sursautai et me cognai le genou contre le bureau.

Je tirai l'annuaire de sous le téléphone et le feuilletai à *D.* « Très bien. Cherchons.

— On est sur liste rouge », dit-il, souriant. C'était vrai. Pas de Drake à Hannibal. Je refermai l'annuaire d'un coup sec et le regardai : des traits radieux, un soulagement total. Il jouait avec le dernier bouton de sa chemise, qu'il arracha presque, mais il inspirait profondément. Il avait dû planifier cela pendant des semaines. Pensait-il qu'il allait vivre à la bibliothèque ? Quatorze heures, c'était bien plus qu'un scénario classique de fugue visant à punir les parents.

« Bien, dis-je, je suis contente que tu sois venu me rendre visite, Ian, mais la bibliothèque ouvre ses portes dans peu de temps, et tu ne peux pas vivre au milieu de mes plantes. » Il gloussa, mais le rire s'étrangla dans sa gorge. « On peut appeler la police, ou je peux te reconduire chez toi. »

Il se retourna et envoya un coup de pied dans mon classeur, puis se dirigea vers son allée refuge en pleurant, silencieux et le visage cramoisi. Il revint avec son manteau, portant son baluchon et un grand sac à dos bleu que je n'avais pas vu auparavant. Probablement rempli de vêtements. Il hocha la tête dans ma direction puis monta l'escalier. Je laissai les lumières allumées mais fermai tout, et je le retrouvai sur le parking. J'étais étonnée qu'il m'ait attendue, qu'il ne se soit pas enfui. Peut-être aurais-je souhaité qu'il se sauve ? Mais il était bien là, debout sous la pluie à côté de ma petite voiture bleu pâle. Il voulait rentrer chez lui.

Je m'installai derrière le volant et, de l'intérieur, déverrouillai la portière côté passager avant de m'apercevoir qu'il attendait à la portière arrière. Cela me frappa vraiment pour la première fois : il avait dix ans, voyageait sur la banquette arrière, prenait probablement encore des bains et dormait sans doute la nuit avec une veilleuse. Il s'installa et fouilla entre les sièges pour trouver la ceinture de sécurité. Avais-je jamais transporté quelqu'un à l'arrière ? Je démarrai et les infos rugirent dans la radio, les détails du lancement d'une navette spatiale. Je l'éteignis et on descendit Waxwing Avenue. Je ne lui demandai pas son adresse car c'était inutile : je ne connaissais pas assez bien les quartiers résidentiels de la ville. Il m'indiqua le chemin, l'annonçant à mon oreille depuis la banquette arrière.

« Tourne à gauche au prochain stop ! criait-il. Continue sur un kilomètre ! Tourne à droite et ensuite encore à droite !

— Ian, dis-je au bout d'un moment, j'ai l'impression que tu me fais tourner en rond. » Je n'en étais pas vraiment sûre, mais ce petit manège s'éternisait, et je savais qu'il venait à pied à la bibliothèque.

« Non, non ! cria-t-il. Pas du tout. Là, c'est la dernière maison sur ta gauche ! »

J'aperçus une grande maison jaune avec de petits pins parfaitement coniques bordant la clôture. Je me garai le long du trottoir. Le journal était encore sur le perron dans son plastique orange, et un petit vieillard courait de sa voiture vers la maison avec un magazine qu'il tenait au-dessus de sa tête sous la pluie battante.

« Ian, ce n'est pas ton papa. »

Il regarda à travers la vitre. « Ouais, t'as raison.

— C'est bien chez toi ?

— Je n'en suis pas sûr.

— Tu n'en es pas *sûr* ?

— Bah, ils ont repeint notre maison récemment, et elle n'a plus le même look. J'ai du mal à la reconnaître. »

Je fermai les yeux. « Bon, très bien, on va au commissariat. »

Silence complet. Je regardai dans le rétroviseur et ne le vis pas. Je coupai le contact et ouvris ma portière pour bondir hors de la voiture et l'attraper, prête à le poursuivre où qu'il aille, mais je le vis recroquevillé sur le plancher à l'arrière de la voiture, les bras sur la tête, comme pour se protéger d'une explosion imminente. Il tremblait de tous ses membres, ses lunettes et son manteau abandonnés sur le siège.

J'ouvris la portière arrière, m'accroupis sur le trottoir et posai une main sur son dos. Sa chemise était chaude et humide, et elle lui collait à la peau. Il dit quelque chose que je n'entendis pas.

« Quoi ? »

Il releva la tête pour se moucher dans sa manche. « *S'il te plaît*, tu es censée rouler un moment. »

Comme ivre ou dans un rêve, j'avais la tête dans un brouillard qui s'épaississait. Je savais que j'allais le faire, ne serait-ce que parce que je ne voulais pas l'emmener au commissariat contre sa volonté et perdre sa confiance à tout jamais, et je ne voulais pas le ramener chez lui, pas plus que l'abandonner au milieu de la route. Je me rendis compte seulement après que j'aurais pu retourner à la bibliothèque et attendre Rocky. Et quelques jours plus tard, cette évidence me frappa : son adresse et son numéro de téléphone étaient dans l'ordinateur, au-dessous de son nom et au-dessus de son amende de douze dollars. Mais ses sanglots m'interdisaient toute réflexion. Ou peut-être focalisaient-ils toute mon attention. Ou peut-être souhaitais-je cela depuis le départ : le sortir d'Hannibal, ne serait-ce qu'un instant. Simplement, pas aussi littéralement.

« Rouler vers où ? demandai-je.
— *Quelque part*, dit-il. Chez ma grand-mère. »
Je savais qu'il n'avait pas de grand-mère.
« D'accord », dis-je.

14

Dans le terrier du lapin

Et ils se mirent en route, nos camarades, la bibliothécaire et le garçon aux joues écarlates. Le vent balayait l'herbe dans les champs et se déchaînait contre la voiture, semblant presque la soulever pour la faire glisser sur le bitume. Lorsque les nuages s'écartèrent finalement et que les vents se calmèrent, le soleil levant transperça les vitres de ses rayons rouges. Il scintillait dans leurs cheveux devenus des toisons de feu. Il y avait plusieurs routes à proximité, mais il ne leur fallut pas longtemps pour trouver celle aux lignes jaunes bordée de panneaux délabrés. Ils roulaient vers l'ouest et le garçon indiquait les directions, dictées simplement par la magie de son imagination. Le soleil brillait et les oiseaux chantaient, et dame bibliothécaire fredonnait en conduisant sur cette route noire et chatoyante, et même si, à dire vrai, son visage trahissait une certaine anxiété concernant le voyage à venir, elle ne se sentait pas aussi mal que vous pourriez le penser.

En réalité, on était perdus. Je le laissai jouer au copilote un peu trop longtemps et on se retrouva sur une route de campagne. Le ciel était couvert et je ne savais pas dans quelle direction nous allions. Je n'avais pas de boussole sur le tableau de bord, ni de boussole interne. Pas plus, méditai-je, que de boussole morale. Mon téléphone portable était à cinquante centimètres, dans mon sac. Je pouvais appeler la police maintenant. Je roulais assez vite pour que Ian ne puisse pas sauter en marche. Comment expliquerais-je qu'un enfant disparu la veille était désormais dans ma voiture, à des kilomètres de chez lui, même si, monsieur l'agent, je ne savais pas exactement où diable on pouvait bien être ?

Au bout de vingt minutes, Ian abandonna la navigation et entama une logorrhée sur des robots capables de faire vos devoirs, et autres considérations, comme le temps nécessaire pour manger un arbre entier transformé en milk-shake. S'il essayait de me faire perdre la notion du temps, il y réussit. J'avais faim, et lorsque je regardai l'horloge, elle indiquait 10 h 22. Je n'avais même pas pris de petit déjeuner — j'avais prévu de traverser la rue en vitesse pour m'acheter un bagel avant l'ouverture de la bibliothèque.

Je m'engageai dans ce qui me sembla être une route plus animée, espérant trouver une station-service.

« Je ne t'ai pas dit de tourner ! »

Je mentis. « De l'autre côté, on revenait en arrière. Et je croyais que tu ne me faisais pas tourner en rond.

— Tu es en train de nous perdre ! » Il avait l'air sincèrement en colère, si paniqué que, l'espace d'une seconde, je me demandai s'il ne me dirigeait pas vraiment vers chez sa grand-mère. Mais non, il était inquiet à l'idée de rentrer chez lui.

« On a besoin d'essence », dis-je. Il se pencha sur mon siège et constata que l'aiguille était à marée basse. En fait, elle y était depuis deux ans et je devais compter les kilomètres entre deux pleins. En y réfléchissant, le réservoir devait être presque vide. On s'arrêta dans une station Texaco, et tandis que je remplissais le réservoir je pris conscience qu'en allant payer je pouvais passer un coup de fil sans que Ian ne l'entende. Peut-être appeler Rocky, pour lui raconter ce qui se tramait. Mais dernièrement il était à peine aimable, et il pensait que j'étais obsédée par Ian. Pas sûr qu'il croirait aux détails de l'histoire. Je ne savais pas comment appeler les Drake. Je pouvais joindre la police et inventer une salade, leur raconter que Ian venait de se pointer à la porte de mon appartement, que cela allait prendre un moment pour le calmer, et que je l'amènerai au commissariat d'ici une heure ou deux. J'achèterais une carte ou demanderais mon chemin, et foncerais pour rentrer.

J'ouvris ma portière : « Je vais acheter de quoi grignoter. Tu veux quelque chose ? »

Il tapota son sac à dos. « J'ai du beurre de cacahuète, de la confiture et des biscuits salés. De quoi faire une centaine de sandwichs, même s'ils risquent d'être petits. Sans compter mes barres énergétiques.

— Tu veux un Snickers ? » Et voilà, je parlais comme une kidnappeuse.

« Je pense que tu ferais mieux de ne pas entrer là-dedans », dit-il. Son visage redevenait rouge. Normalement, n'était-ce pas le contraire ? Le kidnappeur s'arrête à une station-service, menace sa victime pour qu'elle reste dans la voiture, et la victime se rue comme un dément vers l'autoroute.

« Ian, il faut au moins que je *paye*. La machine ne prendra pas ma carte. »

Il enleva sa ceinture de sécurité et sauta sur le bitume. « D'accord, dans ce cas je viens avec toi, et je veux un 3 Mousquetaires. »

À l'intérieur du Quik Stop, j'attendis qu'il soit hypnotisé par les bonbons, puis je lui annonçai que j'allais aux toilettes. Il réfléchit une seconde. « Donne-moi d'abord ton téléphone.

— Tu veux passer un coup de fil ? » Je le déposai dans sa main.

« Non. »

J'achetai des chips et un soda pour moi et, en sortant, je tirai deux cents dollars au distributeur automatique. L'idée d'être si loin de chez moi sans un minimum de liquide ne me plaisait pas du tout, et je pensais que deux cents dollars nous suffiraient pour les imprévus et les repas. J'envisageais de faire une halte dans un endroit plus agréable, et de discuter de la situation avant que je ne le dépose chez lui ou au commissariat.

De retour dans la voiture, je lui demandai de me rendre mon téléphone, et je fus soulagée qu'il s'exécute. Il aurait pu le jeter ou le balancer dans la cuvette des toilettes avant de tirer la chasse. Je lui dis : « Tout ça devient ridicule. D'ici deux minutes il va falloir que tu choisisses : on peut appeler tes parents, la police, ou quelqu'un que tu connais. » Il ne répondit pas. « Pourquoi pas la maman de l'un de tes amis ? »

Il me souriait dans le rétroviseur. « Devine pourquoi on ne va pas le faire ?

— Parce que tu n'en as pas envie.

— Non. Parce que si tu les appelles, je dirai que tu m'as kidnappé à la bibliothèque hier soir, et que tu ne m'as pas laissé partir. »

Son rictus pouvait signifier qu'il plaisantait, mais il avait aussi l'air d'être sur le point de pleurer.

« Je ne pense pas que tu ferais ça », dis-je. (C'était ainsi que je m'étais toujours imaginé m'adresser à un fou armé : « Mais vous êtes *quelqu'un de bien*. Vous ne *voulez* pas me faire de mal. »)

Il réfléchit une seconde. « Si, c'est *vraiment* ce que je ferai. Et je leur décrirai dans le détail l'intérieur de ta voiture, et ça sera une preuve.

— Et comment expliqueras-tu ton sac à dos ? » J'avais repris la route, me dirigeant dans la direction supposée d'Hannibal. J'espérais qu'il était trop préoccupé pour le remarquer.

« Je le jetterai. Et si je n'ai pas le temps de le faire, je dirai que tu m'avais demandé de préparer un sac pour passer une super nuit à la bibliothèque, mais lorsque je suis arrivé, tu as sorti ce couteau et m'as ordonné de monter dans la voiture. Parce que tu as toujours voulu un enfant, et l'occasion s'est présentée. »

Je me demandai s'il avait imaginé son scénario à l'instant même, ou pendant la nuit, ou des mois auparavant.

Je ne mentirai pas : c'était une consolation que l'on décidât à ma place, de savoir qu'appeler pour obtenir de l'aide était hors de question. Une seconde, j'eus le sentiment que ce n'était pas moi la coupable.

Il se remit alors à pleurer, et impossible de lui en vouloir. Il était désespéré, et n'avait que dix ans.

Il ne m'indiquait plus de direction, et la voix de la

sagesse me commandait de retourner vers l'est et Hannibal, à défaut d'autre solution.

Les voyageurs ne discutèrent pas beaucoup cet après-midi-là, tous deux fatigués et perplexes. Ils s'arrêtèrent en chemin pour se ravitailler, et jouèrent avec les panneaux indicateurs, l'alphabet et les plaques d'immatriculation des autres véhicules. Tout d'un coup, après plusieurs minutes de silence, le garçon se redressa et commença à chanter à voix haute :

« Fonce, joli bateau,
Comme un oiseau dans le ven-ent !
Les matelots crient en avant !
Emporte le garçon
Né pour devenir roi-oi
Sur les flots vers le ciel-el-el-el-el-el ! »

Dame Bibliothécaire sourit. « Où est-ce que tu as appris ça ? s'enquit-elle.

— À l'école, répondit le garçon au visage doré. Tu n'aurais pas un chewing-gum ? »

Dame Bibliothécaire répondit qu'elle n'en avait pas, et le garçon se mit à mâchouiller sa langue.

« Tu sais, tu ressembles à une vache lorsque tu fais cela », remarqua la bibliothécaire, et les deux rirent de bon cœur tandis qu'ils passaient la frontière de l'État.

Je pensais qu'on allait dans la bonne direction, et s'il y eut des panneaux indiquant la grande ville la plus proche, je ne les vis pas ou ne parvins pas à me concentrer pour les lire. Je savais que nous roulions vers l'est depuis un bout de temps, et vu qu'on avait démarré en allant vers l'ouest, je me disais que c'était bon. Nous traversâmes un immense pont, auquel je ne prêtai guère attention jusqu'à ce que je me retrouve face à un « Cairo, Illinois, vous souhaite la bienvenue ! ». Ça, je réussis à le lire. Nous avions franchi le foutu Mississippi sans que je le remarque.

La file opposée était bouchée par trois véhicules des forces de l'ordre. Je faillis faire un arrêt cardiaque : ils *nous* cherchaient. Puis je me rendis compte qu'on se dirigeait dans l'autre sens. Ils traquaient les fugitifs, les alcoolos ou les deux, mais pas nous. Du moins pas encore.

13 h 16. À supposer qu'on ait tiré des bords pendant six heures, il nous en faudrait au moins quatre ou cinq pour rentrer. Davantage, car je devrais trouver un autre pont pour regagner le Missouri. Ian aurait alors disparu depuis vingt-quatre heures, assez pour que la police établisse des barrages à tous les carrefours. S'ils voyaient ma voiture approcher d'Hannibal avec Ian sur la banquette arrière, je n'aurais même pas le temps de m'expliquer : ils me choperaient pendant que Ian raconterait son histoire.

Ce que j'avais de mieux à faire, pariai-je, était de conduire jusqu'à ce que Ian se lasse de cette comédie, jusqu'à ce que sa famille lui manque, jusqu'à ce qu'il soit d'accord pour ne pas me dénoncer à la police. La plupart des gosses ne fuguaient que — quoi ? un jour ? deux au pire ? (Je pensais à ces gamins qui se cachent dans le garage, avec un pot de pickles et un ours en peluche, les parents sachant exactement où les trouver.) Et puis il allait prendre de chouettes vacances loin de sa mère et du pasteur Bob. La possibilité pour moi de lui dévoiler l'existence de modèles gays stellaires. De le laisser lire *Le jeu égyptien*. Nous pourrions trouver le magicien.

Je parvins enfin à me remettre les idées en place. Il fallait que j'appelle la bibliothèque, et tout de suite, sinon la police d'Hannibal allait se retrouver avec deux cas de personnes disparues sur les bras, et ils feraient vite le rapprochement. À propos, le samedi suivant était précisément celui pour lequel j'avais menti, disant à Rocky que je ne pouvais pas l'accompagner au mariage de son cousin. J'avais enregistré la date, pour prendre au moins mon samedi, puis j'inventerais que j'avais visité le Field Museum. Je devais pouvoir m'en tirer comme ça. Quel délice de découvrir — au milieu de ce qui ressemblait étrangement au premier acte d'une tragédie grecque — ce coup de bol inespéré ! Je pourrais renvoyer Ian chez lui dès qu'il serait prêt, prendre le reste de la semaine en prétendant que ces vacances étaient prévues, et ainsi profiter d'un peu de temps pour me requinquer.

Si j'appelais Rocky maintenant, avant que la police ne vienne frapper à la porte, avant qu'il n'ait une raison de croire que je mentais, il pourrait se convaincre que ce congé était planifié depuis un bail. Et si je lui avais épargné les détails, c'était parce que dernièrement il m'avait ignorée. Lorsque j'appellerais Loraine et qu'elle demanderait à Rocky de vérifier, il serait ravi de me couvrir. De toute façon, c'était une pratique réflexe et systématique entre nous. Pas tant par esprit d'équipe mais parce que si on devait choisir entre la mémoire de Loraine et la parole de quelqu'un d'autre, on avait intérêt à croire celui qui n'avait pas mariné dans la vodka.

Je me garai sur le bord de la route et dis : « Tu peux m'écouter passer ce coup de fil. Si je n'appelle pas la bibliothèque tout de suite, ils vont finir par se demander où je suis, et ils enverront la police à ma recherche. Puis la police se mettra sur la piste de ma voiture, et cela sonnera le glas de notre petite aventure. » La police n'allait pas se démener pour retrouver une femme de vingt-six ans en retard au travail, alors qu'elle avait la disparition d'un gosse sur les bras, et elle ne risquait pas de traquer électroniquement une voiture qui n'avait même pas de lecteur CD. (Ces deux détails lui échappèrent.) Il hocha la tête en silence.

« Dis que tu es très malade. Tu veux une bonne excuse ?

— Je n'ai pas besoin d'excuse. Je te demande juste de garder le silence. »

Je savais que le portable de Rocky ne serait pas allumé tant qu'il serait à la bibliothèque. « Rocky ! dis-je à sa boîte vocale, une octave trop haut. J'appelle juste pour m'assurer que Sarah Ann n'a pas encore fait cramer le sous-sol. S'il te plaît, dis-moi que Loraine se souvient de mon excursion et qu'elle n'a pas fait tout un foin. Elle m'a confirmé qu'elle avait tout arrangé avec Sarah Ann, mais Dieu seul sait ce que cela peut bien vouloir dire. » Je respirai un bon coup et m'adjurai de ralentir la cadence. « Bah, à Chicago, on se les gèle ! J'y suis arrivée ce matin, et tout va bien. Amuse-toi au mariage ce week-end si on ne se parle pas d'ici là ! Encore désolée de ne pas pouvoir être de la partie, crois-moi, j'aurais vraiment préféré être là ! Ah, et je me demande si je n'ai pas oublié mes lunettes de soleil sur le comptoir hier ! Rappelle-moi plus tard ! »

Puis j'éteignis mon téléphone. Je n'étais pas prête à ce qu'il me rappelle, et je n'étais pas préparée à improviser d'autres mensonges.

« Excellent, le coup des lunettes de soleil !

— Sans doute. Merci. »

Et là, je me dois de plaider : malgré les preuves indiquant le contraire, j'ai une conscience. Je pouvais me représenter les Drake en pleurs et priant, incapables de manger ou même d'avaler un verre d'eau. Ils devaient le croire mort, violé ou perdu dans les bois. Mais j'étais aussi sous le choc, je marchais à l'adrénaline, et je savais que, si je me concentrais sur les Drake plus de deux secondes, je foncerais direct sur le terre-plein central. Ce n'était pas tant que je ne pensais pas à eux, mais que je ne *pouvais* pas penser à eux.

Ian fut très calme cet après-midi-là, et je goûtai cette sérénité. Il dormit un peu, puis se réveilla et me guida vers le nord. « Par ici, j'ai l'impression de reconnaître », dit-il, tandis que l'on dépassait une borne kilométrique et un Video Palace. « Je sais que nous allons dans la bonne direction. » Je ne conduisais pas très vite et restais sur la file de droite. Nous n'étions pas pressés. Je cherchais toujours un passage pour retraverser le fleuve vers l'ouest. En même temps, retourner vers Hannibal devenait de plus en plus coton. N'était-ce pas la plus grosse erreur qu'un criminel puisse commettre ? Revenir sur la scène du crime ? Et puis, cap au nord, on se rapprochait de Chicago, que je connaissais et où personne ne penserait à chercher. Sans compter que j'y avais un point de chute.

Mes parents étaient en Argentine, en vacances chez un « cousin » qui n'était en réalité le cousin de personne, et ils ne seraient pas de retour avant vendredi. On ne pourrait pas y arriver le soir même, mais si je n'étais pas incarcérée d'ici le lendemain, l'option paraissait bonne.

Il dormit beaucoup, du sommeil profond de celui qui se remet d'une crise d'asthme ou d'une attaque. Il ne devait pas avoir beaucoup fermé l'œil la nuit précédente. Il se détendait enfin et je me demandais pourquoi. À chaque kilomètre parcouru, je me sentais de plus en plus mal. La veille, ses parents avaient sans doute appelé la police, et la police, bien que pleine de sollicitude et très professionnelle, n'avait probablement pas déclenché le plan alerte enlèvement. Des tas de gamins de dix ans s'enfuient dans les bois pour tenter la grande aventure, et rentrent chez eux dès que la faim se fait ressentir. Cependant, à cette heure-ci, ils devaient être sérieusement inquiets. Les honnêtes gens d'Hannibal devaient déjà débattre de la couleur des rubans qu'ils allaient accrocher à leurs antennes de voiture et aux boîtes aux lettres. Je me demandais si Rocky m'avait rappelée pour me raconter tout ça, mais je n'osais pas rallumer mon téléphone.

À vingt-deux heures, j'eus peur de m'endormir au volant. On quitta l'autoroute vers une sortie prometteuse, et Ian repéra un petit hôtel qui n'avait pas l'air totalement sordide. Je remplis une fiche aux noms de Charlie Bucket et Veruca Salt, et demandai deux chambres. (Ça me semblait important, malgré mes fonds limités. J'étais horrifiée à l'idée de ce que penserait tout le monde — juge, jury, les parents de Ian ou les médias — si on apprenait que nous avions passé la nuit dans la même chambre. La seule défense possible serait alors : « Non ! Non ! Il est probablement homo ! ») Dans l'escalier, je dis : « Tu n'as pas laissé de mot à tes parents, n'est-ce pas ? » Mais pourquoi cela ne m'était pas venu à l'esprit plus tôt ?

« Si », dit-il. Je m'arrêtai net. Il portait son sac à dos en travers de la poitrine, traînant des pieds. « Je leur ai juste dit de ne pas s'inquiéter, et j'ai laissé des instructions pour Tuna.

— Pour quoi ?

— Mon cochon d'Inde. Elle s'appelle Tuna, et elle a une crête blanche. Elle tient son nom du thon.

— Qu'est-ce que disait le mot ?

— En gros, genre, "Une cuiller de nourriture par jour, changer les copeaux une fois par semaine, et de l'eau fraîche." Je l'ai laissé sur sa cage.

— Rien d'autre ?

— Non. Absolument rien. »

Je me remis en mouvement, et me demandai ce qu'il m'avait caché d'autre.

« Ah, attends, dit-il. Il y a autre chose. »

Je m'arrêtai, collai mon front contre le mur de brique et sentis le sang pilonner mes tempes. « Oui ?

— C'était juste à propos de ses vitamines. Détends-toi un peu. » Il se retourna et acheva l'ascension de l'escalier à reculons.

La nuit me fit l'effet d'une gueule de bois. Je m'endormis vite et profondément, comme si mon subconscient avait hâte de mettre de l'ordre dans mes affaires. Je me réveillai à trois heures onze, fixai les chiffres rouges du réveil et me demandai si Ian était toujours dans la chambre voisine. À côté du réveil, je distinguai de grosses lettres sur un petit bristol déplié :

OUPS ! OUBLIÉ QUELQUE CHOSE ?

Sûrement un mémo concernant les nécessaires à couture et autres rasoirs disponibles à la réception. J'essayai de ne pas le regarder. Je fermai les yeux. L'édredon grattait, normal pour un hôtel si bon marché que je pouvais le régler en liquide. J'avais utilisé ma carte de crédit une fois, mais je n'allais plus prendre ce risque.

Je me sentais comme Alice, qui, plongeant derrière le lapin, ne se demande pas comment elle va bien pouvoir ressortir. Si Glenn avait été là, il m'aurait dit de me laisser porter par le courant, d'improviser, d'être spontanée. En fait, Glenn aurait peut-être été trop occupé à contacter le FBI pour me donner un conseil avisé.

Ian m'avait cédé un doigt de pâte dentifrice avant de se coucher, mais je n'avais pas de brosse à dents, et désormais un goût affreux dans la bouche. Je pouvais en dégoter une à la réception. Ce qui n'avait aucune importance, parce que j'allais finir en prison. Et aussi en enfer, pour m'inquiéter de mon sort plutôt que de celui de ses pauvres parents. Peut-être que les croisés des droits de l'homme viendraient à mon secours, et tout le monde comprendrait que j'avais sauvé cet enfant d'un terrible destin. Je m'enfuirais au Mexique en attendant le procès. Ian se souviendrait que quelqu'un avait essayé de le sauver, au moins une fois. Je restai allongée à échafauder divers scénarios, rêvant à moitié : la plupart tournaient autour de la prison, quelques-uns étaient héroïques, dans d'autres on me criait dessus en russe. Je me traînai péniblement sous la douche moisie, la gorge affreusement sèche.

(Je donne l'impression que je n'avais pas le choix. Je voulais croire que je n'avais pas le choix. Mais bien sûr, j'avais des millions de choix. L'eau chaude de la douche me le fit clairement comprendre. Peut-être que ça se résumait à cela : au-delà de toute justification, de la panique, je croyais avoir raison. Je pensais que c'était la patrie des braves : et nous y étions. Là étaient les braves.)

Tandis que je réfléchissais, je me sentis profondément, presque physiquement, soulagée que Ian ait laissé un mot à ses parents. La police allait s'inquiéter, et les bonnes gens d'Hannibal seraient de sortie avec leurs lampes torches, mais il y avait une différence énorme, regardons les choses en face, entre un fugitif et un gosse qui disparaissait simplement dans la nuit. Entre autres, les recherches se concentreraient dans les environs. Ils fouilleraient la remise derrière son école, les bois, le Starbucks — et, à coup sûr, la bibliothèque — mais les fugueurs de dix ans n'ont pas tendance à traverser les frontières d'un État. Ils ne partent pas en voiture. Ils n'ont pas d'argent. Il faudrait quelques jours, au moins, avant qu'ils ne s'intéressent à la complicité éventuelle d'un adulte. Janet Drake ne connaissait même pas mon nom. Dans un monde vraiment idéal, les soupçons se porteraient sur le pasteur Bob. Ils lui feraient passer un sale quart d'heure, exploreraient son sous-sol. Si une semaine avant on m'avait demandé qui aurait pu fuir Hannibal avec Ian, j'aurais parié sur le vilain pasteur Bob.

À sept heures, je m'assis en tailleur sur le lit et composai le numéro de la bibliothèque. Après notre premier arrêt, Ian avait cessé de me demander de lui remettre mon téléphone — soit parce qu'il me faisait désormais confiance, soit parce qu'il me savait trop impliquée dans cette pagaille pour m'en sortir avec un simple coup de fil. Je tombai sur la boîte vocale de Loraine, et j'espérai qu'elle se souvenait comment la consulter. Elle demandait à Rocky au moins une fois par semaine de l'aider à « sortir les messages de là-dedans ». « Loraine ! dis-je. C'est Lucy, juste pour vérifier que tout se passe bien. Désolée qu'on ne se soit pas parlé avant que je parte, mais merci *beaucoup* de tout gérer. J'imagine que Sarah Ann va se charger de mes heures cette semaine, et évidemment elle sait exactement ce qu'elle doit faire, mais tu pourrais lui rappeler que l'atelier de lecture a lieu le vendredi à seize heures trente et que nous sommes sur *Les chapardeurs*. Je crois qu'il est dans le tiroir de mon bureau. Sinon, c'est un bouquin de Mary Norton, N-O-R. Et au fait, l'atelier de travaux manuels, la dame vient le mercredi. Je crois que je n'ai rien oublié. Bon… comme je te l'avais dit, je serai de retour lundi matin. J'ai mon téléphone si tu as besoin de me joindre. Merci pour tout ! À bientôt ! »

Si Loraine était égale à elle-même, d'ici une heure ou deux elle engueulerait Sarah Ann d'avoir oublié que j'étais en vacances, vacances prévues depuis des semaines. « Même Rocky était au courant, dirait-elle, et il ne travaille même pas en bas ! »

Je raccrochai, regardai mon téléphone et vis que je n'avais aucun message. Quatre appels en absence, tous émis depuis la bibliothèque hier matin, avant que je n'appelle Rocky sur son portable. Ils s'étaient sûrement inquiétés, surtout si quelqu'un avait remarqué que j'avais laissé toutes les lumières allumées. Mais ils ne s'étaient pas fait assez de mouron pour me laisser des messages paniqués, et c'était bon signe. J'en imaginai quelques-uns calmes qui m'attendaient sur mon répondeur chez moi : « Lucy, on se demande juste où tu peux bien être », et cetera.

Ian frappa à ma porte, des coups saccadés et sonores, et je lui ouvris. Il se tenait là tout habillé, les cheveux peignés, son tube de dentifrice à la main. Il avait les yeux rouges, mais il souriait de toutes ses dents et sautillait sur la pointe des pieds.

« Haleine fraîche, ça te dirait ? » demanda-t-il.

15

Hymne

Ce jour-là, je le laissai s'installer sur le siège passager. Il était probablement assez grand, et ma conduite serait plus sûre sans quelqu'un qui me crie des trucs dans les oreilles.

Je lui avais acheté un paquet de six petits beignets saupoudrés de sucre au distributeur de l'hôtel. Il les portait maintenant telles des bagues et les picorait. Sa casquette de l'équipe des Cardinals était trop grande et raide. On aurait dit qu'il la mettait pour la première fois. L'avait-il ramassée sous son lit parce qu'elle lui avait semblé parfaite pour s'enfuir ?

Je repris l'autoroute. « Bon alors, où on va, mon pote ? »

Il parut surpris, comme s'il avait oublié qu'il était le copilote. « Bah, reste un moment sur cette route, roule.

— Nous allons vers Chicago, dis-je. Est-ce que par hasard ta grand-mère habiterait à Chicago ? Parce que je connais un endroit bien plus confortable qu'un hôtel. Ça nous prendra pas mal de temps pour y arriver, mais il y a des tonnes de trucs à manger, et des livres.

— ON DOIT AB-SO-LU-MENT PASSER À CHICAGO. » Il s'était apparemment transformé en robot. « MAIS ELLE NE VIT PAS LÀ-BAS.

— Super. »

Une dernière fois, j'envisageai de faire demi-tour pour le ramener à Hannibal sans le lui dire. J'aurais pu détourner son attention des panneaux si je l'avais vraiment voulu. On serait rentrés à la nuit tombée et je l'aurais largué au coin d'une rue avant de quitter la ville. Mais je me le représentais trop bien en train de verser des larmes de crocodile, et racontant : « Elle est venue samedi à la fermeture de la bibliothèque, et elle m'a fait monter dans sa voiture, et elle m'a dit qu'elle allait m'acheter des bonbons ! Et j'adore les bonbons ! Je ne me suis pas méfié, parce que ce n'était pas une inconnue ! Et elle s'est mise à me poser plein de questions sur combien mon papa gagne ! » Les recherches deviendraient nationales, et les présentateurs de télé se chargeraient de la partition. Je n'aurais aucune chance, même au Mexique. Et en plus je n'avais même pas mon passeport avec moi. Non, il fallait vraiment qu'il ait *envie* de rentrer chez lui. À voir l'expression de bienheureux sur son visage tandis qu'il sortait sa tête par la vitre tel un labrador, le moment n'était pas encore venu.

Cinquante kilomètres plus tard, cinquante kilomètres plus loin que la veille, quand je n'avais pas encore foutu en l'air mon existence et ruiné celle de ses parents, il me demanda : « Miss Hull, tu n'aurais pas un CD ?

— Je n'ai qu'un lecteur de cassettes. Mais je n'ai pas de cassettes. »

Ian fourra ses doigts dans le rabat du lecteur, puis les retira et appuya sur « *eject* ». Une cassette apparut, je ne l'avais jamais vue.

« Ce n'est pas à moi », dis-je.

Je m'aperçus que je n'avais jamais utilisé ce lecteur depuis que j'avais acheté la voiture, deux ans plus tôt. J'écoutais la radio en allant au boulot, et j'avais besoin de silence en rentrant le soir. J'avais acheté la bagnole à un type de Kenton qui me l'avait laissée truffée d'emballages McDonald's, de tees de golf et de mégots.

« Peut-être que c'est un karaoké ! » Il repoussa la cassette et appuya sur le bouton « *rewind* ». Le lecteur rembobina, et je fus quelque peu étonnée que ça fonctionne.

« ET MAINTENANT ! » hurla la cassette. Ian bondit et baissa le volume. « Notre hymne national, chanté par... Miss Tina Arena ! » Une foule, qui rappelait celle d'un stade plein, fit un joyeux raffut. Ian se redressa soudain sur son siège et enleva sa casquette de base-ball qu'il serra contre son cœur.

« *Australiens, réjouissons-nous tous, car nous sommes jeunes et libres* », chantait une voix féminine, cristalline et angélique. Derrière elle, la foule chantait en chœur.

« Qu'est-ce que c'est ? » Ian avait toujours son couvre-chef plaqué sur son sternum, incertain quant au protocole.

« *Nous avons un sol doré et de la richesse pour le labeur, notre patrie est ceinte par la mer !* »

« Ce doit être l'hymne national de l'Australie. » Je n'avais même pas remarqué l'accent du présentateur, trop concentrée sur la route. « *Notre terre abonde en dons de la nature, d'une beauté riche et rare ! Dans le livre de l'histoire, qu'à chaque page avance la belle et juste Australie !* » On rigola jusqu'à la fin de l'hymne, mais Ian ne rabaissa pas pour autant sa casquette. Une fois terminé, l'hymne laissa place à un quelconque match de coupe du monde, et Ian rembobina la cassette.

« Apprenons-le ! » dit-il. On passa l'heure suivante à chanter ensemble, essayant de déchiffrer toutes les paroles. On ne s'en tirait pas trop mal, et quand on tenta notre chance sans la cassette, ce ne fut pas parfait, mais « avec cœur ! », pour reprendre les mots de Ian.

En le regardant avec sa casquette sur le cœur, chantant un hymne étranger, j'imaginai un Ian né ailleurs, en Finlande, à San Francisco ou un siècle plus tard, dans un monde sans pasteur Bob. Pour l'essentiel, l'Amérique était à l'image d'Hannibal dans le Missouri, malgré les informations venues de la Côte Est, malgré ce que racontaient les films, malgré les innombrables séries en prime time et leurs courageux héros gays. Pour être honnête, peut-être qu'une bonne partie de la planète était à l'image d'Hannibal, Missouri.

Pour nous sortir de la tête « Avance, belle et juste Australie », j'allumai la radio et tournai le bouton. Rien qui intéressât Ian jusqu'à trouver quelque chose qui ressemblait à une station chrétienne.

« Monte le son ! J'adore cette chanson ! » dit-il, en se mettant à chanter en chœur :

Quand Jésus marcha ah-ah !
Sur les sommets des montagnes ah-ah !
Il ne s'arrêta pas ah-ah !
Non, non, il ne s'arrêta pas !

On aurait pu croire que c'était un groupe de Seattle des années 1990, mais avec des paroles christiques. « Où as-tu appris ça ? demandai-je.

— Ah, je vais à ce truc. Ce cours, avec d'autres enfants. On écoute de la musique, et parfois ce type qui nous encadre apporte sa guitare. »

Je ne voulais pas creuser le sujet, mais je pensais que ça pouvait lui faire du bien d'en parler. « Et qu'est-ce que vous faites d'autre ?

— Des choses. Genre… des exercices dans des manuels et de la lecture. Et du sport. On joue surtout au football américain, mais sans plaquages. »

Je regardai par la vitre pour qu'il ne me voie pas sourire. Ian jouant au football ! Je me souvins d'une Journée des familles où j'avais essayé de lui lancer un ballon, qu'il avait esquivé. Et ils interdisaient les plaquages !

« Vous apprenez quoi ?

— C'est une espèce de catéchisme. En plus amusant, parce qu'on peut porter des jeans.

— Et c'est chouette ? Est-ce que tu crois tout ce qu'ils racontent ? »

Il abaissa le pare-soleil côté passager et regarda dans le miroir en aspirant ses joues, façon tête de poisson. « Eh bien, tout est tiré de la Bible, donc c'est forcément vrai. »

Difficile d'argumenter sans attaquer les fondements de ses croyances religieuses. Malheureusement, la motivation essentielle de mon silence ne fut pas empathique mais stratégique. Je ne voulais pas qu'il me prenne en grippe, et décide d'utiliser le premier téléphone venu pour me dénoncer.

De ma voix la plus neutre, je dis : « Je vois à peu près de quoi il s'agit. » Je l'invitais ainsi à laisser tomber ce sujet délicat et à m'en dire plus.

Mais il regardait par la vitre en silence.

16

La tête sur une pique

Ian rompit le silence pour m'interroger à propos de l'autocollant du drapeau russe sur la vitre arrière. Mon père l'avait collé l'été précédent, dans un soudain élan de fierté patriotique. À la même époque, il m'avait demandé si je n'aimerais pas rechanger mon nom en Hulkinov. Lui ne l'avait jamais fait — cela aurait perturbé ses innombrables partenaires en affaires — mais pour moi, avait-il précisé, ça ne présenterait aucun problème.

Mon père connaissait par le détail toute la lignée de mes ancêtres Hulkinov, depuis le guerrier érudit de la fameuse tête empalée. Il portait les armoiries de la famille sur une chevalière en or à l'index droit, comme seul le peut un Européen aux affaires troubles.

« Ce jeune homme », racontait-il au cours des interminables petits déjeuners dominicaux de mon enfance, en faisant glisser sa chevalière le long de son doigt tordu comme une articulation de laiton, « était un casse-cou. Il attrapait les taureaux par les cornes. Le Hulkinov suivant, son fils, s'est caché dans les champs de blé lorsque les ennemis sont venus pour se venger et tuer l'enfant unique du grand guerrier. Ils pensaient le trouver chez lui, mais le voilà qui disparaît pour faire fortune. Parti vingt-trois ans... Le Hulkinov suivant, eh bien lui, il a chargé à cheval sabre au clair, tuant quarante hommes en une seule journée. L'est devenu un des favoris du tsar. »

Quand il en arrivait à la révolution bolchévique, j'étais catatonique, mais le meilleur restait à venir — son père, puis lui. Son paternel, un homme qui fixait l'objectif à moitié mort de faim sur les photos, le visage tendu entre de gigantesques oreilles rondes, avait réussi à s'attirer les bonnes grâces de Staline, dans le seul but de perpétrer contre l'Oncle Joe une offense impardonnable, à propos de laquelle mon père restait toujours trop vague. Au fil des années, j'avais échafaudé diverses théories — avait-il chipé un œuf Fabergé qui traînait ? piqué la maîtresse de Staline ? — avant de comprendre que si ç'avait été aussi palpitant, mon père le fabuliste l'aurait depuis longtemps exploité et embelli. Cela avait probablement un rapport avec une histoire d'impôts ou de luttes partisanes. Mon grand-père, quoi qu'il en soit, quitta sa femme et son fils de huit ans : il prit une boîte de cigares, une bouteille de vodka, des vêtements de rechange, et leur annonça qu'il partait pour la Sibérie avant que Staline n'ait l'occasion de l'y envoyer par bateau. Toute mon enfance, j'avais fantasmé : il allait frapper à la porte de notre appartement de Chicago, de la neige encore accrochée à ses vêtements et la barbe incrustée de glace. Mon père insistait sur le fait qu'il était mort quelques années plus tard à Novossibirsk, mais j'étais sceptique.

Le frère aîné de mon père, Yuri, mourut en essayant de passer la frontière avec la Roumanie. Je n'en savais pas plus. Mon paternel conservait une photographie de lui et de son frère et, chaque fois qu'on la sortait, il disait : « Voici mon frère Yuri, qui est mort en traversant la frontière roumaine. » Point final.

Puis venait le tour de mon père. Il avait vingt ans. Une nuit, une semaine après que ses voisins eurent découvert l'existence de sa chocolaterie clandestine, il avait aperçu par la fenêtre de la maison de sa mère deux hommes dans de légers manteaux bruns penchés à l'arrière de sa voiture. Yuri avait construit lui-même la voiture avec de la ferraille, et ils se la partageaient. Quand mon père osa sortir une heure plus tard, il découvrit une grosse patate enfoncée dans le pot d'échappement. Qui étaient ces hommes et pourquoi avaient-ils essayé de le tuer avec un légume plutôt que de l'embarquer à l'aube comme tout le monde ? Je n'ai jamais vraiment compris. Quoi qu'il en soit, mon père retira la patate avec une pince, fit sa valise, embrassa la bouche ridée et tabagique de sa mère, et roula jusqu'à la Volga, où il sauta du quai sur un cargo, resta suspendu deux minutes à une corde le long de la coque puis plongea dans le fleuve, se cassant une jambe au passage. Il perdit son sac en nageant, avant de remplir d'air ses poumons pour se laisser flotter comme une bûche emportée par le courant. « J'ai fait le mort pour rester en vie », disait-il, savourant le jeu de mots. En ce mois d'août, il dériva pendant deux heures dans les eaux froides, avant que deux frères pêcheurs ne le remontent à bord de leur petite embarcation, détrempé et à moitié noyé, et ne l'allongent dans le fond du bateau pour sécher cette prise de choix. La Roumanie et la Yougoslavie traversées, il gagna un camp de réfugiés italien. Il avait perdu dix kilos et gagné une barbe.

En CE2, lorsqu'on étudiait l'histoire d'Ellis Island, je me l'étais imaginé, une couverture sur les épaules, à bord d'un paquebot qui dépassait la statue de la Liberté, puis marqué à la craie et contrôlé pour les poux dormant en quarantaine. J'avais même levé la main pour le raconter, jusqu'à ce que le regard perplexe de Mme Herman me coupe dans mon élan. En fait, mon père était arrivé en 1959 par avion à Idlewild dans ses guenilles de réfugié : un pantalon jaune, une barbe à la Raspoutine et les yeux exorbités. Selon sa version, il avait trébuché en attrapant la rampe glaciale à sa sortie de l'avion et dégringolé les marches jusque sur le tarmac, provoquant l'hilarité des bagagistes de la PanAm. Parfois, je me demande si cette histoire ne lui servait pas d'excuse pour arnaquer tous les Américains qu'il rencontrait et endosser le rôle du guerrier érudit en laissant le soin aux autres de jouer la tête empalée. Il n'avait que très peu de choses avec lui — les vêtements du camp italien, cent dollars, et ses papiers — mais il avait cette chevalière et quatre cents ans de tradition guerrière.

Lors de ses litanies du samedi, il faisait des Hulkinov une longue lignée d'aventuriers qui chargeaient tête nue dans la bataille, mais je comprenais maintenant que la moitié d'entre eux étaient des fugitifs. Et qu'étais-je moi-même, plongeant plus profondément dans la panade à chaque kilomètre parcouru ?

On s'arrêta dans une gargote à hamburger pour le déjeuner, notre troisième fast-food en deux jours. Parce qu'on en avait marre de la graisse, on commanda tous les deux de petites salades anémiques servies dans des boîtes transparentes. Ian inclina la tête, silencieux, pendant dix secondes, puis il noya sa laitue iceberg sous un torrent de sauce. Je picorai la mienne avec une fourchette en plastique. Mon Dieu, je me transformais en Janet Drake. Ian se mit à faire l'inventaire de toutes les blessures atroces jamais infligées à toutes ses connaissances. Une petite fille avec les dents d'une autre plantées dans le front, une femme au nez ensanglanté, brisé par des projectiles lors d'un Mardi gras, un camarade de classe qui s'était transpercé l'oreille avec un hameçon.

« C'est quoi ces cicatrices au-dessus du sourcil? demandai-je.

— J'ai fait comme ça. » Il dressa sa fourchette sur la table, dents en l'air, et fit mine de s'y piquer le front. J'avais donc en partie raison. « Je crois que j'étais très en colère contre moi-même. Enfin, j'ai oublié. »

Ça lui ressemblait bien, s'infliger une douleur dans le seul but de dramatiser. Je le crus. Cependant, ma seule preuve — par ailleurs très discutable — d'un quelconque mauvais traitement venait de se volatiliser. Ian se lança une petite tomate dans la bouche et l'avala.

De retour dans la voiture, je vérifiai mes messages. Toujours rien de la bibliothèque, ce qui commençait à être inquiétant, mais un message de Glenn : « Il faut que l'on parle de ce week-end. » On avait prévu de se faire un resto mexicain et une toile. Lorsque Ian s'endormit, le front contre la vitre et ses lunettes sur les genoux, je rappelai Glenn. « Hé, je t'appelle de la voiture », dis-je. Impossible de prétendre que j'étais toujours à Hannibal et prendre le risque qu'il se pointe de nouveau à la bibliothèque. « Je suis en chemin pour Chicago.

— *Chicago* ?

— Je ne te l'ai pas dit ? J'étais pourtant sûre de l'avoir fait. J'ai cette vieille copine de lycée qui est malade. J'envisageais de passer un ou deux jours avec elle, mais ça pourrait être plus long.

— *Chicago*, répéta-t-il. Comme c'est drôle. » Un ton bizarre, comme s'il n'y croyait pas. Je me demandai un instant si la police n'écoutait pas la conversation. Il était peut-être assis dans le bureau d'un inspecteur, transpirant à grosses gouttes, essayant de paraître naturel et espérant me garder au bout du fil le plus longtemps possible. Ce n'était évidemment pas le cas. On n'était pas dans un film. Les choses n'allaient pas aussi vite à Hannibal.

« Ouais. Je vais rester chez mes parents. »

Nous ne pourrions pas rester plus d'une nuit. Même si Glenn n'était pas sur écoute, plus le temps passait, plus les chances que les gens lisent les journaux et fassent le lien étaient grandes. Dès qu'ils me soupçonneraient, Glenn leur dirait où chercher.

« Ah… Et ton amie, ça va ? »

Par ami, je pensai qu'il voulait dire Ian. Je me repris à temps. « Elle va se remettre, j'en suis convaincue. Je veux juste lui filer un petit coup de main.

— Bon, essaie de ne pas donner d'organes vitaux, d'accord ? Tu n'as pas l'intention de le faire, n'est-ce pas ? »

Je ris. « Je te raconterai tout lorsqu'on rentrera. Quand *je* rentrerai.

— J'ai hâte. »

Je devenais une menteuse hors pair. J'avais toujours excellé dans l'embellissement, les pieux mensonges, les excuses pour les devoirs en retard, mais je ne m'étais jamais entraînée avec quelque chose d'aussi sérieux, d'aussi grave. Et je ne transpirais même pas. Je levai les mains du volant pour vérifier. Pas une goutte de sueur. Comme si j'étais née pour une vie de hors-la-loi. Si je perdais mon boulot de bibliothécaire, je pourrais passer pro.

À verser au dossier, l'histoire complète de ma carrière criminelle, jusqu'à ce jour :

Quatre ans : faisant la queue à la poste avec ma mère, j'ai dans la bouche une sucette. Le garçon derrière moi a peut-être trois ans, et je le vois qui fixe ma sucette, au bord des larmes. Je me retourne de façon qu'il puisse mieux la voir, et je lui tire une grosse langue pourpre. Il se met à hurler, et sa mère ignore pourquoi. Moi seule le sais. Premier comportement délibérément cruel dont je me souvienne. Peut-être aussi le modèle de toutes mes futures relations avec les hommes, mais c'est hors de propos.

Cinq ans : mon père commence à m'envoyer dans les couloirs de notre immeuble pour voler divers objets laissés par le gardien sur les paliers de nos voisins. Du linge déposé par la blanchisserie, des colis postaux, et même du lait dans des bouteilles en verre qu'une famille se fait livrer par une ferme du Wisconsin, et cela jusqu'en 1986. À noter : on est loin d'être pauvres. Mon père dira plus tard qu'il ne pouvait simplement pas s'en empêcher : en Russie, si quelqu'un était assez stupide pour laisser du lait sans surveillance devant sa porte, on le prenait et on s'en vantait dans toute la ville ; ça faisait rire tout le monde au bar : ces gens qui se pensaient si riches pour laisser leur lait sur le paillasson. À l'époque, il me raconte que nos voisins veulent se débarrasser de ces choses, et qu'ils les laissent dans le couloir pour qu'on se serve. Il essaie les chemises Oxford fraîchement repassées, et me renvoie avec celles qui ne lui vont pas pour que je les raccroche aux poignées dans leur film en plastique.

Huit ans : mon père remplit les poches de mon manteau avec neuf petites boîtes de caviar chez Dominick's. Là, je sais que c'est du vol, mais je m'en moque, trop occupée à me prendre pour une maman poisson. Je suis un poisson avec ses millions de minuscules œufs, et je remonte le courant.

Quinze ans : je triche lors de l'épreuve finale d'algèbre. C'est d'une simplicité déconcertante, et personne ne le remarque. Je m'attends à me sentir coupable. En vain.

De dix-sept à vingt ans : de franches mais banales beuveries avant d'avoir atteint l'âge légal, etc. Rien qu'un candidat à la présidentielle se donnerait la peine de démentir.

De vingt-trois à vingt-six ans : vol à la bibliothèque municipale d'Hannibal de plus d'une centaine de livres que j'estime mauvais. Plus une agrafeuse, un gamin de dix ans, et plusieurs rames de papier machine.

Je me rendais compte maintenant qu'en dehors des beuveries, tous ces délits avaient un point commun : le vol — réponses en math, caviar et chemises amidonnées.

Même l'incident avec la sucette, j'y voyais une espèce de vol, comme si j'avais chipé les yeux morts d'envie de ce petit garçon. Peut-être sommes-nous tous programmés en matière criminelle. Les menteurs sont toujours menteurs, les voleurs toujours voleurs, et les tueurs naissent violents. Jusqu'où poussons-nous le vice ? Cela dépend des circonstances, de notre éducation. De qui débarque dans votre petite bibliothèque et fait chavirer l'univers.

17

Les cornes de Debussy

Après avoir fait le plein et acheté du chocolat, on se retrouva à court de liquide. « Compte la monnaie », dis-je, en lui tendant ma boîte à pièces. Il la vida entièrement sur ses genoux et se mit à faire de petites piles.

« Devine combien de dollars on a.

— Environ deux.

— Non, un. Plus vingt cents. Mais on pourrait dire qu'un dollar en vaut un million. Et alors, on serait millionnaires ! »

Le temps passait plus vite avec une destination précise en tête, et le paysage s'améliora nettement tandis que nous traversions les banlieues de Chicago. Mes parents vivent sur Lake Shore Drive, dans un appartement qui vaut plus que ce que je pourrais gagner en cinquante ans. Je n'ai pas pour habitude de le dire aux gens. Et je ne taxe jamais d'argent à mes parents, en partie parce que je suis sûre que mon père l'a gagné illégalement, et pas dans l'immobilier. La mafia russe de Chicago est plus importante que vous ne pourriez le penser.

Je crois que mon père n'a jamais fait de mal à qui que ce soit, pas physiquement en tout cas, mais il fait de drôles de trucs avec les chiffres. Les zéros apparaissent comme par enchantement, les virgules des décimales fluctuent, des comptes en banque s'évanouissent ou sortent de son chapeau. Son ami le voyagiste a été en prison dans les années 1980 pour avoir émis de fausses factures. Un beau jour, son pote le restaurateur a disparu pour toujours.

« Waouh, c'est entièrement sculpté ! » dit Ian, tandis qu'on s'arrêtait. Il parlait de l'immeuble et des volutes au-dessus de la porte principale. J'avais encore le passe collé sur mon pare-brise et on entra donc directement dans le garage. Je me garai sur la place vide réservée à mes parents.

« Tu es déjà venu à Chicago ? » J'étais trop perdue dans mes pensées pour le lui demander lorsque nous avions pénétré en ville. Et lui était occupé à sortir la tête par la vitre dans l'air glacial pour voir le sommet des immeubles.

« Non, mais je suis souvent allé à St. Louis. Mais pas dans les coins sympas. »

On prit le nouvel ascenseur clinquant jusqu'au quatorzième étage et j'ouvris la porte qui donnait sur le salon — ses meubles en cuir blanc, sa table basse en verre et la rangée de fenêtres dominant le lac à moitié gelé.

« Super ! » dit-il, et il se pencha par-dessus le sofa blanc pour coller ses mains et son visage contre la vitre. « Est-ce qu'on peut manger sur le balcon ? » Il était presque l'heure du dîner.

« Trop froid. Trop de vent. »

Je montrai à Ian comment fonctionnait la télévision, le

regrettai en songeant qu'il pourrait se voir aux infos, puis me relaxai lorsqu'il tomba sur Nickelodeon. Je le laissai là, pris une douche, et enfilai le chemisier blanc de ma mère, son gilet de laine bleu et son pantalon en coton. Elle faisait deux tailles de plus que moi, mais c'était si bon de se sentir propre que cela ne me gênait pas. Je fourrai mes affaires sales dans le lave-linge de la grande buanderie. Ian voulait s'occuper de son linge séparément, et tout seul comme un grand.

On trouva des raviolis aux épinards dans le congélateur et une boîte de sauce marinara dans le garde-manger. Pour moi, j'ouvris une bouteille de ce qui était probablement un syrah très cher.

« Est-ce que tu es alcoolique ? demanda Ian.

— Pas encore », répondis-je.

On s'assit à la grande table en verre, et Ian n'en revenait pas de voir ses pieds à travers. Il faisait semblant de taper dans les assiettes par en dessous.

« Est-ce que tu as grandi ici ? demanda-t-il.

— Ouais. Depuis l'âge de deux ans.

— Où est ta chambre ?

— Ils l'ont transformée en bibliothèque. C'est marrant, non ? Je te montrerai plus tard. »

Il faisait désormais sombre dehors et j'aimais la manière dont la nuit transformait les vitres en miroirs noirs. Des sirènes retentissaient régulièrement ici, c'était un bruit familier, plus associé à l'appartement qu'à la tragédie, même si maintenant je craignais qu'on ne me poursuive. Sur l'autoroute, une ambulance nous avait dépassés toutes sirènes hurlantes, et j'avais pratiquement cessé de respirer. Mais de là-haut, les bruits lointains des véhicules d'urgence rythmaient d'accents rassurants l'agitation de la ville, rappelaient que la vie continuait sans nous, ainsi que la mort. La plupart des gens avaient d'autres préoccupations qu'une bibliothécaire de vingt-six ans et le garçon qu'elle avait kidnappé par inadvertance. J'adorais me tenir là, au quatorzième étage. Je songeai à Robert Frost : « J'aimerais m'échapper de la terre un moment. » Gratte-ciel, bouleaux, et un bon verre de vin.

« J'ai une question, dit Ian. Si tu as grandi ici, comment faisais-tu du sport ?

— J'en faisais à l'école. Et il y a une salle d'entraînement au dernier étage.

— Mais... et les week-ends ?

— Pas de sport. Sauf quand mon père et moi on déplaçait les tabourets de bar pour faire des buts, et on jouait au football avec un ballon de plage. Le football est une chose très importante en Russie. » Je lui avais raconté plus tôt la fuite de mon père.

« Est-ce qu'on peut essayer ? » Il avait l'air d'y tenir et cela m'étonna. Je me souvins de ce que Sophie Bennett m'avait dit à propos de la séance de french cancan et de son manque de coordination. Mais c'était un petit garçon de dix ans et il ne s'était pas beaucoup dépensé au cours des deux derniers jours, excepté ses allers-retours sur les aires de repos des autoroutes.

« Bien sûr, dis-je. Mais je ne pense pas qu'il y ait un ballon ici.

— On peut en fabriquer un avec des habits. »

Une fois la vaisselle terminée, je trouvai un tiroir rempli des maillots de corps blancs paternels, et Ian s'ingénia à les nouer pour en faire une balle avec de la ficelle de cuisine. On déplaça les quatre tabourets de bar pour délimiter les cages de chaque côté du salon et on se campa chacun dans l'une d'elles. On tapait dans la balle chacun à son tour, on essayait de l'arrêter et de marquer. Il n'était pas très doué, mais moi non plus. La balle se défaisait tous les cinq ou six tirs, et Ian s'interrompait pour la réparer.

« Est-ce que tu joues au football chez toi ? demandai-je.

— Non. Pendant la récré je joue à un truc qui s'appelle le “Ian ball”, mais je ne peux pas te le montrer ici parce qu'il n'y a pas de benne à ordures. »

Il y eut un bruit de clés dans la serrure, et Ian s'immobilisa, penché sur la balle. « C'est la femme de ménage », dis-je, mais avant même d'entendre la grosse voix de mon père, je me rendis compte qu'il était trop tard pour que ce fût Krystyna.

« Papa ! » dis-je avant qu'il ne nous découvre et ne fasse une crise cardiaque. « Papa, on est là. » Ma mère apparut la première, les yeux écarquillés. Elle avait son sac de voyage en cuir sur l'épaule, et les cheveux aplatis comme au réveil.

« Lucy ! » dit-elle, avant de lâcher son sac et de s'approcher les bras grands ouverts. « Ma chérie, qu'est-ce qui ne va pas ? On a vu ta voiture. Mon Dieu, tu as une mine terrible.

— Ça va, je vais bien, dis-je.

— On est rentrés à la maison plus tôt que prévu, ton père a l'estomac en vrac, tu n'imagines même pas. »

Tandis qu'elle m'embrassait, mon père arriva, avec son

grand sourire de Russe, jaune et tordu. « Grand Dieu, dit-il, et qui est ce nouveau petit copain ? »

Avant que Ian ne dise un truc ridicule, j'improvisai : « Vous vous souvenez de Janna Glass, ma copine de lycée ? »

Janna Glass *avait été* au lycée avec moi, elle m'avait un jour volé des frites dans mon assiette. Un nom choisi au hasard, et qui ne dirait rien du tout à mes parents. Ils secouèrent la tête.

« Voici son fils Ian. » Pourquoi avais-je dit Ian ? Pourquoi pas n'importe quel autre prénom ?

Ian tendit la main à mon père. « Ian Glass, dit-il. Ian Bartholomew Glass.

— Elle est à l'hôpital. Je suis venue pour lui filer un coup de main. On est là pour changer d'air.

— Qu'est-ce qu'elle a ? » demanda ma mère en enlevant son manteau de tweed vert.

« Maman a essayé de se tuer », dit Ian. C'était un bon menteur, très calme. « Mon père s'est tiré avec une poule, alors elle a essayé de se suicider avec des cachets. Mais maintenant elle va remettre de l'ordre dans sa vie. » Il devait s'être abruti de télé, en plus de la lecture.

« Oh, mon pauvre poussin, dit ma mère. Pourquoi vous ne passez pas la nuit ici ? Il y a le canapé et le matelas gonflable. » Elle nous donna des piles de couvertures puis gonfla le matelas à l'aide du sèche-cheveux. « On le met où ?

— Dans la bibliothèque ! répondit Ian. J'adore dormir dans les bibliothèques. »

Depuis le couloir, j'observai ma mère faire le lit : oreillers, draps, et un de mes ours en peluche qu'elle tira d'une armoire. Mon père nous tapota dans le dos, Ian et moi, et demanda : « Qui veut une bière ? »

Ian eut l'air horrifié. « Non, merci, dit-il. Tout va bien, merci. » Il me regarda en quête d'approbation, et j'essayai de ne pas rire. C'était clairement une réplique apprise à l'école, celle à sortir en cas de pression.

« Tout va bien, merci ? Merci, madame la marquise ? » dit mon paternel, un sourire en coin.

« Ian, ne fais pas attention à lui », dis-je.

Mon père se servit un grand verre de bière, puis s assit sur le canapé et indiqua du doigt une chaise pour Ian. « Viens t'asseoir. Je vais te montrer un truc. Tu ne vas pas en croire tes yeux. »

Ian s'assit, probablement soulagé de ne pas se voir offrir une pipe de crack.

Mon père plaqua en arrière les cheveux fins qui parsemaient son crâne dégarni, découvrant son front. « Maintenant, regarde bien là au-dessous de la lampe, et dis-moi ce que tu vois. »

Ian se pencha vers lui. « Est-ce que vous êtes tombé ? »

Mon père rigola triomphalement. « Non ! Ça, je suis né avec. Deux bosses, une de chaque côté ! » Il en toucha une, puis l'autre. « Maintenant, me dit-il, montre les tiennes. » Je le fusillai du regard, puis tirai en arrière les cheveux qui cachaient normalement mes deux protubérances osseuses. Elles ne sont pas bien proéminentes, mais une fois sur cent, lorsque j'ai les cheveux en arrière, on me demande si je me suis cogné la tête. « Des cornes ! proclama mon père. Tu as entendu parler d'un compositeur français qui s'appelle Debussy ? » Ian hocha la tête, comme si c'était le cas. « Debussy avait la même chose, deux cornes. La preuve que c'est un signe de génie. De la place en rab pour le cerveau ! »

Ian applaudit, il appréciait. « C'est super !

— Super, répéta mon père en rigolant. Lucy, voilà-t-y pas que ton père est super ! »

18

La chocolaterie de Leningrad

Mon père entama son discours sur la célèbre lignée des Hulkinov. Je penchai la tête en arrière et fermai les yeux. Quel soulagement, après trois jours, que quelqu'un d'autre engage la conversation avec Ian. J'essayai de tirer les choses au clair dans mon esprit, même si, bien sûr, c'était impossible.

Une bobine de film muet des Drake défilait en continu dans ma tête. Leur pasteur les réconfortait dans leur salon. Ou peut-être le pasteur Bob en personne. Ou trois inspecteurs de police studieux. J'aimerais penser que je m'inquiétais plus pour eux que pour moi. Mais si cela avait été le cas, j'aurais fait demi-tour et je leur aurais livré Ian en main propre, avant d'assumer les conséquences de mes actes. Les cornes ne mentaient pas. Mon père et moi étions pareils, remuant notre queue fourchue et volant ce que bon nous semblait. Le diable ne pense qu'à lui.

Mais non. Celui pour lequel je m'inquiétais le plus, c'était *Ian*. Sinon, pourquoi aurais-je foutu en l'air mon existence pour lui ?

« Bien, dit mon père, je vais te raconter l'histoire de ma chocolaterie. »

Ian se redressa et hocha la tête, malgré la fatigue. C'était la chose la plus intrigante qu'on pouvait dire à un fan de Roald Dahl. J'avais entendu ce récit à de nombreuses reprises. Au fil des années, il était passé de l'honnête rébellion adolescente à un ersatz des derniers romans de García Márquez, puis à un événement clé de l'histoire russe contemporaine.

« Bon alors, j'ai grandi en Russie, mais à l'époque ça s'appelait l'URSS. Tu en as entendu parler ? » Ian hocha la tête. « Très sévère et très ennuyeux. Et nous n'avions *pas de bon chocolat*. Et le chocolat, c'est mon vrai grand amour.

— Et regarde-le maintenant, il est diabétique ! cria ma mère depuis la bibliothèque.

— On ne connaissait que le chocolat marron clair au goût de craie. Tu pouvais le tenir dans les mains pendant cinq heures sans qu'il fonde. Quand j'avais dix-sept ans, mon oncle a obtenu l'autorisation d'aller en Suisse, et il m'a rapporté en douce du magnifique et authentique chocolat. Celui qui est presque noir et sent la forêt. Pas comme cette saleté de Hershey. Tu es fan de chocolat ? »

Pour toute réponse, Ian haleta tel un chien.

« Donc tu vois ce que je veux dire. Et je me suis goinfré de ce chocolat. Quand je l'ai décrit à mes amis, ils ne m'ont pas cru ! Et j'ai donc eu l'idée de vendre du vrai chocolat à toute la ville. Tu vois où est le problème ? »

Ian secoua la tête.

« On n'avait pas le droit de monter sa propre affaire en URSS ! Il fallait que je le fasse en cachette. Je suis donc allé voir mon ami Sergei, qui trouvait ce qu'il voulait au marché noir, y compris du chocolat. La seule personne que je connaissais capable de dénicher des disques de jazz.

— C'est quoi un marché noir ?

— Le marché noir, c'est quand je te vends un truc, mais en cachette parce que c'est illégal.

— Comme de la drogue ?

— Non, comme des disques de jazz. Bon. Donc Sergei et moi, on a installé une chocolaterie dans le sous-sol de ma maison. On a vite compris que c'était moins cher d'acheter en gros, et on s'est donc procuré des *briques* de chocolat, aussi grosses qu'une encyclopédie. On les transportait dans un chariot jusqu'au sous-sol. Et on se servait d'un marteau et d'une cale en bois pour briser le chocolat en morceaux, puis on le faisait fondre sur un fourneau jusqu'à obtenir de la soupe de chocolat. »

Ian se frotta le ventre en signe d'appréciation.

« Puis on versait la soupe dans un moule fait maison, et on se retrouvait avec deux cent cinquante barres de chocolat grosses comme mon doigt. » Il leva son index noueux. « Je te le dis, ce n'est pas une bonne idée. Le chocolat devient gris quand on le fait fondre, mais c'était toujours mieux que rien. On les enveloppait ensuite dans un papier sur lequel était inscrit "Société du chocolat, Leningrad". Bon, on n'était pas à Leningrad, mais c'était pour nous couvrir. Et on vendait le chocolat à des garçons. Les filles, on n'avait pas confiance. Certains nous donnaient de l'argent, d'autres nous l'échangeaient par exemple contre du papier toilette. »

Ian n'allait pas laisser passer ça. « Du papier toilette ?

— Celui de mauvaise qualité ressemblait à du papier

de verre. Celui de bonne qualité valait plus cher que l'or. Donc, on vendait tellement de chocolat que, dans les magasins, plus personne n'achetait le vieux chocolat dégoûtant. Une fois qu'ils avaient goûté le nôtre, ou juste senti, ils savaient qu'ils ne pourraient plus jamais manger de cette horrible craie. Peu après, le maire a su que les magasins n'arrivaient plus à vendre de barres au chocolat, alors il a envoyé une lettre à Joseph Staline en personne : "Dans ma ville, les gens sont si heureux qu'ils n'ont désormais plus besoin de manger de sucreries !" Et cela a encouragé Staline qui s'est dit : "Ah ah ! Ça a marché ! Mon plan pour améliorer la Russie a marché !" Donc sans mes barres de chocolat, qui sait, le monde serait peut-être différent. » Mais il dit cela en faisant une telle grimace que même Ian ne le prit pas au sérieux.

« Est-ce que vous vous êtes fait attraper ? »

Il rit. « Très vite, j'ai été occupé avec l'école, et donc l'usine de chocolat a fermé. Mais je faisais toujours du marché noir. Je dégotais pour les gens de la bonne vodka, de la bière, des cigarettes, du chewing-gum, des magazines avec des filles nues. J'étais très riche. » Et moi choquée — non qu'il racontât à un garçon de dix ans ces histoires de filles nues, mais qu'il altérât à ce point son récit. D'habitude, il embellissait, mais il n'avait jamais autant changé la substance de l'histoire. Ce devait être dans l'intérêt de Ian, ce récit qui ne se terminait pas par une patate dans un pot d'échappement. Ou peut-être devinait-il que les histoires où l'on finissait par se faire attraper manquaient de tact ?

« Pourquoi avez-vous quitté la Russie si vous étiez très riche ?

— Personne n'était vraiment riche en URSS. Et puis qu'est-ce qu'on pouvait faire de son argent ? En tout cas, pas s'acheter une Mercedes. »

Je décrochai de nouveau tandis que ma mère réapparaissait dans la pièce. Elle me fit un clin d'œil et emporta dans la cuisine le verre de bière vide de mon père. En y songeant, je ne savais toujours pas quelle était la part de vérité dans cette histoire. Parfois, il racontait que Staline avait prononcé à la radio un discours mémorable concernant cette ville qui n'avait plus besoin de chocolat. Dans une autre version, Sergei et lui étaient démasqués par le maire de la ville, ils le soudoyaient alors avec une centaine de barres de chocolat, et l'édile gardait le silence, jusqu'à ce que le facteur les débusque. Parfois, ils faisaient fortune, et parfois le chocolat était distribué gratuitement, un geste de résistance politique. Mais je ne m'étais jamais dit que l'histoire était peut-être totalement bidon, que cette idée de chocolaterie clandestine, c'était un petit peu trop beau pour être vrai. Ça me tracassa plus que je ne l'aurais cru.

Même aujourd'hui, cinq ans plus tard, je sais que toute ma Russie, celle forgée par mon esprit, est un pur mensonge. Ma carte mentale de la mère patrie est parsemée de fiction, comme les vieilles cartes de l'Atlantique le sont de sirènes et autres monstres marins : ici, au nord de Moscou, se trouve la chocolaterie de mon père ; ici, Raskolnikov s'immobilise dans l'escalier ; ici, Ivan Ilitch accroche des rideaux ; ici coule la Volga, polluée de réfugiés ; là trotte le nez de Gogol ; ici, les braves citoyens jettent des cailloux à la statue de Staline ; là s'enfuient les enfants Romanov dans la nuit, les poches remplies d'or ;

et en haut s'étend la Sibérie de mon grand-père, ses pas crissant sur la route du retour. Parmi tout cela, une légère couche de réalité : la route que le bus de la chorale de ma fac prit de Perm à Ekaterinbourg puis Tcheliabinsk, de salles de concert en cathédrales, les murs en béton recouverts de graffitis et les petites maisons où du linge séchait sur des fils.

Mais alors, l'Amérique de mon père et de ses amis avait aussi été un mensonge, avant qu'ils n'atterrissent sur le tarmac : des toilettes jamais bouchées, des enfants chantant partout, une star de cinéma à chaque coin de rue, les Marlboro gratos. Peut-être qu'en un sens ils vivaient encore tous dans une Amérique fantasmagorique. Après tout, n'était-ce pas la terre du lait et du miel ? Alors pourquoi pas du lait en libre service dans les couloirs et le miel distribué gratuitement dans les magasins ?

Cela m'amène à m'interroger sur mes capacités quant à la fiction : sont-elles innées ou acquises ? Lorsque je repense à cette époque à Hannibal, je me demande à quel point je projetais sur Ian. Et dans quelle mesure je me rappelle honnêtement notre escapade et ses paroles. Et si je l'ai vu pleurer dans le rétroviseur, ai-je refoulé ce souvenir ?

Et je me demande aussi si tout cela est vraiment arrivé. Parfois, lorsque je me réveille, avant d'ouvrir les yeux, j'essaie de me souvenir que je n'ai jamais quitté Hannibal, pour voir si je peux me débarrasser de ce rêve. Ou j'essaie de me souvenir que je suis en prison. Mais lorsque j'ouvre les paupières, je vois les murs de mon nouvel appartement et je ne peux rien y faire. Peut-être est-ce la raison pour laquelle je préfère cette nouvelle bibliothèque à ma chambre à coucher : en regardant les millions de dos de livres, je peux inventer des millions de fins alternatives. Il s'avère, en fait, que le majordome a tout manigancé, ou je finis par épouser M. Darcy, ou nous allons regarder une fille sur le manège de Central Park, ou nous luttons contre le courant dans nos petites embarcations, ou Atticus Finch est là quand nous nous réveillons.

Ou mieux encore, je peux imaginer que c'est une histoire qui n'a pas encore été écrite, qu'il est encore temps de tout changer.

Content de dormir sur un matelas gonflable, Ian alla se coucher tôt. Ma mère prépara du café et ils me pressèrent de questions sur Janna Glass. J'essayai de me tenir bien droite sur ma chaise, d'apparaître alerte et très calme. « C'était laquelle ? » demanda ma mère. J'étais contente d'avoir évacué mes trombinoscopes scolaires à Hannibal un an auparavant. Ainsi, mes parents ne pouvaient constater que Janna avait des cheveux noirs frisés et de grands yeux. Elle n'aurait jamais pu être la mère de Ian, pas plus que moi.

« Il t'arrive enfin une aventure, dit mon père.

— Pas vraiment. Je file juste un coup de main. »

Il me lança un regard de conspirateur, un regard qui disait : *Écoute, on avait l'habitude de voler du linge ensemble. Tu as eu ton premier pull en cachemire de cette façon.* « D'accord, dit-il. D'accord. » Il but son café tandis que ma mère m'interrogeait sur la tentative de suicide de Janna Glass.

« Est-ce que c'est lui qui l'a trouvée ? » demanda-t-elle. J'avais raconté qu'elle avait avalé une boîte de cachets avant d'appeler les secours juste à temps.

« Non, dis-je. Il était à l'école.

— Il va dans l'école où tu étais ?

— Non, ailleurs.

— Où est le père ?

— Personne ne le sait. »

Réminiscence de mon enfance : reconstituer ma journée en détail le soir au dîner. J'avais d'excellentes notes en sciences car ma mère me faisait répéter à l'infini toutes les expériences de travaux pratiques. Elle finit par aller se coucher, et j'étais sur le point de l'imiter lorsque mon père se pencha sur la table.

« T'aurais pas besoin d'un peu de fric ? » Il le demanda presque triomphalement. Je n'avais pas accepté son argent depuis quatre ans et il savait que, là, j'allais devoir dire oui. Il proposait de l'argent aux gens à la manière dont la famille de ma mère proposait de la nourriture. Si vous refusiez, ils se sentaient pareillement offensés.

Je laissai ma tête tomber sur mon bras posé sur la table. « En fait, oui. Je suis venue ici en toute hâte et je ne sais pas combien de temps je vais rester. Mais, évidemment, je te rembourserai. »

Il disparut dans la bibliothèque où dormait Ian et revint une minute plus tard avec une enveloppe kraft remplie de billets de cinquante et cent. Mille dollars, compterais-je plus tard.

« C'est le fonds d'urgence, dit-il. Prends-les. Tu veux la Mercedes ? C'est une bonne voiture. Ta bagnole tombe en ruine. C'est ce qu'on appelle une épave.

— Ça va. » En dehors du fait que je n'avais pas l'intention de rester à Chicago, j'étais sûre que sa voiture aimanterait davantage les sirènes de police que la mienne. En premier lieu, il l'avait achetée à un certain oncle Nicolai, qui n'était pas mon oncle et n'avait aucun boulot apparent, mis à part rendre des services à d'autres Russes. De plus, mon pater avait perdu son permis de conduire de l'Illinois l'année précédente et conduisait avec un autre, obtenu je ne sais comment dans le Colorado, où il possédait une propriété.

« Où vas-tu après ? demanda-t-il.

— À la maison, dis-je. Dans le Missouri. »

Il me lança de nouveau son regard de chapardeur. « Où vas-tu vraiment ? »

Je dus rougir. Je ne savais que dire. Mais ça n'avait pas d'importance, compris-je. Il ne pouvait avoir tout deviné, et même si c'était le cas, il paraissait étrangement fier de moi. « Ça dépendra du temps que tout ceci va prendre. J'irai peut-être vers l'est, rendre visite à des amis de la fac.

— Ah, c'est parfait, alors. Tu vas aller du côté de Pittsburgh ? » Mon père avait une drôle de façon de prononcer les noms des villes américaines : on aurait dit des îles de la mer Noire.

Je ne réfléchis pas assez vite. « Peut-être. » Il savait que ma copine de chambre y vivait, et même si j'avais été plus éveillée, difficile de faire machine arrière.

« Bon. Tu peux me rendre un service ? J'ai des choses pour mon ami Leo que je ne veux pas envoyer par la poste. Tu pourrais les déposer chez lui. Je vais te donner l'adresse et le prévenir que tu vas passer.

— Attends, non. Quel genre de trucs ? »

Il rit. « Des papiers. Pourquoi ? Tu pensais à quoi ? De la drogue ? Tu prends ton père pour un dealer ? Ou que je fais dans le trafic d'uranium ? Ton père le trafiquant d'armes russe, c'est ce que tu crois ?

— Je me demandais juste si, par le plus grand des hasards, cela pourrait me faire arrêter. » Moi, si respectueuse des lois.

Il retourna dans le bureau et revint avec une boîte à chaussures. « Regarde », dit-il en ouvrant le couvercle. Ça ressemblait à des factures et autres papelards, pliés en deux. « C'est de la petite bière, d'accord ?

— Je ne veux vraiment pas avoir de problèmes », dis-je.

Il ferma le couvercle de la boîte et mit ses doigts sur ses tempes. « Lucy, tu es translucide, dit-il. Tu n'es pas d'accord. Très bien, tu vas à Pittsburgh, tu livres ça, et tout se passera comme sur des roulettes. La pomme ne va pas tomber de l'arbre. » Insinuait-il que j'étais la fille de mon père, ou qu'il n'allait pas me lâcher ? Je n'en étais pas sûre... Quoi qu'il en fût, il ne savait pas de quoi il parlait.

Je secouai la tête et dis : « Bien, d'accord. » Je voulais aller me coucher. Je savais qu'en acceptant j'étais obligée d'aller jusqu'à Pittsburgh, même si Ian décidait subitement de rentrer chez lui. Si je ne livrais pas la boîte, ce pourrait être un ennui mineur, ou quelqu'un pourrait se faire tuer. Je préférais ne pas avoir de meurtre sur la conscience, même si cela impliquait quelques jours supplémentaires de kidnapping. J'aurais dû refuser tout net. Mais j'étais épuisée, j'avais les paupières lourdes, et je voulais dormir.

« Tu es une bonne Russe », dit-il. Il disparut avec la boîte, et lorsqu'il revint, elle était hermétiquement fermée par une bande de ruban adhésif. Il écrivit l'adresse au dos d'une enveloppe. « Je vais les prévenir que tu vas passer. »

19

Courage, cœur, cervelle

C'est la pagaille créée par Lucy. C'est le garçon qui vivait dans la pagaille créée par Lucy.

C'est l'homme qui racontait des histoires au garçon qui vivait dans la pagaille créée par Lucy.

C'est le chocolat qui parfumait les histoires racontées au garçon qui vivait dans la pagaille créée par Lucy.

C'est le maire, tout triste et délaissé, soudoyé par le chocolat qui parfumait les histoires racontées au garçon qui vivait dans la pagaille créée par Lucy.

C'est la Russie qui pourrait être un mythe, qui berçait le maire, tout triste et délaissé, soudoyé par le chocolat qui parfumait les histoires racontées au garçon qui vivait dans la pagaille créée par Lucy.

C'est Lucy, toute triste et délaissée, sur le canapé de ses parents le mercredi matin, réfléchissant à la compulsion qui avait provoqué le rapt du garçon traumatisé qui lisait les livres vivant sur les étagères qui s'alignaient sur les murs du petit bâtiment en brique qui couvait la pagaille créée par Lucy.

Ian et moi, on fit la grasse matinée, mais mon père se leva après nous. «Je ne te parle pas de son estomac, dit ma mère tandis qu'elle préparait des œufs brouillés. L'hôtel aurait pu nous faire payer les dégâts.»

Ian toucha à peine ses œufs, mais but cinq verres de jus d'orange. Je voulais l'en empêcher, et ainsi ne pas devoir m'arrêter en route toutes les cinq minutes pour qu'il fasse pipi, mais ma mère pensait que je le reconduisais simplement à l'hôpital.

Avant de partir, j'enjambai le matelas gonflable dans la bibliothèque pour récupérer mon passeport dans le classeur de ma mère. J'aurais dû le conserver, mais il faisait partie de ces choses qu'elle insistait pour garder à ma place, de peur que je ne les perde. Pensait-elle que mon appartement était jonché de poupées, de cahiers de coloriage et d'autocollants ? Que j'allais l'oublier sous mon lit à côté de mon manuel de math de CM1 ? Il était là dans mon dossier, avec mon certificat de naissance, mes notes de bac et une foule de vieux bulletins relatant mon incapacité à demeurer assise sagement derrière un pupitre. J'avais vingt ans sur la photo du passeport, le visage rayonnant, prête à m'envoler pour l'Italie avec mes parents. Je le mis dans mon sac. Pas parce que je projetais de quitter le pays, mais parce qu'il était à moi et pour parer à toute éventualité.

L'ordinateur portable paternel était allumé, et je sus que j'allais jeter un œil sur Internet. En décidant de venir ici, j'avais pensé que je ne pourrais pas me connecter, et j'en avais été étrangement soulagée. Je ne voulais pas savoir ce qui se passait sur ce front-là. Je ne le voulais pas davantage maintenant, mais l'ordinateur était allumé, et je ne résistai pas à faire une recherche avec le nom de Ian. Quelques articles dans des journaux locaux (*Un jeune du coin disparaît, Un garçon d'Hannibal disparu depuis dimanche*), mais il fallait un mot de passe pour accéder aux divers liens. Et pour obtenir ce mot de passe, il fallait s'acquitter d'un droit mensuel, et donc donner mon nom. Je jetai un œil à la page d'accueil de la Fête d'Hannibal, et ne trouvai rien d'autre que la photo d'enfants aux couvre-chefs brillants qui souriaient dans la neige, et un rappel obsolète des dates pour les vacances d'hiver. Je finis par faire une recherche sur le pasteur Bob, et je découvris qu'au cours des derniers mois il s'était lancé dans une espèce de blog fervent : un article hebdomadaire déguisé en prière.

Le post de cette semaine était intitulé « C'est parti ! Allons répandre l'amour de Dieu à travers l'Amérique ! ». Difficiles à déchiffrer, ces caractères sur fond bleu pâle. Soudain, un souvenir de terminale me revint. J'étais au centre commercial avec mon ami Darren Alquist et, tandis qu'on s'attardait devant la vitrine des Livres chrétiens des bons pâturages, présentant des poèmes aux cadres fleuris et autres ouvrages avec des couvertures bardées de couchers de soleil, il s'était interrogé : « Comment peuvent-ils savoir que Dieu aime tant la calligraphie ? Et si Dieu *détestait* la calligraphie ? » On se l'était répété pendant des semaines. Je l'avais écrit dans son cahier de texte : « Dieu déteste la calligraphie ! » Cela conférait un bon air de chrétienté au site du pasteur Bob, mais c'était sans doute mal venu de la part de quelqu'un essayant désespérément de ne pas paraître gay.

Au milieu de la page — après l'annonce de son départ pour une tournée de la Côte Est avec DeLinda « dans la BobMobile ! » — était écrit ceci.

> *S'il vous plaît, priez pour Ian D., une jeune brebis de notre église de St. Louis que notre Seigneur a laissée s'égarer. Nous prions pour son retour, et pour ses chers parents qui m'ont toujours fidèlement soutenu. « Mettez-lui un anneau au doigt et des chaussures aux pieds. Amenez le veau gras, tuez-le, mangeons et festoyons, car mon fils que voilà était mort et il est revenu à la vie ; il était perdu et il est retrouvé. » Luc 15, 22-24.*

J'aimerais dire qu'il était difficile de haïr le pasteur Bob lorsqu'il était, ou semblait, si sincère. Mais non. Je fixai la photo floue de Bob et DeLinda sur le marchepied de la BobMobile (à ma déception, juste un grand bus bleu), le bras pâle et grassouillet qui pendouillait de la manche du polo jaune, passé autour des épaules de son épouse, et le sourire de cette dernière, celui d'une femme de politicien accro. J'avais envie de planter un stylo dans l'écran du portable de mon père.

Je jetai un œil à ma boîte mail : dix-huit nouveaux messages, mais rien d'urgent. J'écrivis à Rocky : « J'ai vu la sœur jumelle de Loraine aujourd'hui dans la rue ! Tu ne l'aurais pas cru ! Je ne sais pas si je te l'ai dit, je suis là pour filer un coup de main à une copine de lycée malade... Mon téléphone est donc éteint quand je suis à l'hôpital, mais s'il te plaît laisse-moi un message pour me dire que la bibliothèque est toujours debout ! » Je me sentis légèrement mieux, maintenant que les deux histoires avaient l'air de coller. Trop de points d'exclamation, que je ne parvenais pas à supprimer, planquée à l'abri de leur enthousiasme maniaque, de leur stupide éclat.

Lorsque je réapparus, Ian avait récupéré ses affaires dans le sèche-linge. Ma mère repliait le grand tricot de corps blanc paternel dans lequel Ian avait passé la nuit. Je gagnai sa chambre pour dire au revoir à mon père. Il dormait avec un sac de glace sur la tête, comme toujours. Et rien à voir avec des migraines : il lui était impossible de dormir sans l'évocation des nuits glaciales de la mère patrie. Les couvertures étaient réservées à ma mère. Je le réveillai et l'embrassai sur la joue, et il lâcha : « Ne t'attire pas d'ennuis.

— D'accord », dis-je. Mon père, Dieu le bénisse, fit semblant de me croire. Il est capable de se convaincre de n'importe quoi.

Nous prîmes l'ascenseur peu avant onze heures, reniflant en jubilant les manches de nos vêtements fraîchement lavés. L'enveloppe avec l'argent était pliée dans la poche de mon jean, une grosse protubérance dont je ne cessais de vérifier la présence. Ian avait son sac à dos, et moi mon sac à main, un sac en plastique de supermarché et la boîte à chaussures. C'était une vieille boîte de Hush Puppies, avec le beagle sur le couvercle qui m'observait de ses yeux affreux.

« Est-ce qu'on peut voir le rez-de-chaussée ? » demanda Ian. La veille, on était montés directement du garage. J'appuyai sur le bouton « RDC ».

« Il n'y a pas grand-chose à voir. Ce n'est pas comme un hôtel.

— Est-ce qu'il y a un portier ?

— Non, en général, les gens n'arrivent pas ici à pied. Mais il y a un garde de sécurité. »

Les portes de l'ascenseur s'ouvrirent, nous en sortîmes, le comptoir à côté de la porte principale était désert. « Est-ce qu'il est en train d'arrêter ce type ? » Ian pointa un doigt vers les portes en verre, derrière lesquelles le garde discutait avec un homme. L'homme portait un jean noir, un sac de sport et un énorme bouquet de roses rouges.

Cet homme était Glenn.

Avant que je n'aie eu le temps de traîner Ian dans l'ascenseur pour m'enfuir par le garage, Glenn me vit à travers les vitres. Il me fit un signe et me pointa du doigt en brandissant les fleurs, tout en parlant au garde. Impossible de fuir maintenant qu'il m'avait repérée, et sans doute Ian aussi. Le garde me regarda, attendant un signe de ma part, et je hochai la tête. Glenn entra dans un tourbillon d'air froid, les fleurs bien en évidence.

« Surprise !

— Oui, c'en est une !

— J'ai fini par trouver l'immeuble, mais il ne voulait pas me laisser entrer sans un numéro d'appartement ! » Il me tendit les roses et s'apprêtait à m'enlacer lorsqu'il remarqua Ian qui se tenait à côté de moi, les yeux levés vers lui.

« Qui est ce mec ? » demanda Ian. Le vocable « mec »

semblait aussi étrange dans sa bouche que « Pittsburgh » dans celle de mon père.

« Je me posais la même question. » Glenn se para de son plus beau sourire, décidé à ressembler au type qui pense que les enfants sont absolument formidables.

Avant que Ian ne puisse se présenter, je dis : « Voici Joey. » Qui sait si les infos de St. Louis n'avaient pas évoqué un gamin disparu prénommé Ian. En plus, même si je n'avais rien raconté à Glenn concernant l'e-mail origami, j'avais dû lui parler de Ian, qui était au centre de la plupart de mes histoires à la bibliothèque. « Joey est le fils de la copine dont je t'ai parlé. Janna Glass. Je m'occupe de lui pour quelques jours. En fait, je vais le conduire en voiture chez sa grand-mère à Cleveland. Il va rester là-bas le temps que sa mère se remette. »

Ian tendit la main. « Joseph Michael Glass. »

Glenn lui serra la main, moins souriant et l'air moins convaincu.

« Bon, je vais continuer à vous appeler Mec, dit Ian.

— Donc, voilà ce qui s'est passé. » Glenn se tourna vers moi, apparemment convaincu qu'il avait accordé assez d'attention au gamin. « Tu sais, hier, quand on s'est parlé ? J'allais appeler pour te dire qu'il fallait que l'on change la date du week-end parce que je partais, devine où...

— À Chicago ? » dit Ian.

Glenn l'ignora. « Je t'ai raconté que parfois je fais des remplacements à l'Orchestre symphonique de Chicago ? Ils m'ont passé un coup de fil lundi matin, alors j'ai rappliqué et j'ai joué hier soir — le concert était du tonnerre — et j'ai passé la matinée à essayer de trouver où tu habitais. Pas facile ! Je me souvenais que tu m'avais dit Lake Shore Drive. J'ai mené ma petite enquête, et bref, je suis à ta déposition !

— Ma quoi ?

— Je suis à votre disposition, milady. » Il fit une révérence.

Les caméras de sécurité du hall me revinrent alors en mémoire. Elles ne perdaient pas une miette de la scène. Si la police se lançait à mes trousses, mon père me couvrirait, mais le garde se souviendrait sûrement de nous après ce spectacle, et les bandes vidéo constitueraient la pièce à conviction F au tribunal.

« C'est *si* gentil, dis-je. Le problème, c'est qu'on part. Il faut vraiment que Joey aille chez sa grand-mère.

— Quelle tragédie ! » dit Glenn en riant. La blessure serait légère, du moins avant qu'on me jette en prison et qu'il comprenne qu'il était sorti avec une folle.

Ian tournait en rond, lesté de son sac. « Vous savez quoi ? cria-t-il. On a deux places de libres dans la voiture ! Vous pouvez venir avec nous ! »

J'en restai comme deux ronds de flan. Glenn sauta sur l'occasion et répondit enfin à Ian. « En voilà une bonne idée. J'adore Cleveland ! » Il se tourna vers moi. « D'accord ? J'ai deux jours devant moi. Merci le quartet à cordes ! J'ai tout ce dont j'ai besoin là-dedans. » Il parlait du sac de sport à ses pieds. Avait-il prévu de dormir chez mes parents ?

Aucun mensonge ne me vint, et j'acquiesçai. J'envisageai de rompre avec lui là tout de suite, mais pourquoi ? Et comment ? Et s'il rentrait dans le Missouri, il tomberait sur les infos. Visiblement, elles n'étaient pas encore parvenues jusqu'à lui, sinon, il aurait reconnu Ian. S'il rentrait chez lui dans quelques jours, l'affaire se serait peut-être un peu tassée.

Dans l'ascenseur, je calai les roses sur la boîte en carton et essayai de ne pas vomir.

Tandis que Glenn fourrait son barda dans le coffre, je montai devant et Ian derrière à côté de la boîte et des roses. Je me retournai et lui chuchotai : « *Qu'est-ce qui t'a pris ?*

— J'ai eu pitié de lui. Les roses, c'est très cher. »

Glenn s'installa à côté de moi, me pressa le genou, et on démarra.

« Hé ! » dit Ian lorsque nous fûmes de nouveau sur Lake Shore Drive, le soleil se reflétant sur l'eau et les joggeurs de midi. « Si tu es Dorothée et que je suis l'épouvantail, alors Mec est le lion poltron ! Et cette boîte, c'est le bûcheron de fer-blanc !

— Tu es peut-être Toto », dis-je. Il rit et se mit à aboyer. L'épouvantail ne lui allait pas, il n'avait pas besoin de plus de cervelle. Du courage, il allait en avoir sacrément besoin. Un cœur bien accroché aussi. J'essayai de me rappeler quel organe vital manquait à Dorothée. Ah, oui. Elle voulait rentrer chez elle.

20

Fugitive

Durant les trois heures suivantes, Ian saoula Glenn avec l'hymne national australien, qu'il prétendit avoir appris à l'école. J'étais paniquée à l'idée que Ian dérape et nous trahisse en racontant des détails de notre périple.

« Je me suis levé si tard hier, dit-il à un moment. Parce que mon oncle a oublié de me réveiller. Mon oncle José. Il nous a fait des *huevos rancheros*, une spécialité de sa terre natale.

— Qui est ? » demanda Glenn. Il rit et me jeta un coup d'œil.

« Le Venezuela, répondit Ian. Dont la capitale est Caracas, au cas où vous vous poseriez la question.

— Justement, je me la posais. »

Dieu merci, Ian se remit à chanter, coupant ainsi court à toute conversation avec Glenn. Un panneau indiquait Hobart, et je pris la sortie vers le centre commercial de cette ville de l'Indiana. Je faillis lâcher « La compagnie aérienne a perdu mes bagages ! », avant de me rendre compte que Glenn savait que j'avais fait la route en voiture. À la place, je dis : « Quand je suis venue, je ne pensais pas avoir besoin de beaucoup d'affaires. Tout cela a été un peu précipité. » Je me garai devant le grand centre commercial, et dis à Ian de venir avec moi. Je savais que Glenn allait rester dehors pour fumer, et je ne voulais pas les laisser seuls tous les deux, de peur que Ian ne s'invente d'autres parents exotiques.

Glenn s'assit sur le capot de la voiture pour s'enfiler sa nicotine. Ian et moi on pénétra dans une boutique clinquante, franchise d'une marque typique du Maine et spécialisée dans les activités de plein air. L'endroit parfait pour trouver des vêtements chauds. Plus on roulait vers le nord, plus ma polaire verte se révélait inefficace contre le froid de mars.

« Pourquoi tu as dit que je m'appelais Joey ? » demanda-t-il. Il touchait tous les vêtements à sa portée. J'étais contente qu'il ait pensé à prendre son sac à dos avec lui plutôt que de l'avoir laissé avec Glenn, et j'étais aussi soulagée que les post-adolescents léthargiques promus vendeurs ne semblent pas dérangés par ce gamin qui se baladait à travers leur magasin avec un sac surchargé en tripotant chaque présentoir.

« Parce que je crois que je lui ai déjà parlé de toi.

— Vraiment ? » Il avait l'air stupéfait et ravi. « Qu'est-ce que tu lui as dit ? »

J'étais sur le point d'inventer une idiotie, par exemple que la bibliothèque allait lui faire payer un loyer, lorsque je vis la chance qui s'offrait à moi. « Je lui ai dit que tu savais très bien qui tu étais et ce que tu aimais. Et que j'espérais que tu n'allais jamais laisser personne te polluer l'esprit.

— On se croirait en réunion et que tu me sers un

speech super ennuyeux. Tu aurais dû lui dire que je suis bon au solitaire sur l'ordinateur, ce qui est parfaitement vrai, parce que je suis le maître absolu.

— Aide-moi à trouver des chemises chaudes », dis-je.

J'en avais déniché quatre et une doudoune orange lorsque Ian revint vers moi en sautillant avec une robe en coton rouge, à col roulé et manches courtes. Elle était trop longue et semblait parfaite pour une institutrice de CE2. Ou une bibliothécaire. C'était probablement leur seule robe. « Tu devrais la prendre, au cas où on irait dans un restaurant chic.

— Comme un McDonald's ? » suggérai-je en attrapant quand même le cintre. Il lança son sac à dos par terre dans ma cabine, et je lui dis de me retrouver dehors dans dix minutes.

J'essayai des chemises à manches longues, modèles identiques en rouge, bleu, noir et vert. Je remarquai dans la glace que mes rougeurs s'atténuaient. Je tâtai mes cuisses, qui étaient aussi en bien meilleur état. Les croûtes avaient pratiquement disparu. C'était donc bien la chaise de bureau. Si je rentrais à Hannibal en un seul morceau, je le dirais au docteur Chen. Je m'offrirais un nouveau fauteuil, ou un de ces gros ballons de yoga.

En revanche, je n'avais vraiment pas bonne mine. De l'acné due au stress, des cernes sombres et les lèvres gercées. Était-ce pour ça que je ressemblais tant à une détenue avec ce manteau orange ? Je me regardai dans le miroir et tentai de m'y habituer. Je m'imaginai avec des menottes et des chaînes aux chevilles. Le temps que je l'enlève, je l'avais apprivoisé, et je décidai donc de l'acheter même si je ne lui trouvais rien de spécial. Mon approche habituelle en matière de shopping. Si un article me semblait familier, je le prenais. Visiblement, j'avais la même approche du kidnapping.

Je me sentis soudain prise de vertiges, à cause des lumières fluorescentes et de la cabine exiguë, et je m'assis par terre la tête entre les genoux, à côté du sac à dos de Ian rempli de son attirail de fugitif. Le bâton de son baluchon démantibulé dépassait, empêchant le zip de se fermer jusqu'au bout. J'ouvris la fermeture Éclair et farfouillai dans le compartiment supérieur. Une chemise en flanelle, un recueil de mots croisés, trois paires de chaussettes pliées, un étui à lunettes avec son numéro de téléphone des deux côtés, inscrit au marqueur violet.

Sur le moment, j'agis aussi vite parce que je voulais me prouver que si j'avais eu le numéro des Drake, je l'aurais composé immédiatement. Ce que je me racontais pour m'endormir le soir. Je passai ma tête dehors pour m'assurer que Ian n'était pas dans les parages, puis dégainai mon téléphone et composai le numéro sans réfléchir. Mais, avant même la première sonnerie, je me rendis compte que j'utilisais *mon* téléphone, dûment enregistré à mon nom. Et je n'avais pas la moindre idée de ce que j'allais dire aux Drake, rien qui n'allait pas aggraver la situation, ou les bouleverser un peu plus. Et nous conduire dans le quart d'heure tout droit vers un barrage de police sur l'autoroute. J'appuyai si fort sur le bouton que je me fis mal au pouce en raccrochant.

Je pris un stylo dans mon sac et recopiai le numéro au dos de mon chéquier. Je savais que si j'avais quelques heures pour réfléchir, et s'il restait encore en Amérique des cabines téléphoniques, j'arriverais à trouver une solution.

Je remis l'étui dans le sac à dos et me redressai pour regarder la robe rouge dans le miroir. Je respirai plus lentement, et essayai de ralentir mon pouls. Je pivotai les hanches et la robe dansa autour de moi.

Je l'achetai, avec le reste. Peut-être me sentais-je riche. En gagnant la caisse, je manquai de dire à Ian que la robe pourrait me servir si je devais me prostituer. Pas le genre de plaisanterie que l'on sort à un enfant de dix ans. Je le compris à temps.

Toujours campé sur l'auto, fidèle au poste, Glenn fumait ce qui était sans doute sa troisième cigarette.

« Ce n'est pas illégal ? me demanda Ian.

— Quoi, fumer ? Non. »

Il secoua une main devant son nez tandis qu'on s'approchait de la voiture. Il retenait sa respiration.

Je n'avais pas clopé depuis la fac, mais à cet instant précis, la fumée me sembla douce et légère. J'eus envie de coller mes lèvres sur le bout incandescent de la cigarette de Glenn et d'inhaler la flamme, le tabac et le reste.

Plus sagement, je montai dans la voiture avec Ian en attendant que Glenn ait fini. Quel sens des responsabilités ! pensai-je. Si je ne me débarrassais pas de Ian, ma vie au cours des huit prochaines années se résumerait à celle d'une mère courage célibataire se sacrifiant pour que son garçon ait une vie décente. Mon envie de nicotine se fit beaucoup plus pressante.

Dans la voiture, Glenn me raconta une histoire à propos du chef invité avec lequel il avait travaillé à Chicago. Le maestro avait quatre-vingt-dix ans et l'équipe conservait précieusement un kit de défibrillation dans les coulisses au cas où. Chaque fois qu'il frappait la grosse caisse, Glenn était pétrifié à l'idée que le vieillard ne tourne de l'œil. « Putain, c'était *terrifiant* ! » dit-il.

Je lui fis les gros yeux.

« Oh, le gosse a déjà entendu ce mot, pas vrai, Joey ? Tu as quoi, sept ? Huit ans ?

— Sept », dit Ian. Je jetai un œil dans le rétroviseur. Son visage était impénétrable. Jamais je n'avais vu un enfant si doué.

« Sans blague. T'es un grand garçon. Quand j'avais sept ans j'adorais les cheeseburgers. Tu aimes les cheeseburgers ?

— Miam !

— Quoi qu'il en soit, je frappe cette grosse caisse, je lève les yeux pour voir ce type qui sue à grosses gouttes, et je regarde le timbalier, qui articule un truc à mon intention. »

Je débranchai Glenn et écoutai plutôt Ian chanter. Il avait mis de côté l'hymne national australien et entamait *Hava Nagila*, qu'il avait probablement appris à l'école. À ce rythme, le témoignage de Glenn embrouillerait peut-être le jury : « Je vous jure, monsieur le juge, c'était un petit Juif, qui n'avait pas plus de sept ans. Son oncle était vénézuélien. »

On s'arrêta pour faire le plein près de la frontière de l'Ohio. Une cabine téléphonique me tendait les bras, mais elle était à découvert et impossible de l'utiliser sans que Ian le sache. Dans un élan immature, je me consolai en achetant un paquet de Camel, juste pour l'avoir sous la main. Quel plaisir de le mettre avec un briquet vert dans mon sac ! Mon petit gilet de sauvetage à la nicotine. Ian était aux toilettes, et Glenn remplissait trois gobelets de granita.

Ian avala le sien en gambadant devant nous. « Il me botte, ton petit pote, dit Glenn.

— Il est rigolo, tu ne trouves pas ?

— Ouais. J'espère juste qu'on réussira à se trouver un peu de temps pour nous à Cleveland. Tu connais le musée ? »

J'avais passé le plus clair de mon temps en voiture à chercher frénétiquement un moyen de plaquer Glenn avant d'arriver à Cleveland. Au cinéma, je n'aurais pas eu le choix, j'aurais dû le descendre. Ce qui me mènerait fatalement à commettre trois meurtres de plus, escalade logique du désespoir. Pour finir, un détail stupide, par exemple les lumières laissées allumées à la bibliothèque, me ferait plonger. Mais je n'avais pas encore de plan précis en tête. La rupture semblait la solution la plus sage. Ou mieux, le pousser lui à me larguer moi, à me quitter de son propre gré. Le larguer pourrait le rendre suspicieux, ou rancunier.

« Mouais, je ne suis pas trop branchée musée », mentis-je. J'irais en enfer, avec ce mensonge-là. Entre autres choses. « Je n'en vois pas vraiment l'intérêt.

— Autre chose, alors. »

Je m'immobilisai au milieu du parking. « Écoute, je voulais te dire un truc. Ta première… celle où tu m'as invitée… qui était super…

— Ouais.

— Bah, c'est marrant… Tu te souviens des pubs pour Mr. Propre ? Les mêmes depuis une éternité ?

— Hein ?

— C'est “Monsieur Propre, la la la la la la LA, la la la la la la LA...” Tu vois de quoi je veux parler ?

— Non. » Il rit et secoua la tête, comme si je lui disais un truc gentil, et non pas que sa carrière était une parodie.

« Eh bien, c'est le même air que ta chanson. Je veux dire, ton morceau. La même mélodie.

— D'accord.

— Non, tu n'y es pas.

— J'y suis. Le même air. » Il essayait de m'embrasser.

« Non, écoute : “la la la la la LA, la la la la la LA...” Ça ne te rappelle rien ? »

Les yeux dans le vide, on aurait dit qu'il essayait de se souvenir de quelque chose. « *Merde* », dit-il.

J'avais donné les clés à Ian, qui nous attendait sur la banquette arrière, en secouant la boîte en carton. Il la reposa tandis qu'on s'installait.

« Alors, Mec », dit Ian alors qu'on rejoignait l'autoroute. « Parlez-nous de votre prochain film, Mec. » Il tendit une foule de micros invisibles entre les sièges avant. « J'ai entendu dire que vous étiez amoureux de Julia Roberts. »

Ça n'amusait pas Glenn. L'air toujours perdu dans ses pensées, revisitant peut-être les publicités de son enfance, examinant par le menu son morceau. Il étira le cou et se massa le menton. Pas rasé, sa barbe naissante était grisonnante, comme ses tempes et ses sourcils.

« Miss Hull, comment as-tu rencontré Mec ? Et pourquoi ne dit-il jamais rien ? »

Glenn sortit de sa catalepsie et me regarda. « Je rêve ou il vient de t'appeler Miss Hull ? » demanda-t-il.

Avant que Ian n'ait eu le temps d'inventer quelque chose, je dis : « Sa mère est très à cheval sur la politesse avec les adultes. »

Glenn rit et se tourna vers Ian. « Je vois, dit-il. Très poli, mec.

— Je ne suis poli qu'avec les dames. » Point final. Même lorsque l'on s'arrêta pour dîner dans un resto-route juste avant Cleveland, Glenn ne décrocha pas un mot, sauf pour commander un burger à la dinde et des frites.

Ian savourait son chocolat au lait avec un tel bonheur, en temps normal, il ne devait pas y avoir droit. « Donc, monsieur Mec, saviez-vous que le père de Miss Hull avait eu une usine de chocolat ? » Glenn ne semblait pas conscient que Ian s'adressait à lui. « Mais Miss Hull, ce n'était pas une histoire vraie, n'est-ce pas ? Ça n'avait aucun sens. Je pense qu'il plaisantait.

— Tu as sans doute raison. » Ça m'était sorti de l'esprit, mais je crois que mes vertiges et le flou dans lequel j'avais baigné tout au long de la journée étaient en partie dus à cette prise de conscience, le sentiment que l'on avait tiré le tapis de mon histoire familiale de sous mes pieds.

« Mais il est vraiment russe, non ? Parce qu'il avait un accent vraiment bon... »

J'étais tellement déboussolée que je dus réfléchir avant de répondre par l'affirmative : Je me souvenais l'avoir entendu parler en russe à de nombreuses occasions. Ian entama son sandwich bacon, laitue, tomate, et je m'excusai pour aller aux toilettes. Comme je l'espérais, je trouvai une cabine dans le couloir. Je sortis de la monnaie et mon chéquier de mon sac, puis je composai le numéro. Je savais que je prenais un gros risque en appelant d'ici, mais nous allions encore parcourir quelques kilomètres après le dîner, et ils ne pourraient pas ratisser tout le secteur. Peu importe qui allait répondre, M. ou Mme Drake, voire la police, je dirais exactement ce que j'avais répété.

Dans l'après-midi, j'avais envisagé de leur dire que Ian était au musée de Cleveland, puis de le laisser sur les marches du bâtiment, de foncer vers l'aéroport avec Glenn et de prendre le premier vol pour Porto Rico, ou la destination la plus lointaine pour laquelle Glenn n'aurait pas besoin de son passeport. Je dirais à Glenn que j'étais spontanée. Puis je fuirais encore plus loin, ou attendrais, anxieuse, que l'on me coffre. Pour être honnête, ce n'était pas un scénario sérieux. Je n'étais pas prête à affronter la prison, je n'étais pas prête à laisser derrière moi mon pays tout entier, et je ne voulais pas causer de problèmes à Glenn. Et si je me contentais de renvoyer Ian, sans qu'il y soit préparé, sans cette espèce de force magique pour affronter les huit prochaines années de sa vie, alors à quoi tout cela aurait-il servi ? Tout avait été accidentel, certes, cependant je croyais à une sorte de *but*.

Je m'étais décidée pour deux phrases rassurantes, aux mots bien choisis. J'étais prête à ce que le pasteur Bob décroche en personne. Ce à quoi je ne m'étais pas préparée, c'était à ce que Ian réponde. Sa voix, distincte et nasale, se fit entendre après la quatrième sonnerie. « Bonjour. » Je raccrochai presque mais parvins à me retenir. « Bonjour, vous êtes bien chez les Drake. Merci de nous laisser un message. » C'est alors que je raccrochai, doucement. Mon bras tremblait jusqu'à l'épaule. J'avais des raisons logiques de raccrocher : avant tout, je ne voulais pas que ma voix soit analysée et ensuite diffusée dans les médias. Mais plus encore, laisser un message à Ian lui-même — je le ressentais ainsi — était une trahison impensable, pire que de débiter à M. Drake : « J'ai vu votre fils. Il est en de bonnes mains, et il sera bientôt rentré à la maison. » Une trahison à laquelle je ne m'étais pas préparée.

Je retournai dans le restaurant, étrangement furieuse que les Drake ne soient pas chez eux. Étaient-ils sortis dîner ? Non, ils étaient sans doute à une réunion de prière, en pleine veillée aux chandelles. Mais quand même. Et si Ian les avait appelés, et qu'ils l'aient manqué ? Ou alors ils filtraient les appels, fatigués des bonnes âmes qui offraient soutien et autres nourritures terrestres. Mais ma colère contre eux me réconfortait. (Plus celle contre le pasteur Bob.) Toutes les justifications étaient bonnes à prendre.

Ian avait planté les quatre cure-dents à ombrelle dans un quart de son sandwich, et il entretenait Glenn de sa Symphonie ultime. Glenn semblait souffrir. « Et ce qui serait encore plus cool, ce serait de louer un lieu immense, un stade ou un truc dans le genre, et d'avoir une centaine d'horloges Big Ben, qui joueraient toutes en même temps. Bon, faudrait que ce soit informatisé, non ? Parce que sinon, il suffirait qu'un type se trompe, et ce serait bancal. C'est illégal d'utiliser le thème de Big Ben ? Vous pensez qu'on m'attaquerait en justice ? »

Glenn ne répondit pas mais héla la serveuse et commanda un martini.

Je fis un bel effort pour changer de sujet. « Une fille dans l'orchestre de mon lycée s'était endormie au milieu d'un concert. Une flûtiste, elle a sombré, la tête sur son pupitre. » Elle était évidemment défoncée, mais cela enlevait du piquant à l'histoire. Ian passa la fin du dîner à feindre une soudaine narcolepsie.

En partant, il attrapa deux poignées de bonbons à la menthe rouge et blanc qu'il fourra dans ses poches. Pourrions-nous en vivre en cas d'urgence ?

Glenn croyait qu'on allait déposer Ian ce soir-là. Je lui expliquai qu'il devrait passer la nuit avec nous à l'hôtel parce que sa grand-mère ne l'attendait pas avant le lendemain matin. À la réception, je demandai trois chambres, et Glenn ne pipa mot. J'envisageais de rompre ce soir-là. Dans ma chambre, je me brossai les dents et planifiai l'attaque, mais avant même que j'aie eu le temps de recracher le dentifrice, Glenn frappa à la porte.

« Oui ? »

Il s'installa au bord du lit recouvert d'un tissu à fleurs couleur pêche et demanda : « Lucy, bon Dieu, mais que se passe-t-il ? »

J'attrapai la chaise du bureau et m'assis. « Sa mère est très malade », dis-je.

Il secoua la tête, comme pour évacuer de l'eau de ses oreilles. « Je réfléchissais dans ma chambre, et plus je réfléchis, plus la situation me paraît bizarre. Pour commencer, tu viens à Chicago sans emporter la moindre affaire de rechange ? Et ce gosse qui va habiter chez sa grand-mère, il n'a qu'un sac à dos ?

— Il ne va y rester qu'une semaine ou deux.

— Sans livres d'école ? Et pourquoi il n'appelle pas sa mère ? »

Je me levai. « Tu te crois dans un roman policier ?

C'est loin d'être aussi palpitant. Quant à sa mère, je suis certaine qu'il va l'appeler de sa chambre.

— *Mais alors*», articula-t-il tel un procureur face à un témoin acculé, « pendant le dîner, tu as dit "cette fille de mon lycée". Je croyais que sa mère avait été à Latin School. Donc tu aurais dû dire "*notre* lycée", ou simplement "Latin".

— Serais-tu en train d'essayer de procéder à une arrestation ? Tu es grotesque. »

Il s'allongea sur le lit, comme s'il lui appartenait, et fixa le plafond. « C'est ton fils, c'est ça ? »

J'en criai presque de soulagement. Le fou rire me guettait. « Tu penses que c'est mon *fils* ?

— Ça aurait un sens. Peut-être qu'il vit avec tes parents et que tu es venue le chercher pour l'emmener voir son papa. Je ne sais pas, moi. »

Désormais, je me marrais de bon cœur. Je rigolais tellement que j'aurais voulu m'affaler sur le lit, mais pas à côté de Glenn, et donc je me rassis sur la chaise. « Tu crois vraiment que mes parents sexagénaires élèvent mon fils pendant que je vis à Hannibal ? Et tu penses que je te l'ai caché ? D'ailleurs, il m'appelle Miss Hull. »

Il se redressa sur les coudes, la mine défaite, tel un petit garçon contrarié. Mon Dieu, il était *jaloux.* « Alors c'est quoi, ce plan ?

— Tu n'es pas dans un film, Glenn. Oublie le polar. Sa mère est très malade, mais le mélodrame s'arrête là. Écoute, si tu es vraiment à cran, prends un peu de recul. Tu devrais peut-être nous laisser demain, le temps que l'on règle nos affaires. Que dirais-tu d'aller au musée pendant que je le dépose ?

— Ouais, dit-il. Ouais, c'est probablement ce qu'il y a de mieux à faire. J'irai avec vous à Cleveland, et puis il me faudra un peu de temps pour me remettre les idées en place. » Il me fallait encore trouver un moyen de le larguer pour de bon, mais c'était un début honorable. Il se leva et sortit de ma chambre sans me souhaiter une bonne nuit. Aucun risque qu'il cuisine Ian le lendemain : je savais que Glenn se contenterait de bouder en silence, comme un gamin de dix ans, plus authentique que l'authentique gosse de dix ans.

J'essayai d'ouvrir la fenêtre, en vain. Une chambre fumeur, ma chance. J'allumai la première cigarette du paquet et m'assis sur la chaise, aussi loin que possible du couvre-lit inflammable. J'avais oublié cette sensation dans la gorge, l'impression d'inhaler une substance chaude, presque brûlante. La pièce se fit plus claire et plus douce. J'avais des fourmis dans les doigts et les orteils. J'allumai la télévision et tombai, je vous le donne en mille, sur *Le fugitif*. Je regardai la seconde moitié du film en essayant d'imaginer ce qui serait arrivé sans Glenn. Si, à la place, on avait décidé de se cacher dans Chicago, de traverser le fleuve verdâtre pour nous planquer dans des gratte-ciel. Je m'endormis et rêvai de la même chose.

21

Choisissez votre fiasco

Vous êtes seule dans un hôtel inconnu. Dans la chambre d'à côté se trouve Ian, un enfant que vous avez enlevé par mégarde. Au bout du couloir, Glenn commence à devenir suspicieux. Sous votre lit il y a une boîte en carton et Dieu seul sait ce qu'elle contient. Vous êtes attendue à Pittsburgh. Si vous choisissez de vous enfuir dans la nuit, rendez-vous au 1. Si vous choisissez de ne pas bouger, rendez-vous au 2.

1. Vous vous enfuyez à pied, abandonnant votre voiture pour que Glenn puisse plus facilement remettre Ian aux autorités. Après avoir fait du stop jusqu'à l'aéroport de Cleveland, vous vous retrouvez face au vendeur de billets avec l'argent de votre père dans la main. Si vous décidez de vous envoler pour l'Alaska, rendez-vous au 3. Si vous choisissez St. Louis, rendez-vous au 4.

2. Vous êtes réveillée le matin par Glenn tambourinant à votre porte, en compagnie de deux inspecteurs de police, et d'un journaliste de l'antenne locale de NBC. Vous êtes cernée. Si vous choisissez de séduire le journaliste de NBC et de vous enfuir avec lui en Alaska, rendez-vous au 3. Si vous décidez de vous laisser menotter, rendez-vous au 5.

3. L'Alaska se révèle plutôt frais en mars. Vous vous souvenez de votre grand-père s'évanouissant aux confins de la Sibérie. Soudain, vous vous rendez compte qu'un homme titube vers vous à travers la toundra. C'est votre grand-père, qui vous appelle en russe. Si vous choisissez de l'étreindre, rendez-vous au 6. Si vous paniquez et reprenez un avion pour rentrer dans le Missouri, rendez-vous au 4.

4. Les flics grouillent dans l'aéroport de St. Louis, et votre photo a été placardée sur tous les murs. En votre absence, Ian a retrouvé sa famille, et il a été interviewé dans un talk-show. Un homme en livrée tient une pancarte indiquant HULL. *Si vous partez avec lui, rendez-vous au 7. Si vous levez les mains pour vous rendre, rendez-vous au 5.*

5. Vous écopez d'une peine réduite pour avoir balancé votre père et sa boîte en carton remplie de plutonium. Vos années de prison ne sont pas agréables, mais vous lisez tout le temps, et Loraine n'est pas dans les parages à vous demander pourquoi votre chemise est toute froissée. Cela aurait pu être pire. Fin.

6. Votre grand-père est mort, et vous aussi. Vous êtes passés de l'autre côté, qui ressemble franchement à un immense champ de neige. Heureusement, vous portez votre doudoune orange. Fin.

7. Votre chauffeur vous emmène en escapade. Lorsqu'il enlève sa casquette, vous comprenez que c'est le plus bel homme de l'univers. Il vous invite dans sa résidence secondaire en Alaska.

Si vous acceptez, rendez-vous au 3. Si vous lui intimez l'ordre de vous conduire chez Ian, rendez-vous au 8.

8. Ian n'est pas aussi content de vous voir que vous l'espériez. Tuna, le cochon d'Inde, montre les crocs, et Larry Drake vous a dans la ligne de mire de la lunette de son fusil. Après votre arrestation, Janet Drake affiche sa miséricorde chrétienne en convainquant le juge de vous infliger une sentence alternative : plutôt que d'effectuer votre peine en prison, vous êtes condamnée à cinq années de thérapie rééducative avec le pasteur Bob. Et ce, dès le lendemain. Fin.

9. Votre dur labeur a payé. Le trésor que vous avez découvert en Floride se compte en millions, et le bruit dans la rue est celui du défilé fêtant votre triomphe : L'adoption de Ian par Tim et Lenny est maintenant officielle, et la bibliothèque Hull sera bientôt terminée. Félicitations !

22

Je pourrais ne pas avoir de langue

Le lendemain matin, on se cala tous dans la voiture avec des beignets, du café et du jus d'orange raflés au buffet. Je portais ma nouvelle chemise rouge, un cocon propre et doux. Glenn fixait le pare-brise et Ian semblait s'être endormi à l'arrière. Cependant, au bout de quelques kilomètres, il dit : « Je suis impatient que Mec s'en aille car je pourrai m'asseoir devant.

— Non, tu ne pourras pas », lâchai-je, même si je l'avais laissé faire avant. J'espérai qu'il ne le mentionne pas.

« Tu es trop petit, dit Glenn. Regarde, ce qu'il se passerait. » Il tira vers le haut sa ceinture de sécurité et fit mine de s'étrangler avec, comme lors d'un accident. Il fit semblant de suffoquer et tira la langue.

« Ma maman me laisse monter devant si je mets la ceinture derrière ma tête, dit Ian. Et en plus, je suis dans la moyenne haute pour mes huit ans. Regardez, elle date de l'été dernier et je faisais déjà un mètre trente-sept. »

Je me demandai ce qu'il pouvait bien tendre à Glenn datant de l'été dernier lorsque je me souvins de sa carte de piscine, de son nom barré d'un « Piscine municipale d'Hannibal », et de la photo aux tons orange avec ses cheveux mouillés et ses lunettes couvertes de buée, des gouttelettes ruisselant sur ses épaules. Il la tenait entre les sièges avant, attendant que Glenn s'en saisisse.

Je braquai vers la droite. Pas de façon délibérée, mais en essayant d'arracher la carte à Ian sans lâcher le volant. On ne percuta personne, mais on manqua de peu une Jeep qui se traînait juste derrière nous sur la file de droite. Lorsqu'on retrouva enfin une trajectoire rectiligne, on était tous en hyperventilation et Ian criait. Des coups de klaxon nous escortèrent les cinq secondes suivantes, comme une digue sonore dressée par les autres conducteurs pour nous maintenir en ligne droite.

« *Bordel !* À quoi ça rime ? dit Glenn.

— *S'il te plaît*, ne jure pas devant Joey. »

Glenn attrapa une serviette en papier et essuya le café qui avait coulé sur sa chemise blanche. Lorsque je jetai un œil dans le rétroviseur intérieur, Ian refermait son sac à dos. Il me fit une grimace dans la glace : il avait compris et rangé sa carte de piscine.

Je montai ensuite le volume de la radio. Les tubes de ces DJ me rendaient dingue. Si un jour j'atteignais les quatre-vingt-dix ans et qu'on me demandait alors quelles chansons faisaient un tabac en ce mois de mars, je serais capable de les débiter.

On se gara devant le musée vers onze heures trente et Glenn retira son sac du coffre comme si j'allais le lui voler. Je sortis pour l'aider tandis que Ian jouait avec un livre à l'encre invisible sur la banquette arrière.

Je ne savais toujours pas vraiment comment me débarrasser de lui. La gorge me brûlait à cause des cigarettes de la veille. « Écoute, dis-je, je ne sais pas exactement combien de temps tout cela va prendre.

— D'accord.

— Je vais peut-être rester un peu avec eux. Et honnêtement, si je retourne à Chicago, ce sera pour aider ma copine. On va sans doute devoir lui faire une greffe de moelle osseuse, et je me disais que la mienne était peut-être compatible. » Glenn n'avait jamais demandé ce qui n'allait pas avec Janna Glass, et Ian ne lui avait pas encore servi la version du film-de-la-semaine.

Il soupira et regarda par-dessus mon épaule. « Soyons simple. J'ai des amis ici chez qui je peux probablement crécher. Là, je suis dans un étrange espace-temps. Et si on se faisait ce week-end romantique quand tu ne feras plus de baby-sitting ?

— Bonne idée. Tu m'appelleras ? » Je n'aurais pu rêver mieux : il restait en dehors du Missouri pour le moment, et sans me haïr totalement.

« Ouais. » Il balança la sangle de son sac sur son épaule et m'embrassa sur la joue. « Ne t'attire pas d'ennuis et ne conduis pas comme une malade. » Il disparut à travers les portes du musée.

Lorsque je remontai en voiture, Ian demanda : « Est-ce que je peux me rasseoir devant ? Sérieusement, je suis assez grand. » J'étais trop fatiguée pour dire non et soulagée qu'il ne soit plus à côté de la boîte de mon père, qui avait passé la nuit sous mon lit et que j'avais glissée sous le siège conducteur ce matin. Ian s'en était servi comme support pour son livre à l'encre invisible toute la matinée, et elle trônait maintenant au milieu de la banquette arrière. Peut-être avait-elle l'air moins louche, posée là. Ce n'était pas tant son contenu qui m'inquiétait, mais l'idée que quelqu'un puisse voir le vieux cabot triste, se doute de ce que la boîte renfermait et me passe les menottes séance tenante.

Une heure plus tard, une heure plus près de Pittsburgh, Ian composait à haute voix une chanson intitulée : « Les États qu'on peut énumérer sans fermer la bouche ».

« *Oh, Iowa, Ohio, Oahu, Hawaï !* chantait-il. *Ooh, ouais ! Ouh-houh ! Hi ! Waouh, Hawaï, aïe !* »

Il enleva ses pieds du tableau de bord et me regarda. « Tu penses que je peux utiliser les *T* ? On ne ferme pas vraiment la bouche — la langue ne touche rien. Surtout si tu as un accent anglais.

— Bien sûr, dis-je.

— *Où es-tu, Ohio ?* fredonna-t-il avec un accent britannique. *Ah, ici ! Ah, Iowa, Ohio, Hawaï-aï-aï !* »

J'enlevai une main du volant pour applaudir sur mon jean.

« C'est génial ! dit-il. Je pourrais ne pas avoir de langue et je m'en sortirais très bien ! » Cela me rappela ce que Sophie Bennett m'avait dit à son sujet, que c'était le genre de gosse qui s'en tirerait bien quelles que soient les circonstances. Mais je n'arrivais pas *vraiment* à m'en convaincre.

Maintenant que Glenn n'était plus dans la voiture, et que la monotonie de la conduite me permettait presque de réfléchir, il fallait que j'essaie de lui parler sérieusement. Dire quelque chose de profond et qui l'aiderait une fois que l'on m'aurait coffrée. Si je courais le risque de le mettre en colère et, donc, qu'il me balance — ainsi soit-il. Autant que tout ceci ait servi à quelque chose.

Pour une raison incompréhensible et inepte, je dis : « Tu sais, les premiers vrais bibliothécaires étaient des moines et des religieuses. Ils recopiaient les livres à la main, et ils les gardaient à l'abri dans les monastères.

— Ah. » Il remit ses pieds sur le tableau de bord. Le gros avantage des gosses de dix ans, c'est qu'ils ne regimbent pas devant les coq-à-l'âne. « Est-ce que c'est pour ça que les bibliothèques sont silencieuses ? Parce que les moines n'avaient pas le droit de parler ?

— Peut-être. Je n'avais encore jamais pensé à cela.

— Pourquoi les moines arrêtent de parler ?

— Pour des raisons religieuses. Je ne suis pas sûre.

— Mais la Bible ne dit jamais de ne pas parler. Je le sais *catégoriquement.*

— Je pense que c'est parce que ça leur convenait bien. Ils aimaient vivre au calme dans les montagnes. » J'étais aussi ridicule que prudente — essayant de percer le couvercle de la boîte d'asticots, sans la fracasser sur le trottoir. « Aucun d'eux ne se mariait. Ils choisissaient simplement de vivre avec d'autres moines. Ou d'autres religieuses. Les gens font ça depuis très longtemps : ils décident de ne pas se marier et de vivre avec leurs amis. Il fallait être un moine ou une nonne pour le faire, et c'est une vie très pénible. Désormais, beaucoup de gens font de même pour être heureux. »

Il inclina le siège passager au maximum. « Quand des gens venaient à la bibliothèque, est-ce qu'ils devaient garder le silence ?

— Les gens ne venaient pas dans les bibliothèques.

Les moines *gardaient* juste les livres. Parfois même, ils les enchaînaient aux étagères pour qu'ils ne soient pas volés.

— Parce qu'ils avaient tant de valeur que ça ?

— Tout juste. Ils étaient tous splendides, pleins de magnifiques enluminures. Et il fallait des mois pour en recopier un seul.

— Si je recopiais un livre, je glisserais dedans un peu de mes mots, ou un message secret. Un immense secret. Tu penses qu'ils le faisaient parfois ?

— Peut-être. Sûrement. Quel genre de secret ?

— Sur un trésor. Je crois que j'aimerais bien être moine.

— Je pense que tu parlerais trop. »

Je tentai un autre angle d'approche, mais quelques minutes plus tard, il s'était endormi sur le siège incliné au maximum.

23

Une lumière, deux lumières, lumière rouge, lumière bleue

Tout en conduisant, je fis mentalement la liste de tous les gens qui pouvaient me relier à la disparition de Ian. Si les autorités avaient le moindre soupçon ou un tuyau téléphonique anonyme, les témoins ne manqueraient pas. Mon père saurait me couvrir malgré les protestations de ma mère, mais qui savait ce que Glenn ferait ? Loraine, bien sûr, reconnaîtrait le nom de Ian sur des affiches ou dans les journaux, mais elle ignorait qu'il passait beaucoup de temps avec moi. Tim, le proprio, avait dû remarquer que j'étais partie, mais il ne savait rien de Ian. Je compris qu'il était plus sage de l'appeler pour l'informer que j'avais quitté la ville. Sophie Bennett, l'enseignante rencontrée à la Fête d'Hannibal, m'inquiétait également. Elle n'ignorait pas que je me faisais du souci pour Ian. Mais elle connaissait la famille, et pourrait croire qu'ils l'avaient bouclé quelque part. Elle mourait probablement d'envie de me le raconter, demandant à la bibliothèque quand j'allais rentrer. Si elle discutait avec Rocky, s'il lui disait que je m'étais volatilisée, ce serait la catastrophe. Mais personne ne discutait avec Rocky.

Ce dernier pouvait facilement découvrir le pot aux roses. C'était déjà probablement le cas. Pourtant, je ne m'inquiétais pas à son sujet. Et pourquoi ? Mon estomac se noua. « Parce qu'il est amoureux de toi », disait-il.

Alors que Ian était aux toilettes d'une station-service, je composai du snack le numéro du sous-sol à la bibliothèque avec mon portable, sachant que Sarah Ann allait répondre. Ce qu'elle fit.

« Je voulais juste vérifier que tout allait bien, dis-je.

— Ah ! » Je me l'imaginai assise, encerclée de livres dont elle ne savait pas comment elle allait les remettre sur les étagères, lisant un magazine emprunté en haut. « Tu es rentrée ?

— Non, pas encore, et je ne vais pas revenir avant quelques jours. Mon amie est très malade et je lui file un coup de main avec ses enfants. C'est plus grave que prévu.

— Oh, grand Dieu ! Eh bien, je suis sûre que tu tombes du ciel !

— Tu peux t'occuper de tout pendant un moment ?

— Oui. En fait, on a dû refaire l'ordinateur, parce que des trucs sont rentrés là-dedans. Tout est arrangé, et oui, tout se passe à merveille ! »

Inutile de se fatiguer à essayer de comprendre. « À propos, l'atelier de lecture, c'est le vendredi à seize heures trente, dis-je.

— Oh, mon Dieu, c'est ça, d'accord.

— Oui, c'est ça. On lit *Les chapardeurs*, de Mary Norton. Un bouquin sur des lilliputiens qui chapardent. Il doit être dans le premier tiroir de gauche.

— Je ne vois rien à part des agrafeuses !

— Tu regardes celui de droite. Regarde dans le gauche.

— Ah, bien ! Où je commence ?

— Là où est le marque-page.

— Bon, Lucy, il faut que tu parles à Rocky. Il a essayé de te joindre. Il a réussi ? Il a quelque chose de terriblement important à te dire. Je transfère l'appel en haut ?

— Non, je le rappellerai. Dis-lui que je vais le faire très bientôt. » Je raccrochai et achetai des Oreos et une boîte de tampons.

Comment faire un footing comme un garçon de dix ans :

1. Balancez vos bras violemment, comme pour boxer dans le vide.
2. Levez les genoux très haut. Rappel : allez en avant n'est pas votre but premier.
3. À chaque pas, criez le mot « Cours ! ».

Dans la voiture, je dis à Ian qu'on devait passer à Pittsburgh et qu'ensuite il faudrait qu'il choisisse une direction. On étalait du beurre de cacahuète sur les biscuits de Ian à l'aide de mon couteau suisse, tout en observant le flot de voyageurs se frotter le derrière tandis qu'ils pénétraient dans la station Shell.

« J'en ai marre de décider.

— D'accord, mais c'est ton voyage. Si tu ne me dis pas où aller, je te ramène chez toi. » J'eus l'impression de débiter cela pour des raisons légales, comme si cette défense pouvait tenir la route au tribunal. Monsieur le juge, je l'ai emmené partout où il me demandait ! Mis à part une brève escale à Pittsburgh pour la mafia !

En colère, Ian feuilletait l'atlas routier de la même

manière qu'il avait feuilleté *Des myrtilles pour Sal* des mois auparavant. « Pourquoi tu t'arranges pour que tout soit toujours de ma faute ?

— Que veux-tu dire exactement ?

— Tu me demandes de faire tout le sale boulot, de choisir où on va. Toi, tu ne fais jamais rien de mal.

— Hummm.

— Mais en réalité, c'est toi la pire. C'est toi la kidnappeuse ! dit-il en souriant.

— Je pense que tu as kidnappé la bibliothécaire, dis-je. Et maintenant, choisis une destination ou je le ferai. Et ce sera Hannibal, Missouri. »

Il referma l'atlas pour le rouvrir au hasard. « Le Vermont. » Au milieu du livre, sur une page avec le New Hampshire. « C'est là d'où viennent les Green Mountain Boys. Je sais plein de choses sur eux. Même qu'avant, c'était un pays. Il n'y a que le Texas et le Vermont qui ont été des pays. Ah, et Hawaï ! » J'eus peur qu'il ne se remette à sa chanson, mais il était à nouveau sérieux. Le Vermont était bien plus loin que je ne voulais aller, mais cela semblait une option comme une autre.

« D'accord, dis-je. Attachez vos ceintures.

— En plus, c'est vraiment là que ma grand-mère habite. »

Quelques questions parmi la myriade de celles que l'on se pose lorsqu'on transporte un garçon de dix ans et une boîte de documents illégaux à travers le pays : les lois diffèrent-elles selon l'État où vous êtes appréhendé ou sont-elles toutes fédérales, et ainsi cela ne fait aucune différence ? Le stress prolongé et la vie de fugitif sont-ils plus préjudiciables pour la psyché de l'enfant que d'être élevé par une évangéliste anorexique et dominatrice ? Si vous étiez un cyclope, de quelle couleur voudriez-vous que soit votre œil ? Si on vous enlevait tous vos ongles chirurgicalement, repousseraient-ils un jour ? Est-il possible que l'argent liquide de votre mafioso de père soit marqué et que la police soit actuellement sur votre piste, de stations-service en fast-foods franchisés, espérant arrêter un certain Dmitri le Gant ? Qu'obtient-on en croisant une boulette à la viande et un éléphant ?

Soudain, au crépuscule, à une trentaine de kilomètres de Pittsburgh : lumières rouges, lumières bleues, et cette sirène étonnamment douce. On se gara. Nous étions sur une route secondaire, l'itinéraire touristique.

« Tire, tire, tire, tire, tire », chuchota Ian, mais beaucoup plus de fois, tandis qu'on regardait dans le rétroviseur la femme policier parler dans sa radio. Ian était de nouveau sur la banquette arrière, Dieu merci, il l'avait regagnée au milieu de l'après-midi pour s'étirer. Il ne m'avait toujours pas entendue jurer et je m'abstins une fois de plus. Après ce qui me sembla une éternité, la policière s'avança vers ma portière de cette démarche assurée, jambes écartées, commune à toutes les femmes flics. En général, à cet instant précis, je reconnais tout de suite mes torts — souvent, un stop légèrement grillé. Mon honnêteté m'a valu environ dix avertissements et pas la moindre amende. Mais là, l'honnêteté n'était pas envisageable.

« Oui ? » dis-je.

Elle avait des cheveux courts, et je sentis son chewing-gum à la menthe. J'aurais voulu échanger mon existence contre la sienne.

« Vous savez que votre feu de stop gauche est HS ?

— Non, répondis-je avec la même voix que si elle venait de me donner un collier de diamants. Non, je ne m'en étais pas rendu compte.

— Maman, c'est qui la dame effrayante ? » demanda Ian depuis la banquette arrière avec la voix d'un enfant de six ans. Je tentai de le fusiller du regard dans le rétroviseur. « Maman, j'ai peur.

— Je suis désolée, dis-je. Merci beaucoup de nous prévenir. Je peux le faire réparer dans un garage, n'est-ce pas ? Comme vous pouvez le constater, nous ne sommes pas du coin. On se balade. Mais je vais faire le nécessaire dès demain matin. »

Elle mâcha son chewing-gum et regarda dans la voiture. Vu le nombre de lois qu'on avait enfreintes, on avait l'air tout ce qu'il y a de moins suspect. « Je vais vous rédiger un avertissement, dit-elle. Bienvenue en Pennsylvanie !

— On va voir la cloche de la Liberté ! » cria Ian. Mais elle était déjà repartie vers son véhicule pour remplir le formulaire.

Je soupirais de soulagement quand je compris qu'il y aurait désormais une trace informatique de notre passage en Pennsylvanie. Je me demandai s'ils consignaient dans leurs rapports le nombre et l'âge des occupants, le modèle et la couleur du véhicule. Une fois de plus j'étais ravie que l'on n'ait pas pris la Mercedes de mon père. Qui sait ce qui serait alors sorti sur l'écran de la police ?

Elle me tendit l'avertissement et on se remit en route sous un ciel assombri.

« Elle a même pas crié, dit Ian. Les avertissements de ma maman sont bien pires que ça. » La première fois qu'il faisait une allusion directe à ses parents depuis qu'on était partis.

« Ce n'était pas le même genre d'avertissement », dis-je, même s'il aurait pu être bon de se faire engueuler à cet instant précis.

24

La spéciale Labaznikov

Il était dix-neuf heures passées lorsqu'on arriva dans la banlieue où Leo et Marta Labaznikov vivaient.

« Labaznikov », chantait Ian sur la banquette arrière. « La-baz-ni-kov, La-baz-ni-kov. Un Labaznikov, s'il vous plaît. »

Une ville déprimante, collection de petites maisons des années 1950 construites sur une demi-douzaine de modèles différents, comme si vous n'alliez pas remarquer qu'elles étaient finalement toutes identiques, mis à part l'emplacement de la cheminée.

« Oui, monsieur, j'aimerais une spéciale Labaznikov avec un supplément moutarde. Je lui ai tiré dans la tête avec une Labaznikov. »

Je dénichai la maison et me garai derrière deux BMW, scintillantes jumelles rouge et noir qui n'avaient pas l'air franchement à leur place dans la petite allée. Je connaissais les Labaznikov grâce aux fêtes de mon enfance. On m'attifait de robes et je cavalais sous les tables avec quinze autres gosses qui parlaient tous couramment le russe. Je comprenais une dizaine de mots, essentiellement axés sur la nourriture. Seule phrase complète à ma portée: « *Ya ne gavaru po russki* », « Je ne parle pas russe ».

Lorsque je tendis le bras derrière pour attraper la boîte, je me rendis compte que Ian était en train d'enlever sa ceinture de sécurité. « Tu restes ici, dis-je. J'en ai pour trente secondes.

— Il faut que je fasse pipi ! » Il ouvrit sa portière. « Et j'ai toujours voulu rencontrer un Labaznikov en vrai ! »

Parce que seule une moitié de mon cerveau fonctionnait, je m'embrouillais dans mes mensonges. Ou plutôt j'oubliai mon premier mensonge, celui servi à mes parents : je m'occupais de Ian à Chicago, avant de partir seule vers l'est pour rendre visite à des amis. Je m'en souvins le doigt à mi-chemin de la sonnette, et j'étais sur le point de dire à Ian que s'il attendait dans la voiture, je m'arrêterais au premier pipi-room que l'on trouverait, lorsque Marta Labaznikov apparut.

Elle ouvrit la porte et se pencha en arrière les bras grands ouverts, nous souhaitant la bienvenue à la manière des *mammas* italiennes de cinéma. Plus ils restaient aux États-Unis, plus les amis russes de mon père s'européanisaient avec affectation.

« Lucy, tu étais si petite ! » brailla-t-elle. Si j'avais été grosse, j'aurais été vexée, mais elle constatait simplement un miracle : je n'avais plus sept ans. « Et voici le pauvre petit garçon sans sa maman ! » Elle le serra dans ce qui dut être une accolade suffocante. Marta n'était pas un petit brin de femme. Je me demandai si mon père lui avait raconté l'histoire de Ian et qu'elle en avait déduit qu'il s'agissait du même enfant, ou s'il savait — ou avait deviné — que Ian serait encore avec moi, et l'avait ainsi prévenue de s'attendre à nous voir tous les deux. Une chose était claire : on n'allait pas se sortir de là tout de suite, et ça n'aurait pas été plus mal, sans la terrible odeur, comme de la litière pour chat mais en plus fort. J'eus soudain du mal à déglutir.

À ce moment-là, Leo surgit derrière sa femme, avec la même gestuelle de *mamma* italienne. Je fus surprise de le voir si ratatiné, la tête couverte de taches marron clair. J'eus envie de m'exclamer, telle une babouchka russe : « Regarde comme tu as *vieilli* ! »

Leo s'avança avec raideur, pointant un doigt aux articulations enflées vers Ian, enfin délivré de la poitrine de Marta. « J'ai une question pour toi », dit-il. Ian eut l'air inquiet, et pour la première fois depuis que l'on s'était enfuis, franchement effrayé. « Quelle est la différence, demanda Leo, entre un *i* et une cloche ?

— Je me souviens de celle-là ! » dis-je, plus pour calmer Ian qu'autre chose. Leo utilisait les devinettes pour nouer le contact avec les enfants. Lors des fêtes d'anniversaire de mon père, il me disait : C'est le fils de ma mère mais ce n'est pas mon frère. Qui est-ce ? » Ce à quoi je répondais : « C'est toi ! » Il semblait toujours surpris que je sois capable de répondre. Ian leva les yeux vers moi, soulagé que Leo ne soit pas en train de l'interroger, mais troublé par ma réponse.

« Le *i* est une voyelle et la cloche est une qu'on sonne », dis-je.

Ian rigola. « Ah, j'ai compris ! » C'était sans doute le premier gamin à comprendre cette blague.

Je serrai doucement Leo dans mes bras.

Une fois débarrassés de nos manteaux, je tendis à Leo la

boîte à chaussures. Au lieu de l'ouvrir, il fixa le chien sur le couvercle. « Qui peut bien vouloir regarder un chien si triste ? » demanda-t-il en tapotant le couvercle de sa paume avant de déposer la boîte sur la table basse du salon.

« Très bien ! dit Marta. On va dîner ! Leo, tu te charges de la visite et je m'occupe de mettre la table. » Je ne protestai pas.

Leo nous conduisit vers la salle à manger. Son genou gauche se pliait très légèrement à chaque pas, comme s'il était rouillé. « Voici Anya », dit-il. Il s'arrêta à côté du buffet où trônaient des photos dans des cadres en argent et souleva le portrait d'une adolescente — coupe à la mode des années 1980 et chemise turquoise. « Tu te souviens de cette beauté ? » Je m'en souvenais. On avait le même âge. Je me rappelai mes parents disant qu'elle était tombée dans la drogue et s'était enfuie. « Elle a deux enfants, de cinq et deux ans ! Des garçons ! Et pas de mari ! » Ian observait une autre photo sur le bord du buffet. « Et ça c'est la petite Dora ! » dit Leo. Ian attrapa le cliché : le portrait façon studio d'un furet dont la gueule emplissait l'essentiel du cadre, sur fond bleu marbré. Je regardai ailleurs pour ne pas rire.

« Elle est à vous ? » Ian tenait la photo près de son visage.

« Elle est morte en 1998. Mais celle-ci est toujours à nos côtés. C'est Clara. » Il pointait du doigt un autre cliché sur lequel Marta tenait un furet contre sa joue. « Et voici Levi, et Valentina. » La moitié des photos représentaient des furets seuls, ou des portraits de famille sur lesquels Leo avait systématiquement une boule de poils sur les genoux. C'était donc ça, l'odeur : furets et produits dérivés.

« Anya adorait les furets quand elle avait treize ans, et

depuis nous en avons toujours eu. À l'époque, Anya était très triste et écrivait des poèmes magnifiques. Je vous les montrerai plus tard. On a voulu la rendre heureuse, et on a fini avec des furets.

— Les adolescents sont très dangereux », dit Ian.

Leo lui tapa dans le dos. « Celui-là, il me plaît bien ! » cria-t-il. L'anglais de Leo était beaucoup plus doux que celui de mon père, même s'ils étaient arrivés en Amérique environ au même moment, venant de la même ville. La sœur aînée de Leo avait été la baby-sitter de mon père et son premier amour (non réciproque).

Une fois le tour du rez-de-chaussée terminé, Leo emmena Ian au sous-sol pour lui présenter les furets. Je tirai ma révérence en offrant d'aider Marta à la cuisine. Elle préparait des spaghettis aux boulettes de viande, et du pain à l'ail. Je m'attendais à ce qu'elle me dise que j'étais trop maigre et qu'elle se mette à m'appeler *cara*.

« Ton père nous a dit que le garçon avait perdu sa mère », dit-elle. Elle lavait de la laitue dans l'évier et parlait fort pour couvrir le bruit du robinet.

« Non, pas vraiment. Elle a fait une tentative de suicide, mais elle va bien. »

Marta secoua la tête. « Oh, ils y arrivent toujours tôt ou tard. Ça doit être terrible. Un vrai pays de fous pour que les gens veuillent se donner la mort. Ailleurs, les gens luttent pour rester en vie : ils courent entre les balles, mangent cinq petits grains de riz. Mais ici les gens disent : Ah, rester en vie dans ce magnifique pays avec plein de choses à manger ? Non, merci, pas pour moi. »

J'étais sûre que le pays de la roulette russe avait son lot de suicides, mais ce n'était pas le moment de le dire.

« C'est si triste, dit-elle, d'être orphelin en Amérique. Enfin, il sera sûrement adopté. Les gens sont toujours partants pour adopter un petit Blanc. »

Je remuai les spaghettis, abasourdie. Je réussis finalement à expliquer que je conduisais Ian dans le Vermont, chez sa grand-mère. « C'est un plan de dernière minute, dis-je. Mes parents ne le savaient pas. C'est une bonne solution. Cette femme est très équilibrée et parfaitement capable de s'occuper de lui. »

Ian remonta une minute plus tard, montrant fièrement les trois marques rouges sur son pouce, là où Valentina l'avait mordu.

« Va me nettoyer ça, dis-je. Avec du savon. » Je ne voulais pas imaginer un Ian avec la rage.

Dans la salle à manger, l'odeur du pain à l'ail couvrait charitablement les effluves de furet. On se tut lorsque Leo leva une main solennelle au-dessus de la nourriture. Il ferma les yeux. « Comme on dit dans le Vieux Monde, entonna-t-il avec une voix de prêtre, ne vous étranglez pas ! »

Ian rit et plongea presque par-dessus la table vers le pain à l'ail. Jusqu'à présent, il avait mis un point d'honneur à incliner la tête avant les repas, et chaque prière semblait plus longue que la précédente. Je doutais qu'il priât réellement, à la façon dont il grimaçait solennellement en zieutant pour voir si je regardais. Ce soir-là, il sembla accepter la blague de Leo en guise de bénédiction.

Il impressionna les Labaznikov avec une litanie sur les capitales du monde ; il connaissait aussi toutes les nouvelles venues : Tachkent, Douchanbé, Zagreb. Marta applaudit et lui resservit de la salade.

Après les gâteaux, Marta dit : « Je vais vous montrer vos chambres. » Je n'avais pas prévu de rester, mais c'était une nuit gratuite. Elle installa Ian dans une petite chambre d'ami, et moi dans l'ancienne chambre d'Anya restée dans l'état où elle avait dû la quitter à dix-sept ans. Des croquis de mains et de pieds étaient toujours punaisés aux murs, des romans d'amour et des livres scolaires se partageaient les étagères avec une boule à neige, un masque africain et une bouteille remplie de strates de sable coloré. Je me demandai si elle y était revenue depuis qu'elle s'en était enfuie.

Je furetai dans les habits qui pendaient encore dans l'armoire, dans les rédactions entassées dans le tiroir du bureau : « L'utilisation de l'hyperbole par Salinger dans *L'attrape-cœurs.* » Je me souvins d'une partie de Monopoly avec Anya au sous-sol chez une camarade, tandis que les adultes buvaient et dînaient au-dessus. Lorsque je lui avais pris son dernier billet de cinq cents dollars, elle s'était mise à pleurer, mais elle avait affirmé que c'était à cause de l'allergie. « Je suis sûre qu'ils ont eu un chat dans cette maison », avait-elle dit.

Je compris que, dans cette pièce, rien ne manquerait à quiconque. Je fouillai l'armoire, prenant les quelques vêtements qui n'étaient pas noirs et baggy. Je trouvai des T-shirts, trois pulls décents et une paire de jeans déchirés. Son tiroir ne contenait que des chaussettes orphelines et dépareillées, mais j'en piquai quand même quelques-unes. Je pris des livres sur l'étagère pour Ian — *Johnny Tremain* et une biographie d'Henri VIII. En bas de la couverture, en compagnie des autres épouses, Anne Boleyn souriait, sa tête sur le point de tomber. Ian adorerait. Je les mis dans le sac à provisions que j'utilisais comme valise, avec un décapsuleur, un carnet de notes, un gant de toilette, une lampe électrique, un Tupperware, un flacon de vieux parfum pour masquer les odeurs de frite dans la voiture, et dix cassettes enregistrées sans l'hymne national australien. J'ouvris la tirelire en forme d'abeille sur sa table de chevet et fus surprise d'y découvrir une poignée de monnaie — quel fugitif se permet-il de laisser de l'argent derrière lui ? —, avant de constater que c'était des pièces canadiennes. Je pouvais imaginer Anya assise sur son lit la nuit avant de s'enfuir, triant méthodiquement les pièces américaines et calculant la destination qu'elle pourrait atteindre en bus. Je mis les pièces dans ma poche. Si on devait fuir au Canada, je serais en mesure de payer le péage.

J'enfilai ensuite une chemise de nuit blanche et un sweat-shirt gris par-dessus. Ils sentaient tous les deux le moisi, mais c'était mieux que de dormir à nouveau dans mes vêtements. Je m'allongeai sur le lit et appelai Tim. Au fil des jours, le courrier allait s'empiler dans ma boîte, et le facteur finirait par le laisser par terre dans le hall. Ce n'était qu'une question de temps avant que la presse locale ne débarque chez mes voisins pour leur demander si j'étais du genre solitaire. Je retins ma respiration tandis que son téléphone sonnait, m'attendant presque à ce que la police réponde.

« *Hola !* cria Tim par-dessus un fond musical. *Quien es ?*

— C'est Lucy.

— *Qui ?*

— *Lucy !* répétai-je en essayant de ne pas hurler.

— Lucy ! cria Tim. Je suis désolé, chérie. On va baisser.

— Quoi ?

— Je suis désolé. C'est l'anniversaire de Lenny ! Si tu veux, viens nous rejoindre !

— Ah… non. Non, je ne suis pas dans mon assiette.

— Oh, chérie, tu m'en vois navré. On va baisser le volume pour que tu puisses dormir. Tu as besoin de quelque chose ?

— Non, non merci. Ça va.

— D'accord, alors *ciao, bella* ! »

Un moment, je me demandai — sincèrement — si la vraie Lucy Hull était encore à Hannibal, allongée sur son lit à lire Wodehouse, Highsmith ou Austen, et subissant la fête italo-ibérique de Tim en essayant de dormir. Et le vrai Ian Drake était assis en tailleur dans sa chambre à transformer une fiche d'exercices du pasteur Bob en un origami en forme de trèfle.

Et pendant tout ce temps où nous dérivions vers l'est à travers le pays, nous étions des fantômes, accomplissant ce qui aurait pu se passer, ou ce qui aurait dû se passer. Ou nous étions un cauchemar dans le cerveau enfiévré de Lucy Hull.

Mais non, c'était l'inverse. La Lucy d'Hannibal était le fantôme. Elle l'avait toujours été.

Dans la vieille chambre triste il y avait
une rédaction
et une bouteille de sable
et un croquis au fusain d'une main d'homme
et trois poupées russes sur une étagère au mur
et un masque africain
et une flasque cabossée

et un carreau poussiéreux et Johnny Tremain
et dehors le bruit des dernières pluies givrantes.

Bonne nuit chambre d'Anya.
Bonne nuit tête d'Anne Boleyn.
Bonne nuit garçon de dix ans névrosé.
Bonne nuit tirelire de monnaie étrangère.
Bonne nuit cigarettes et bonne nuit boîte à chaussures.
Bonne nuit tiroir plein de chaussettes dépareillées.

Bonne nuit furets
Bonne nuit lumières
Bonne nuit sirènes dans la nuit…

25

Nation de fugitifs

J'essayai de m'endormir pendant trois heures dans cette pièce froide, mais je n'avais pas assez mangé et je pensais à la boîte en carton. Dans le couloir, Marta avait allumé une veilleuse qui éclairait l'escalier, où je me tenais en attendant que mes yeux s'adaptent à la pénombre.

Il me vint à l'esprit que je pourrais partir, rouler et laisser Ian se réveiller sans moi. Les Labaznikov le ramèneraient chez lui. Mais ces derniers devraient raconter à la police comment ils l'avaient rencontré et je serais contrainte de vivre en cavale au Canada avec mes deux dollars trente-cinq en poche. De plus, si je ne l'avais pas ramené chez lui le premier soir, si je ne l'avais pas abandonné au musée de Cleveland, si je ne m'étais pas précipitée pour appeler la police dans une station-service jusqu'à présent, je n'allais pas le lâcher maintenant.

Je descendis prudemment les marches, les effluves de furet se faisant plus intenses à chaque pas. La boîte était toujours sur la table basse. J'étais étonnée que Leo ait laissé là ce trésor illicite que j'avais planqué avec tant de précautions sous le lit de ma chambre d'hôtel, ce quatrième compagnon sur la route en brique jaune de l'Ohio. Le ruban adhésif entourait toujours le couvercle. Je me rendis compte que je n'étais pas là quand mon père l'avait fermé. Dieu seul savait ce qu'il y avait glissé à la dernière minute. Je ramassai la boîte et la secouai doucement. Plus lourde qu'elle n'aurait dû l'être vu le nombre de factures qu'il m'avait montrées. Et quelque chose de plus solide que de simples morceaux de papier glissait d'un côté à l'autre : peut-être une grosse liasse de billets ou une boîte plus petite dans la grande. Impossible d'enlever l'adhésif sans déchirer la boîte. Je trouvai un stylo dans la cuisine et l'enfonçai pour faire un trou dans l'un des coins, assez petit pour que Leo puisse se convaincre qu'il ne l'avait pas remarqué. Je fourrai un doigt dedans et tâtai. Un truc dur. Je me souvins de la lampe de poche et retournai la chercher.

Lorsque j'arrivai dans la chambre d'Anya, Ian se tenait dans l'encadrement de la porte. « Je ne peux plus respirer », dit-il. Il avait les épaules au niveau des oreilles et j'entendais sa respiration aussi sifflante que bruyante. « J'ai pris mon inhalateur mais ça ne m'aide pas beaucoup. Tu penses que je dois recommencer ?

— Non, c'est une mauvaise idée.

— Mais je ne... PEUX PLUS... RESPIRER ! » Il criait, désormais en proie à l'hyperventilation. Si je n'étais pas passée par là des centaines de fois étant gamine, j'aurais cru qu'il était en train de mourir. Une lumière s'alluma à l'autre bout du couloir et Leo débarqua en se frottant les yeux avec un bras. Il portait un pyjama blanc à rayures bleues. Ian se laissa tomber par terre en pleurant. Marta apparut derrière Leo dans sa robe de chambre.

Les Labaznikov transportèrent Ian en bas. Leo lui tapait dans le dos en disant : « On va t'arranger ça. Tu seras comme neuf, tout plein de bon air ! » Je suivis, contente d'avoir remis la boîte à sa place sur la table basse.

On s'assit dans la cuisine tandis que Marta préparait du café. Je pensai d'abord que c'était pour les adultes, pour nous maintenir éveillés, jusqu'à ce qu'elle verse à Ian un gros bol avec du sucre et du lait. Mon père voulait toujours me faire boire du café pendant les crises d'asthme de mon enfance, mais ma mère s'y opposait. « Tu veux qu'elle arrête sa croissance à un mètre vingt ? » disait-elle.

Ian souffla sur le café avant de le goûter. « J'ai... les... Starbucks... de ma mère... tout le temps », parvint-il à articuler. Elle devait le laisser finir ses boissons une fois qu'elle avait bu ses dix calories. Impardonnables, ces mauvaises pensées envers sa mère à cet instant. J'écrasai mon propre pied sous la table.

La cuisine des Labaznikov était peinte en jaune pâle, avec des petits pots d'aromates au-dessus de l'évier. L'horloge au mur indiquait 3 h 10. Ian finit son café, et ses épaules se tassèrent un petit peu. « C'est le stress, chuchota Marta. À cause de sa pauvre mère. » Elle voulait dire la fausse, la suicidaire, évidemment, pas la vraie, l'anorexique évangéliste. Je hochai la tête. Elle resservit Ian, et nous aussi, avant de remettre la cafetière sur le feu.

« Bon, ce n'est pas du vrai café russe, dit Leo. Le vrai café russe, vos veines en deviennent noires. Lucy, ton père avait l'habitude de faire du café semblable à de la roche en fusion. »

Ian respira un bon coup avant de parler. « Est-ce que… vous connaissiez M. Hull… en… Russie ?

— Ah ! Jurek Hulkinov était dans ma classe à l'école ! Il était bon en math, et je vais te raconter pourquoi. Le professeur nous demandait combien font sept fois huit, et Jurek répondait, quarante-deux. Et le professeur disait non, ce n'est pas ça. Jurek expliquait alors pourquoi sept fois huit font exactement quarante-deux, jusqu'à ce que le professeur reconnaisse qu'il avait raison. Il obtenait des excuses du professeur, pour ses erreurs.

— Est-ce que vous faisiez partie de la… chocolaterie ? »

Marta posa un gant de toilette humide sur le front de Ian. « Tiens ça là, dit-elle. Et arrête de parler. »

Leo semblait déconcerté. « Non, la chocolaterie ? Non.

— Mais est-ce que c'est vrai ? »

Et voilà que Marta et Leo se regardaient par-dessus la tête de Ian, affichant un air perplexe et inquiet, comme des personnages de film débattant en silence de la gestion d'une situation délicate.

Leo me surprit : « Oui. La chocolaterie de Leningrad, tout ce qu'il y a de plus authentique. Je vais te confier un secret : c'était le meilleur chocolat que j'aie jamais goûté de ma vie. Et le sous-sol des Hulkinov était rempli de gens travaillant jour et nuit, *gratuitement*, juste pour du chocolat. Ils étaient comme les Oompa Loompas. C'était le triomphe du capitalisme. » Il sentit que Ian allait lui demander ce qu'était le capitalisme. « Mais Marta a raison, il vaut mieux ne pas parler pour le moment. Je vais emmener Lucy en bas pour voir les furets, et toi tu vas rester assis calmement avec Marta. »

J'étais trop fatiguée pour argumenter, et trop contrariée à la perspective d'emmener Ian aux urgences le matin, et sans assurance santé. Je me retrouvai dans l'escalier menant au sous-sol. Il était recouvert d'une moquette vert clair qui se faisait de plus en plus douce et moelleuse sous mes pieds nus. Les furets — vraisemblablement à l'origine de cette crise d'asthme — étaient dans leurs vastes cages grillagées. Une pièce totalement lambrissée qui comptait un bar et un banc de musculation antédiluvien. Du linge y séchait. Les trois cages trônaient au milieu. Les trois animaux ondulants s'étirèrent avec élégance tandis que Leo illuminait crescendo. J'approchai d'abord un animal couleur pêche au museau blanc. Les deux autres étaient noisette. Leo s'assit sur le banc, tandis que j'accordais une attention polie à Clara, Valentina et Levi (dont les cages portaient des plaques en cuivre avec leurs noms). Plus je les regardais, plus je les trouvais fascinants. La façon dont ils faisaient serpenter leurs vertèbres en une espèce de yoga primitif de rongeur…

Dans mon dos, Leo dit : « Lucy, j'ai déjà entendu cette histoire de chocolaterie. Ton père la racontait aussi à Anya. »

Je ris. « Oh, il a juste essayé de dérider Ian. » Je passai un doigt à travers le grillage pour caresser Clara, la bestiole couleur pêche, qui paraissait la plus calme. « C'est une histoire mignonne, mais ne t'inquiète pas, je ne me fais aucune illusion quant à son authenticité. »

Son silence avait quelque chose d'alarmant. Je me retournai et vis l'étrange contraste entre le banc de musculation et le vieil homme fatigué en pyjama, trop frêle et arthritique pour s'en servir. « Lucy, cette histoire m'a toujours chagriné. Ça m'ennuyait même qu'il la raconte à Anya. Mais il continue, des années plus tard. »

Je haussai les épaules et rigolai, très mal à l'aise. « Je sais que ce n'est pas vrai. Ça va.

— Il y *avait* une chocolaterie à Leningrad quand Jurek et moi avions six, sept, huit ans. Mais ce n'était pas l'usine de ton père. C'était celle de ton grand-père. Il la faisait tourner au sous-sol, exactement comme je l'ai dit.

— Je pensais que mon grand-père travaillait pour le gouvernement.

— Oui. *Oui*. Tu vois le problème. Il travaillait pour le ministère de la Culture, mais il passait ses week-ends dans sa maison aux alentours de Moscou, et il employait la moitié du village dans son sous-sol. La seule précaution qu'il avait prise pour masquer son crime, c'était mettre « Leningrad » sur les étiquettes. Ça *a marché*. Ces imbéciles du gouvernement ont fouillé partout à Leningrad. Et Roman Hulkinov se pointait au boulot tous les matins, l'haleine chocolatée, et personne ne remarquait rien. »

La caféine, le manque de sommeil et l'odeur des furets se mélangeaient, me rattrapant telle une déferlante nauséeuse. Mais ce que racontait Leo m'intéressait assez pour que je m'installe par terre sur la moquette verte et humide, plutôt que de filer aux toilettes. Je respirai par la bouche. J'essayai de reconstituer le puzzle. « Mais il a fini par se faire prendre, dis-je.

— Eh bien, oui. Affirmatif. Je vais te dire quelque chose : je ne crois pas aux vertus du secret. C'est comme ça que l'on se fait de fausses idées sur le monde, et que l'on prend ensuite de mauvaises décisions. Quand elle était petite, je n'ai jamais raconté à Anya les mauvais côtés de ma fuite, ce qu'il m'en avait coûté d'abandonner ma famille et de laisser ma sœur épouser un alcoolo. Je transformais l'histoire, j'en faisais une espèce de conte de fées. Et qu'est-ce qu'elle a fait ? Elle s'est enfuie. Elle trouvait tout cela si amusant. À cause d'informations erronées. »

Était-ce une accusation, un avertissement ou la justification de ce qui allait suivre, impossible à dire. Je n'arrivais pas à me concentrer sur la question plus d'une seconde, à cause de cette nausée persistante. J'essayai d'enfouir mon nez dans le sweat-shirt d'Anya, mais ses relents de moisi remontèrent dans mes sinus comme de la poussière.

« Je vais te raconter, parce que je pense que c'est utile. Tu comprends ? »

Je parvins sans doute à acquiescer.

« Ton père et moi avions une institutrice, Sofiya Alekseeva. On avait huit ans, et on était amoureux d'elle. Elle avait une longue tresse, raison pour laquelle on l'aimait. Elle nous apprenait des chansons sur Pavlik Morozov, un garçon de treize ans qui avait dénoncé son père aux Soviets, assassiné ensuite par son propre grand-père. Le tout premier martyr soviétique. Des statues, des pièces de théâtre et des livres l'ont immortalisé. Je suis sûr que Sofiya Alekseeva nous apprenait les chansons parce qu'on lui avait dit de le faire. Mais ton père a dû croire qu'elle aimait vraiment Pavlik Morozov. »

J'avais beau deviner où menait cette histoire tragique, elle eut l'effet inverse de celui escompté : tête claire, nausée volatilisée, sinus dégagés.

« J'ai compris », dis-je, signifiant, *stop*. Plus par égard pour lui que pour moi. Il se tenait les mains sur les genoux, l'air misérable et pâle et vieux. « D'accord. Merci, j'ai pigé.

— Il lui a laissé un mot après la classe. Je l'ai regardé le déposer sur le bureau sans l'en empêcher parce que je pensais que c'était une lettre d'amour. En un sens, j'imagine que c'en était une. Je l'ai taquiné sur tout le chemin du retour, jusqu'à ce qu'il me dise ce que c'était vraiment. Il avait donné tous les détails des opérations. Et parce qu'il avait huit ans, il avait illustré la lettre en dessinant un plan du sous-sol avec tous les équipements et son père à côté d'une montagne de barres de chocolat. Je n'ai jamais vu la lettre mais je me suis toujours fait un tableau très précis de ce qu'il avait dessiné ! Quelle innocence d'illustrer ainsi sa missive pour la prof. Je trouve que c'est là le plus triste.

— C'est alors qu'il s'est enfui en Sibérie », terminai-je. Leo leva les yeux sur moi, l'air absent. « Mon grand-père.

— Non. Tu plaisantes ? Non. Ton grand-père a été arrêté. Il a eu droit à une parodie de procès avant de finir dans un camp de travail où il est mort six mois plus tard.

— Ah.

— En Sibérie. Tous les camps de travail étaient en Sibérie.

— D'accord.

— Bien sûr, ils n'ont pas construit de statues à la gloire de Jurek Hulkinov ni écrit de chansons sur lui. L'instit n'a jamais parlé du mot. La police est venue l'interroger, mais il y avait tellement de preuves qu'il n'a même pas eu à témoigner au procès. Je crois que même sa mère ne savait pas ce qu'avait fait Jurek. Je suis sûr que j'étais le seul à savoir. »

Des couleurs tourbillonnaient sur le mur, sous les marches, des couleurs dont j'étais certaine qu'elles n'étaient pas vraiment là, et ma gorge se fermait à cause des furets. Je n'avais pas fait la moindre crise d'asthme depuis l'âge de quinze ans, mais ma gorge se fermait. Il fallait que je rembobine mon existence jusqu'au début pour la regarder de nouveau et voir ce que j'avais loupé. Par exemple, l'histoire de la fuite de mon père. La patate dans le pot d'échappement était clairement un mensonge, comme la chocolaterie. Cependant, je savais qu'il était vraiment arrivé à vingt ans, parce que… non, je n'en étais même pas sûre. Je posai donc la question.

« Oui, ton père avait peut-être vingt ou vingt et un ans. Il était horrifié par ce qu'il avait fait. Ce n'était pas l'URSS qu'il fuyait, désormais, tu le sais. Je suis arrivé trois ans plus tard. Oui, il avait vingt ans. Lucy, tu n'as pas l'air bien.

— Ça va.

— Tu sais, cette histoire n'est pas si insolite », dit-il pour me rassurer. Je ne comprenais pas pourquoi. « Nous vivons dans une nation de fugitifs. Tous ses habitants viennent d'ailleurs. Même les Indiens, ils ont un jour traversé le pont terrestre de l'Alaska. Les Noirs, ils n'ont peut-être pas fui l'Afrique, d'accord, mais ils ont fui l'esclavage. Et nous autres, nous avons tous fui quelque chose. L'Église, l'État, les parents, le doryphore de la patate irlandaise. C'est la raison pour laquelle les Américains sont si agités. Je pense à Anya, et son sang de fugitive. Seulement, en Amérique, il ne reste plus aucun endroit où fuir. Lucy, lève la tête. Tu as l'air très malade.

— Un peu de café ne me ferait pas de mal. »

On remonta pour constater que Ian respirait nettement mieux, les épaules en place. Marta lui parlait de *babka,* de *kissel* et de *pashka.*

« On n'a pas changé de sujet, dit Ian. Toujours les desserts ! » J'étais soulagée de l'entendre prononcer une phrase entière. On s'installa à table avec eux, et Marta nous resservit du café. Je me brûlai la langue et me concentrai, le cerveau engourdi, sur cette étrange sensation. Je pressai ma langue contre mes dents et ne sentis rien. Je la pressai contre mon palais et ne sentis rien. Je la mordis et sentis enfin quelque chose. Je recommençai l'opération.

On alla tous se recoucher à quatre heures et demie du matin. Ian regagna le lit de la chambre d'ami, six oreillers calés derrière lui. « Tu es un prince transporté dans une litière, dit Leo.

— Une litière ? »

Les Labaznikov rirent sans plus d'explication, et Ian ne sembla pas vraiment y attacher de l'importance. J'étais trop fatiguée pour redescendre vers la mystérieuse boîte, mais je me dis que si je me levais de bonne heure, avant tout le monde, je tenterais de nouveau ma chance.

26

Une glace pour Glass

Ian me réveilla à neuf heures et demie. La maison résonnait de bruits métalliques et de grésillements parfumés au bacon. Il ouvrit la porte sans frapper, tout habillé et la tête enturbannée d'une serviette. « Miss Hull ! » dit-il. Il avait repris des couleurs et semblait respirer normalement. « Attends un peu de voir quand tu prendras ta douche !

— Pourquoi ?

— Surprise ! »

J'empruntai le couloir qui menait à la salle de bains réservée aux invités. Je scrutai le fond de la baignoire, vérifiai qu'il y avait des serviettes, et ne remarquai rien d'anormal à part les motifs verts et orange. Quel bonheur d'utiliser autre chose que du savon d'hôtel ! Par ailleurs, la pression de l'eau était continue, et la baignoire, bien que vert olive, semblait propre. Je tendis le bras vers une bouteille de shampoing posée sur le petit porte-savon à ventouses, et je compris le message de Ian. Une substance jaune et baveuse, comme du shampoing pour bébé, coagulée sur une étiquette en papier qui proclamait BEAU FURET ! en grosses lettres rouges. Un furet aux yeux de fouine, délavé par des années de douche chez les Labaznikov, me fixait depuis le logo. Je pressai le récipient et contemplai la petite flaque jaune dans ma main avant de la sentir. On aurait dit du shampoing pour chiot, pas franchement désagréable. Je me frictionnai rapidement le cuir chevelu, mais cela ne moussa pas. Je rinçai et passai mes doigts dans mes cheveux : c'était poisseux et emmêlé.

Je sortis de la baignoire, essuyai le miroir et observai mes cheveux cireux puis mon corps. J'avais perdu au moins trois kilos pendant ces quatre jours sur la route — une transformation notable.

Me revint alors en mémoire ce que Leo m'avait raconté sur mon père, et, l'esprit embrumé, j'essayai de faire la part des choses. Ça devenait une habitude : je me réveillais le matin, soulagée de ne pas avoir enlevé Ian à Hannibal, pour me souvenir que si, je l'avais fait. Cette histoire concernant mon père, bizarrement, me semblait encore plus ténébreuse que la révélation quotidienne de l'enlèvement. Je n'étais pas *censée* le savoir, et donc pas censée me le rappeler.

Je m'habillai rapidement, et, une serviette autour des cheveux, me faufilai dans la chambre d'ami où Ian avait dormi. Je les entendais discuter et manger au-dessous. Sur un bureau d'angle trônait ce que j'avais cru voir à quatre heures du matin : un gros ordinateur gris, un Dell, vieux mais pas antique, à l'écran uniformément poussiéreux. Un cordon de téléphone s'échappait de la tour et se perdait dans le mur. Je mis en route la machine et réussis à me connecter, *via* un modem. J'avais oublié ces tonalités, que je n'avais pas entendues depuis des années, la bibliothèque étant équipée de l'ADSL. Je bondis donc pour fermer la porte. Je lançai une recherche en associant « Ian Drake », « Hannibal » et « suspect ».

Mon sang se glaça à la vue de huit liens. En y regardant de plus près, ils semblaient tous relever « suspect » dans le verbe « suspecter », et sept liens paraissaient se référer au premier, un article de Loloblog.com, posté mercredi soir. Loloblog était un magazine en ligne très bohème et progressiste que je lisais parfois à la fac. Les contributeurs avaient tous dans les vingt-trois ans, vivaient dans le même quartier de Brooklyn, et avaient les mêmes opinions très arrêtées. Fiers de leur suffisance — apparemment —, ils ne craignaient pas les poursuites judiciaires. Ils avaient aussi tendance à être horriblement mal informés, mais pas cette fois :

LE BIGOT ET LE FUGITIF

par Arthur Levitt

Le suspense de la semaine :

Au cours de sa traque obsessionnelle du Révérend *Bob Lawson*, fondateur et directeur des *Ministères du cœur joyeux*, une de ces tentaculaires organisations qui prétendent remettre dans le droit chemin les adultes et enfants gays, l'équipe de Loloblog a déniché l'article suivant : « S'il vous plaît, priez pour Ian D., une jeune brebis de notre paroisse de St. Louis que notre Seigneur a laissée s'égarer. Nous prions pour son retour, et pour ses chers parents qui m'ont toujours fidèlement soutenu. »

D'accord, ignorons la syntaxe maladroite. Ignorons les

blagues évidentes sur les brebis. Commençons par rassembler des preuves indirectes.

1. Nos infatigables veilleurs ont découvert que la *Gazette de St. Louis* a rapporté mardi que Ian Drake, un garçon de dix ans résidant à Hannibal, Missouri, a disparu, et que l'on ne soupçonne pas une affaire criminelle. (Lire : fugitif.) Pas d'Alerte enlèvement déclenchée, pas de parents arrêtés. (De nouveau, lire : fugitif.)

Conclusion : Eh bien, pour le moment, n'en tirer aucune ! Contentons-nous de relever une coïncidence intéressante : les Ministères du cœur joyeux ont souvent eu l'honneur de passer au vitriol de nos colonnes, car ils commencent à laver le cerveau à de jeunes gars dès leur dixième anniversaire.

2. L'article de la *Gazette* et tous les autres que nous avons pu trouver mentionnent l'implication de la famille Drake dans la *Chapelle évangéliste biblique du rameau d'olivier*, qui est moins une chapelle qu'un hangar à avions reconverti, avec des écrans de cinéma et tout le toutim apocalyptique. (Lire l'incroyable article de Blake Andersen sur les méga-congrégations et leur architecture *ici*.) La veilleuse de Loloblog Andrea D. a appelé le Rameau d'olivier, se présentant comme une jeune lesbienne espérant rejoindre l'Église. Un porte-parole anonyme lui a déclaré que : « Tout le monde est le bienvenu. Au fond, notre croyance se résume à aimer le pécheur, mais à détester le péché. Nous animons divers groupes de conseil et de guérison. » Hmm, d'accord...

Conclusion : Les croyances de la famille Drake seraient donc celles de quelqu'un envoyant sa progéniture se faire « déshomosexualiser ».

3. Ian est un nom assez peu répandu chez les garçons de dix ans. Encore un peu de patience. Un site spécialisé

recense ce prénom comme étant le 74e plus populaire chez les garçons nés il y a dix ans. Par ailleurs, depuis le milieu des années 1970 jusqu'aux années 1990 (dates de naissance possibles d'une « jeune brebis »), ce classement reste, à peu de chose près, semblable. En d'autres termes, c'est un prénom relativement peu commun. Ajoutez à cela l'initiale « D ». Ajoutez à cela la date de la mise en ligne du post du pasteur Lawson et la proximité géographique.

Conclusion : Si nous ne parlons pas du même gamin, c'est une sacrée coïncidence.

Il faut le reconnaître, il y a une sacrée trotte d'Hannibal à St. Louis — deux heures à en croire Mappy. Mais qu'est-ce qu'une petite balade en voiture de deux heures pour dégayifier votre enfant ?

Le Dr Ken Washington, directeur de la clinique Kohlman de pédopsychiatrie de New York, a écrit à Loloblog dans un e-mail ce matin que « dans les études récentes, jusqu'à 42 % des adolescents sans abri se déclarent gays, lesbiennes ou transsexuels. Sur les 1,6 million de fugitifs, c'est un chiffre ahurissant ».

Alors que la plupart de ces cas concernent des enfants chassés de chez eux par leurs parents, pour les Drake, l'éventualité est hautement improbable. Mais le Dr Washington nous écrit que : « Le désir d'échapper à un environnement familial hostile et au lavage de cerveau qu'est la "reprogrammation" sexuelle peut pousser de jeunes enfants à fuguer, même si la plupart des fugitifs dont nous parlons sont des adolescents. »

L'article se poursuivait, mettant à mal l'histoire et la philosophie du phénomène pasteur Bob, et ce genre de programmes en général. Il détaillait tous les coups de téléphone passés aux Ministères du cœur joyeux au cours des dernières vingt-quatre heures par d'infortunés veilleurs, et restés sans réponse. Le tout, sur huit pages où les allusions à Ian étaient rares.

Je me calai dans le siège de bureau et tentai de réagir. Je ne savais pas trop quoi penser, mis à part que 1) cela n'allait pas nécessairement pointer le moindre doigt dans ma direction ; mais que 2) cela allait peut-être éveiller un certain intérêt pour cette affaire, ce qui n'était pas terrible ; et que 3) si les Drake avaient un peu de bon sens et un bon avocat, ils pourraient facilement poursuivre Loloblog en général, et Arthur Levitt en particulier, pour toutes sortes de calomnies.

Je retournai dans la chambre d'Anya, essayai de me passer un peigne dans les cheveux, et renonçai.

En bas, Ian était assis comme un roi à la table des Labaznikov. Marta était debout aux fourneaux, un tablier autour de la taille, et Leo affalé sur une chaise. Il buvait une bouteille de bière en fumant un cigare, dont il prenait soin de souffler la fumée loin de Ian. Ian ne semblait pas gêné. Il paraissait jubiler. Il y avait un plat d'épaisses tranches de bacon canadien sur la table, une assiette d'œufs brouillés aux oignons et poivrons, deux salamis entiers, une cafetière, un panier de toasts, une brique de munster, diverses confitures et moutardes, du beurre de cacahuète, et trois autres bouteilles de bière intactes. Ian me fit un large sourire puis enfourna une pleine fourchette d'œufs dans sa bouche. Ses cheveux rebiquaient en quatre épis de Beau-Furet.

« J'*aime* les petits déjeuners russes ! dit Ian.

— Ce n'est pas un petit déjeuner russe ! cria Leo. Mais c'est comme ça que les Russes mangent en Amérique ! »

C'était le meilleur repas depuis qu'on avait quitté Hannibal. Leo me força à boire deux bières, m'interdisant ainsi de prendre le volant dans l'immédiat. De toute façon, Ian ne voulait pas partir. Il redescendit voir les furets, demanda à Marta si elle avait des photos de la Russie (« oui, bien sûr ! »), et à Leo de lui expliquer ce qu'était, exactement, le communisme. Suivit une heure de monologue, dont était absente la blague de mon père sur le chat et la moutarde. J'avais fait la vaisselle avec Marta et Leo avait fumé un autre cigare. Puis Marta avait sorti les assiettes pour le déjeuner. Excepté l'incursion de Ian au sous-sol, nous n'avions pas quitté la cuisine. Je me demandai soudain si la boîte en carton était encore là. Je ne l'avais pas remarquée en descendant.

Marta posa de la glace devant Ian, et il la gratifia d'un sourire épanoui. Peut-être était-ce l'idée qu'il se faisait du paradis. « Tiens ! dit Leo. Une glace pour Glass !

— Quoi ? dit Ian.

— Une glace pour Glass », répétai-je, voulant qu'il entende le *G* majuscule.

« Je ne comprends pas.

— Ton nom de famille est Glass », dis-je, tandis que Marta et Leo se lançaient des coups d'œil amusés.

Aucune raison de m'inquiéter. Les gens qui se rendent mutuellement des services, comme se refiler une boîte en carton la nuit, ne posaient pas de question. Et si quelqu'un en uniforme venait vous chercher, ils ne diraient pas : « Mon Dieu, est-ce qu'elle va bien ? J'ai une enveloppe avec sa dernière adresse ! » Ils diraient : « Nous pas bien parler anglais. Non, nous jamais voir cette jeune mademoiselle. On s'est — comment vous dites ? — jamais rencontrés. »

On se leva de table à quatorze heures. Je rappelai à Ian que sa grand-mère l'attendait et remerciai les Labaznikov pour leur hospitalité. De retour dans le salon, je vis que la boîte en carton avait disparu.

Évidemment. Ce n'était rien de plus que les cigares que Leo avait fumés au petit déjeuner. Des cigares cubains que mon père avait rapportés d'Argentine, un cadeau de remerciement à Leo pour service rendu, passé ou à venir. Cependant, il y avait probablement de l'argent fourré dedans, sans compter quelques factures illégitimes. Plus assez d'énergie pour m'en soucier. Qui étais-je pour le juger, lui et ses cigares et son argent à blanchir — moi qui... blanchissait un enfant ?

« Faisons une photo ! », dit Marta alors que nous avions déjà nos sacs en main et nos manteaux sur le dos. Elle fila en haut chercher un appareil et, pendant une seconde, j'envisageai de foncer avec Ian avant que notre présence puisse être immortalisée. Si Leo n'avait pas été là, je l'aurais peut-être fait. J'essayai de capter l'attention de Ian, mais il tâtait systématiquement toutes les plantes du salon des Labaznikov pour voir si elles étaient vraies.

Leo me dit : « Lucy, on va voir si tu te souviens. Qu'est-ce que trois Russes ?

— Une révolution.

— Très bien ! Et voilà que nous sommes trois Russes dans cette maison ! »

Marta réapparut avec l'appareil et nous disposa en rang d'oignons, moi et Ian et Leo, et elle recula pour prendre la photo. Au moment où elle disait : « Un, deux, trois ! », Ian mit ses mains sur son visage et jeta un coup d'œil furtif par les fentes entre ses doigts. L'appareil photo se déclencha, et Marta dit : « Une autre, qu'on puisse te voir !

— Je suis très gêné », dit Ian. Sur la trentaine de photos de la fête de février exposées à la bibliothèque municipale d'Hannibal, environ une vingtaine montraient Ian Drake fourrant sa tête devant celle de quelqu'un d'autre, et exhibant une belle tranche d'orthodontie. « J'ai peur que l'appareil photo ne me vole mon âme.

— Il est juste timide », coupai-je, avant qu'ils ne lui demandent ce qu'on apprenait à l'école primaire ces temps-ci. Je songeai à l'étrange impression que procurerait ce cliché si on se faisait attraper et que les journaux le publiaient. *Hull, Drake (caché derrière ses mains) et un homme russe non identifié dans une maison privée près de Pittsburgh. Notez les épis suspects dans les cheveux de la kidnappeuse et de sa victime.*

Sur ce, Marta nous laissa sortir après d'interminables étreintes russo-italiennes, armés d'un sac en papier marron rempli de sandwichs. « Quelle est l'expression préférée d'un vampire ? » cria Leo alors qu'on s'approchait de la voiture.

« Bon sang ! » répondit Ian. Il me regarda, l'air épanoui. C'était clairement le meilleur moment de sa courte existence.

« *Poka !* lancèrent les Labaznikov. *Udachi !* »

En reculant, je me vis dans le rétroviseur. Mes cheveux

étaient dans un état épouvantable, des épis épais formaient des angles bizarres. « On a l'air plutôt affreux, dis-je.

— Nous sommes les jumeaux Beau-Furet ! » Et il entreprit d'en faire une chanson.

27

Le BGG

Dans la voiture, c'était affreux. À chaque kilomètre, notre véhicule semblait se transformer un peu plus en un sous-marin qui nous aurait interdit toute remontée. Hors de cette petite capsule régnait une substance de laquelle nos poumons n'étaient pas en mesure d'extraire de l'oxygène. À l'intérieur, nous étions à l'étroit et recouverts de crasse et de miettes de crackers. Nos corps avaient imprimé leurs formes sur les sièges de la voiture.

Il fallait que je serre les dents et que j'appelle Rocky. Il ne travaillait jamais le vendredi après-midi, même quand on était à court d'effectifs, même lors de ces rares occasions où la bibliothécaire responsable des enfants s'évanouissait dans la nature pour commettre un crime. On s'arrêta dans un McDonald's pour commander des milkshakes. Je m'assis ensuite sur un banc pour appeler tandis que Ian se balançait sur les barres de l'aire de jeux. Incapable de se hisser, il se laissait pendre jusqu'à ce que ses bras lâchent, et atterrissait alors sur le revêtement synthétique au sol. Puis il recommençait.

« Rocky ! dis-je lorsqu'il répondit.

— Oui ?

— C'est Lucy. » D'habitude, il était inutile que je le précise. M'avait-il éradiquée de son subconscient aussi rapidement ou était-il simplement furieux que je ne l'aie pas appelé plus tôt ?

« Ah. On dirait que tu es enrouée. Ça va ?

— Je vais bien, je suis juste un peu épuisée. Toujours à Chicago. » Une fois de plus, je racontai la fable sur mon amie malade, précisant même qu'elle s'appelait Janna Glass. Je fis en sorte que cela ait l'air d'un voyage planifié. Une maladie de longue durée. Je dis que j'avais fait un don de moelle osseuse la veille, mais ne mentionnai pas son fils. Il fallait vraiment que je me fasse une liste de ce que je disais et à qui. « Ça fait un mal de chien, dis-je.

— Je te crois.

— Est-ce que tout va bien en bas ? »

Un silence, qui était pour moi l'occasion de feindre la surprise et l'inquiétude. Je manquais légèrement d'air, mais réussis à articuler : « Qu'est-ce qui ne va pas ?

— Écoute, dit-il, j'ai quelque chose à te demander. Bon, Ian Drake ? Le garçon qui traîne en bas tout le temps ?

— Oui.

— Il a… personne ne sait où il est passé.

— Qu'est-ce que tu veux dire ?

— Il a disparu.

— Tu veux dire que la *bibliothèque* ne sait pas ou que ses *parents* ne savent pas ?

— Les deux. Il a… officiellement disparu. La police est sur l'affaire.

— Merde. Il a fugué ?

— Bah, il a laissé un mot, mais ils n'en ont pas dévoilé le contenu.

— Et qu'est-ce que tu voulais savoir ?

— Pardon ?

— Tu as commencé par me dire que tu avais quelque chose à me demander.

— Ah. Je voulais dire te raconter. Et toi, ça va ?

— Non. Pas vraiment. Il est parti depuis combien de temps ?

— Quelques jours. Je pense qu'il a disparu alors que tu étais encore en ville. Tu l'as vu dimanche ? »

J'essayai de réfléchir, honnêtement. Je l'avais trouvé lundi... Il avait dû se pointer le dimanche après-midi pour se cacher, mais Sarah Ann avait fait la fermeture, pas moi. « Non. Je crois l'avoir vu vendredi. Il a rapporté des livres mais n'en a pas emprunté, ce qui est étonnant. Devrait y en avoir une trace dans l'ordinateur. » Ce qui serait le cas cette fois-ci, car ces livres étaient pour un exposé sur les Cherokees. « Tu n'as pas vérifié ?

— Si, ouais. Je me demandais simplement si tu lui avais parlé.

— Non. Il n'a fait qu'entrer et sortir. S'il s'était enfui, il aurait sûrement emprunté des livres. Est-ce que les... la police est... venue à la bibliothèque ? Tu leur as parlé ?

— C'était bizarre. Ils ont discuté avec Loraine quelques minutes, et puis ils ont expressément demandé à voir Sarah Ann. Ils ont dit que la maman voulait qu'ils lui parlent.

— Comme c'est étrange. Ils l'ont vue ?

— Environ deux secondes. Si j'avais pu rouler jusqu'en bas pour écouter à la porte, je l'aurais fait. D'après moi, ils ont très vite compris à quel point elle est timbrée et ils l'ont lâchée. Elle m'a demandé plus tard si Ian était le gamin asiatique avec les béquilles. Sérieusement, j'aurais payé cher pour assister à la scène. »

J'avais envie de rire, mais je me souvins que j'étais censée être en état de choc. « Est-ce qu'ils pensent qu'il a fugué ?

— Je ne sais pas ce qu'ils pensent. Mais *moi*, je pense qu'il a fugué.

— Pourquoi ?

— Je ne sais pas. Une intuition. Tu ne m'as pas dit que ses parents étaient terribles avec lui ? Sans parler de cette lettre bizarre que tu as trouvée. »

Je restai silencieuse un moment, le meilleur moyen de ne pas m'envoyer moi-même dans les cordes.

« Lucy ?

— Ça va.

— Je sais que tous les deux vous vous aimez bien.

— Il faut que j'y aille », dis-je, et je raccrochai pendant qu'il en était encore temps.

Désormais, Ian avait opté pour une navigation en ligne droite, suivant l'autoroute, là où, auparavant, il nous avait fait faire des détours déments. Il avait l'atlas ouvert sur les genoux.

Environ soixante kilomètres plus loin, alors que j'avais le pied droit bien engourdi, Ian décida qu'on allait jouer. « Bon, tu sais qu'un cheval blanc vaut cinquante points ?

— Comment ça ?

— Quand tu conduis. C'est cinquante points. C'est le maximum que tu peux avoir. Et les Cadillac roses, elles valent aussi cinquante points.

— D'accord, dis-je, me souvenant vaguement des voyages de mon enfance.

— Une voiture avec un seul phare avant, c'est dix points. Mais seulement si tu les vois en *premier*. Il faut les annoncer.

— Très bien.

— Bon, voilà comment je joue : tous les mots sur les panneaux que tu vois qui riment avec notre nom ou notre prénom, ils valent trente points. Et c'est quarante-cinq points si on croise exactement la même voiture. Il faut que ce soit *exactement la même*, pas juste la couleur. »

Il parlait à toute vitesse et c'était difficile de le suivre. « Qu'est-ce qui ne va pas ? demandai-je. Pourquoi est-ce que tu fais ça ? » Les bras croisés sur le torse, il se tenait les épaules.

« J'ai encore un peu de mal à respirer, dit-il. Je ne crois pas que c'était juste les furets. En fait, je suis presque à court de pschitt.

— C'est de la Ventoline ? » Je n'avais pas vérifié son inhalateur, pas plus que je ne l'avais interrogé sur ses antécédents médicaux. Je n'avais même pas surveillé sa respiration depuis que l'on avait quitté Pittsburgh. En revanche, je l'avais laissé faire le singe sur l'aire de jeux. Je n'étais même pas une baby-sitter digne de ce nom.

« Je m'en sers juste en cas de besoin, mais ces derniers temps, je l'ai beaucoup utilisé. »

Je fixai la route en réfléchissant. Ce n'était pas un traitement de fond dont l'arrêt allait provoquer des crises d'asthme. Je pouvais lui trouver un médicament vendu sans ordonnance ou, dans le pire des cas, l'emmener aux urgences en disant qu'il n'avait pas de couverture sociale, et ensuite appeler mon père pour la douloureuse. Ce pouvait aussi être un prétexte pour le ramener chez lui.

« C'est vraiment terrible ?

— Comme la nuit dernière. Mon docteur pense que je devrais avoir ce machin violet qu'on prend tous les jours, mais mon père dit que ça me rendrait accro, et donc je n'ai pas le droit de le prendre.

— Bon Dieu !

— Quoi ?

— J'ai dit : "C'est mieux."

— Vraiment, tu ne devrais pas utiliser des mots religieux à la légère. C'est un des Dix Commandements.

— D'accord. Désolée. »

Je passai les quinze kilomètres suivants à élaborer mentalement une fiche de score des Dix Commandements du mois passé. À peu de chose près, elle ressemblait à ça :

COMMANDEMENT	OUI	NON
Meurtre		X
Échec à honorer le jour du repos	X	
Vol	X	
Faux témoignage	X	
Adultère (dépendant de la définition exacte)	X	
Échec à honorer pères et mères	X	
Convoiter la propriété du voisin (dépendant des définitions de « convoiter » et « propriété »)	X	
Création d'images taillées		X
Adoration de dieux païens		X
Invocation en vain du nom de Dieu	X	

Très difficile de se les rappeler tous. Gamine, j'avais passé des heures à aider Brooke — une camarade un peu lente — avec ses devoirs de catéchisme : des moments apparemment bénéfiques pour ma culture générale, à défaut de l'être pour mon sens moral. Pour faire bonne mesure, j'ajoutai les sept péchés capitaux :

ERREUR FAUSTIENNE	ÉVALUÉE EN...	OUI	NON
Paresse	calories non brûlées	X	
Luxure	musiciens sans talent dans mon lit	X	
Cupidité	conviction que c'est un dû	X	
Gloutonnerie	Oreos	X	
Orgueil	opinions bien arrêtées	X	
Colère	véhémence des monologues critiques contre pasteur Bob	X	
Envie	désir d'échanger mon existence avec tous ceux que j'ai croisés, y compris l'homme qui pour deux dollars a lavé nos vitres sous un pont autoroutier	X	

Considérez ça comme une preuve quantitative. Je n'ai pas des cornes pour rien. Cependant, quelle criminelle, en plein forfait, se considère vraiment comme diabolique ? On se prend tous pour Jean Valjean, Martin Luther King ou Henry David Thoreau. J'étais Gandhi, marchant vers la mer pour y trouver du sel. Regardez ces ampoules sur mes pauvres pieds nus.

Quelque part sur la Route 80 : « Parlons de livres.

— Très bonne idée. Quel est le prochain bouquin sur ta liste ?

— Eh bien, *Bilbo le Hobbit.* Michael, qui suit ce cours où je vais, m'a dit que c'était super. Tu l'as lu ?

— Tu n'as pas lu *Bilbo le Hobbit* ? » demandai-je presque en criant. Au passage, je ratai l'occasion de lui parler de son « cours ». *Évidemment* qu'il ne l'avait pas lu. Les ouvrages sur les magiciens lui étaient interdits. Du moins les vrais magiciens. Le Grand et Terrible Oz était probablement toléré parce que c'était un charlatan. « Une fois qu'on sera rentrés à Hannibal, dis-je, je te le mettrai de côté sous mon bureau. » Cependant, il m'était devenu impossible d'imaginer un scénario dans lequel on rentrerait tous les deux à Hannibal, où je conserverais mon boulot pour voir Ian dévaler l'escalier tous les jours. « Tu m'as dit que tu as un ami qui s'appelle Michael ? Vous avez le même âge ?

— Ouais. Mais je voulais dire autre chose quand j'ai proposé qu'on parle de livres. Des trucs plus drôles. Comme par exemple se retrouver au paradis et découvrir que, là-bas, tu peux être n'importe qui dans n'importe quel livre. Simplement, tu ne peux choisir qu'un personnage. Toi, tu choisirais qui ?

— Waouh ! Je n'en ai pas la moindre idée. Et toi ?

— Le Bon Gros Géant parce qu'on le retrouve dans *deux* livres de Roald Dahl. Il apparaît dans un chapitre de *Danny champion du monde*, non ? Je n'ai pas eu le droit

de le lire, mais je me souviens qu'après nous avoir lu le *BGG*, tu nous as montré ce chapitre. Tu te rappelles ? »
J'aimais l'image d'un bon gros Ian, géant amical déambulant d'un pas lourd dans les rues du Missouri, écrasant le pasteur Bob sous ses pieds.

Je réfléchis. « Mon choix se porterait sur Thésée. Tu te souviens de lui ?

— Le type avec le Minotaure, et sa pelote de fil ?

— Tout juste. Et tu sais pourquoi ? Parce qu'on le retrouve dans des centaines de livres, dont une pièce de Shakespeare. Sans compter que tous les écrivains grecs et romains se sont servis de lui. Certaines scènes de bataille me sembleraient sans doute trop violentes, mais ce n'est pas grave, car je passerais l'essentiel de mon temps chez Shakespeare.

— Et tu pourrais aussi être dans les *Mythes grecs* des d'Aulaire !

— Absolument. » Pas besoin de psychanalyste : je voulais être le mec qui peut retrouver son chemin dans le labyrinthe, réenrouler le fil jusqu'au point de départ.

« Bon. Et aussi, si tu es un *écrivain* et que tu vas au paradis, les règles sont différentes. Tu peux être dans toutes les histoires que tu as écrites, et tu as le droit de sauter d'un personnage à l'autre. Roald Dahl pourrait être le Bon Gros Géant un jour, puis Charlie, ou bien le mille-pattes dans la pêche.

— Parle-moi de ton ami Michael.

— Ce n'est pas vraiment mon ami. Et il se cure le nez.

— Tu as d'autres amis dans ce cours ?

— On a tout le temps des choses à faire. Ils ne nous laissent pas vraiment bavarder. Mais le truc chouette, c'est que parfois ils nous distribuent des beignets. Au fait, tu sais que tu as de la chance ? Parce que si tu vas en prison un jour, tu pourras faire le même boulot. Il y a des bibliothèques dans les prisons, non ? Hé, plus que dix secondes avant l'État de New York ! » De grands panneaux nous informaient sur les lois locales concernant le code de la route, et sur les attractions touristiques. Ian enleva sa casquette et se mit à chanter *Erie Canal.*

Je me demandai si, chaque fois qu'on passait la frontière d'un nouvel État, je me rendais coupable d'un crime supplémentaire ou si la peine encourue était maximale dès la première fois. Le bitume se fit plus lisse sous les roues tandis que la Société des autoroutes de New York prenait la relève. La sensation de quelque chose d'officiel et monumental, même si j'aurais préféré passer sous une grande arche. Un panneau « Attachez vos ceintures » n'a pas le même charme que les portes d'une ville ou un poste de contrôle. J'essayai de me représenter des émissaires persans suivant la Via Appia jusqu'à Rome, accueillis par un simple panneau indiquant : « Vérifiez vos harnais ». Impensable. Tout se perdait. Enfin, à cet instant précis, un poste de contrôle était la dernière chose que je souhaitais.

En passant la frontière russe dans le bus de la chorale de ma fac, période postcommuniste, je m'étais sentie très privilégiée. J'avais pensé à mon oncle, mort en essayant de la franchir dans l'autre sens, et à mon père, qui avait fui en plongeant dans des eaux tumultueuses et froides, puis s'était cassé une jambe. Et j'étais là, mon passeport vérifié à la hâte par un grand gaillard, le garde-frontière monté dans le bus. Impossible qu'il soupçonne, avec mon patronyme tronqué, mes dents bien alignées et mes baskets, que je me considérais russe. Le linge volé, la tête sur la pique et l'horrible blague sur le chat me faisaient me sentir plus russe qu'américaine. À cet instant, j'avais cherché très fort une pensée profonde sur l'expatriation.

Désormais plus âgée, fuyant tout ce que j'avais toujours connu, à défaut de fuir mon pays, la sensation était un peu plus concrète. Mais pour être honnête, il me fallait encore faire un effort pour imaginer — en ces temps de transport aérien à prix cassés et d'e-mails — ce qu'avaient ressenti mon père et son frère lorsqu'ils avaient plié bagage, tout quitté en sachant qu'ils ne reverraient jamais aucun de ceux qu'ils avaient connus durant les vingt premières années de leur existence, qu'ils mourraient avec le pull qu'ils avaient sur le dos ou le porteraient quotidiennement au cours des trois mois suivants, qu'ils deviendraient des étrangers intimidés à l'accent prononcé, eux qui parlaient magnifiquement la langue russe, que leurs enfants appartiendraient à un autre monde.

Lorsqu'ils commenceraient à me rechercher, placardant mon portrait dans les bureaux de poste, pourrais-je quitter mon pays ? Renvoyer Ian chez lui et, avec la monnaie d'Anya, prendre un avion destination le Canada pour ne jamais revenir ? Après tout, une idée séduisante : regarder l'Amérique de l'extérieur et s'identifier à l'opprimé plutôt qu'au suzerain. Ou fuir en Australie, patrie de criminels et d'exilés. J'en connaissais déjà l'hymne.

Nous arrivions à une station-service lorsque mon téléphone sonna. « Non ! » dis-je, car Ian tendait le bras vers mon portable sur le tableau de bord. Je le saisis tout en m'arrêtant à côté d'une pompe.

« C'est moi », dit Glenn. Je donnai à Ian un billet de cinq dollars, hochai la tête en direction de la supérette et il s'éloigna en sautillant.

« J'ai eu une journée de malade », commençai-je, remplissant mécaniquement le réservoir.

« Tu rentres quand ? » demanda-t-il d'une voix sonore et pâteuse. S'il ne m'avait appelée lui-même, j'aurais pensé que je le réveillais. Je me souvins que j'étais toujours censée être à Cleveland.

« Bientôt. Je peux te ramener, mais je ne sais pas exactement quand.

— J'ai trouvé une rupture.

— Pardon ?

— J'ai déjà trouvé une voiture.

— Super. Parfait. »

Il laissa échapper un gémissement ou un bâillement, je n'aurais pu dire. « J'en déduis que tu ne pourras pas venir le week-end prochain pour ce truc. » Un autre concert, la seconde représentation du remix de Mr. Propre, qui, apparemment, remportait un succès critique dans un quelconque fanzine, spécialisé dans les œuvres à diffusion confidentielle. Une publication pouvant se targuer d'un compte rendu élogieux d'une pièce aussi moderne que mineure et dont la première s'était déroulée à St. Louis. « Enfin, tu trouves que mon thème ressemble à de la musique de dessin animé, donc…

— Je viendrai si je peux, dis-je. Mais je vais probablement retourner à Chicago pour aider mon amie. Tout le problème est là.

— Pas de souci, dit-il. À propos, ce mec a appelé. »

Je songeai immédiatement à la police. « Ce mec ?

— Ton pote l'attardé. Rambo. Enfin bref, il m'a demandé si j'étais au courant d'un gamin de la bibliothèque. »

Ça n'avait aucun sens, et je devais en apprendre plus, par exemple la date exacte de ce coup de fil. Mais je n'avais qu'une envie : raccrocher ce téléphone qui glissait soudain de ma main moite. Je posai la seule question qui me vint : « Comment a-t-il eu ton numéro ?

— Putain, qu'est-ce que j'en sais ? Parce qu'il est amoureux de toi et qu'il te traque. Écoute, est-ce qu'il faut que j'appelle les flics pour leur parler de toi, Lucy ?

— Bon sang ! Mais pourquoi ?

— À toi de me le dire.

— Parce que je ne vais pas venir à ton concert débile ? Parce que je file un coup de main à une amie malade ? Je suis au courant pour le gosse de la bibliothèque. J'ai parlé avec Rocky et, crois-moi, ça me bouleverse.

— Tout ça me paraît bien étrange. Ce type m'a dit que tu avais fait un don de moelle osseuse. » Il avait donc contacté Glenn après notre conversation. Un très mauvais signe.

« Il s'est trompé. » Le pistolet de la pompe à essence cliqueta, le plein était fait. Ian allait revenir d'une seconde à l'autre.

« Tu n'es pas une très bonne menteuse.

— Je suis une excellente menteuse. La preuve : je t'ai dit que j'aimais ton jingle publicitaire orchestré. »

Un cri du cœur, pour me débarrasser de lui. Une bonne chose qu'il disparaisse de mon horizon et se taise.

Et si Rocky le rappelait, il serait tellement furax qu'il dirait ne pas avoir entendu parler de moi depuis des lustres et espérer que je brûlais en enfer.

Lui *me* dit : « Ne me rappelle jamais. »

Je me garai devant la supérette et attendis Ian. Malgré une forte envie de pleurer, aussi vague qu'inexplicable, c'était un soulagement. Maintenant que Glenn était hors-jeu, et que Rocky avait sans doute compris quelle affreuse personne j'étais, je ne voyais plus aucune raison de rentrer à la maison. Sauf Ian, qui lui était *là*, sortant du magasin avec son manteau à l'envers et les bras fourrés dans les manches, comme deux petits moignons. Désormais, il m'était difficile de penser à Hannibal comme à mon chez-moi. À Chicago j'étais chez moi, dans la maison des Labaznikov aussi en un sens, et assurément, dans ma voiture. Hannibal n'était plus qu'un lointain souvenir.

On reprit l'autoroute. Ian me lisait à haute voix un magazine acheté avec ses cinq dollars : une espèce de sous-tabloïd pour ados traqueurs de stars, avec, en couverture, la photo d'un acteur torse nu. Je ne connaissais pas son nom, même si je reconnus sa barbiche miteuse et ses yeux trop pâles. (« Qu'est-ce qu'un soupirant ? » demanda Ian. « Qu'est-ce qu'une cure de désintox ? ») Toutes les voitures me faisaient penser à des véhicules de police, et chaque bruit sonnait comme une sirène. Rocky avait-il fait part de ses soupçons à la police d'Hannibal, ou bossait-il à son compte, triant les indices dans son coin ? Il avait peut-être découvert les lumières laissées allumées, et il savait que j'étais proche de Ian.

Mon camarade engrangea trente points en faisant

rimer Lucy et « pie », et trente de plus avec Ian et liane. Puis il s'endormit la tête en arrière, ses lunettes sur les lèvres. À intervalles réguliers, je me penchais vers lui pour écouter sa respiration, je n'entendais que le bruit caractéristique de quelqu'un dormant la bouche ouverte.

Peu après, je remarquai une voiture derrière nous, copie de la mienne : bleu métallisé, rouillée et japonaise. Je songeai à réveiller Ian, mais j'appréciais le calme, et il avait besoin de se reposer. Impossible de dire si un homme ou une femme était au volant : le soleil déclinant se reflétait sur son pare-brise et floutait le visage du conducteur. Je m'imaginai une femme qui me ressemblait. Ma jumelle, sauf que ses remords ne dormaient pas à côté d'elle sur le siège passager, que son esprit ne lui jouait pas en boucle les ritournelles de parents endeuillés et d'un ex-petit copain vindicatif, qu'elle ne tenait pas la vedette dans le prochain acte de sa saga familiale, histoire de honte, de fuite et d'idéalisme imbécile.

Une fois le soleil couché, j'essayai de l'apercevoir, mais je n'avais pas la certitude que les petits phares qui brillaient derrière étaient les siens. Je réveillai Ian en me garant devant un motel.

28

L'État émeraude

Le lendemain matin, la crise d'asthme de Ian semblait n'être qu'un mauvais souvenir. Avant de monter dans la voiture, j'écoutai, l'oreille collée dans son dos. Malgré son fou rire, ce que je distinguai sonnait plutôt bien.

On se dirigea vers la mauvaise voiture. Là encore, mieux garée que la mienne, se trouvait une copie de ma voiture, japonaise et bleu métallisé. Un homme aux cheveux bruns et aux lunettes de soleil était à moitié allongé sur le siège du conducteur. Lorsqu'on s'engagea sur l'autoroute, il fit de même. Je me raisonnai en silence sur les méfaits de la paranoïa. On continua vers l'est quelques heures, avant de croiser un panneau nous souhaitant « Bienvenue dans l'État du Mont Vert ! ». « Bon, dis-je, dans quelle ville habite ta grand-mère ? » C'était mesquin de ma part, et je ne sais pas pourquoi je me comportais ainsi, mis à part que j'étais d'une humeur de chien et que je n'avais pas fermé l'œil de la nuit en pensant à mon père, furieuse à cause de sa trahison et effondrée à cause de la culpabilité éternelle qu'il avait dû ressentir toute sa vie, mais aussi troublée quant aux raisons de Leo Labaznikov de m'avoir mise dans la confidence.

On n'avait pas évoqué la grand-mère de Ian depuis un bout de temps, en dehors de la fiction autour de Janna Glass, et il lui fallut une seconde pour la remettre.

« Ah, dit-il. Au départ, je n'ai pas compris, parce que je l'appelle Nany. Ma *grand-mère* c'est la mère de ma *mère*, et ma Nany celle de mon père.

— D'accord. Dans quelle ville habite ta Nany ? »

Soudain, le visage empourpré, il hurla : « SI JE TE LE DIS, TU VAS M'Y EMMENER SANS ME LAISSER VOIR LES ATTRACTIONS TOURISTIQUES ! » Une fausse crise de colère, dans la veine de celles auxquelles j'avais assisté à la bibliothèque. Une broutille à côté de celle improvisée le jour de notre départ. Il se colla le visage contre les genoux, avant de relever les yeux et de geindre. « Je veux en savoir plus sur les Green Mountain Boys.

— Très bien », dis-je. Ses hurlements m'avaient ramenée au moment présent et à ses problèmes concrets. Oubliés, les soucis vieux de cinquante-cinq ans sur lesquels je n'avais aucune prise. « Et ils vivent où, les Green Mountain Boys ?

— *Vivaient.* C'était vers 1700. Enfin, je crois.

— Pourquoi tu les aimes tant ?

— On nous a demandé de préparer un exposé sur la guerre d'Indépendance. Je voulais le faire sur Betsy Ross, mais le sujet était déjà pris. » Il buvait un smoothie pomme-épinard, faisant mine de l'aimer. Au beau milieu de nulle part, on avait dégoté une gargote bio, véritable oasis du ginkgo et du haricot mungo, aux effets miraculeux : pour la première fois depuis des jours, je me sentais en pleine forme.

On traversa des petites villes aux rares boutiques, aux maisons à la peinture écaillée et aux fondations fatiguées. Des draps-banderoles accrochés aux fenêtres proclamaient : « Reprenez le Vermont. » Une info entendue sur les ondes de la radio publique nationale cet hiver me revint en mémoire. Elle concernait un mouvement populaire contre la récente loi sur l'union civile. L'interview téléphonique d'un habitant de Burlington à la voix jeune, énergique et perçante s'était résumée à ceci : « Cet État est le mieux équilibré du pays. La moitié des gens sont progressistes, les autres sont très conservateurs, genre : "Vous pouvez être homo si moi je peux avoir mes armes." Une sorte d'équilibre des extrêmes. » Les barbouillages sur ces draps élimés semblaient tout respirer sauf le bonheur. Le type interviewé avait précisé avoir collé sur le pare-chocs de sa voiture un autocollant suggérant : « Prenez le Vermont par-derrière. »

Ian m'interrogea sur la signification des inscriptions. J'allais inventer un truc, à propos de la lutte contre la pollution, mais je décidai d'être honnête. J'avais guetté les occasions d'aborder le sujet, ç'aurait été stupide de ne pas saisir celle-là.

« Le Vermont est un État où il fait bon vivre pour les homosexuels, dis-je. Les hommes qui aiment d'autres hommes. En quelque sorte, ils ont le droit de se marier. Mais certains habitants sont contre. Voilà pourquoi ils ont fabriqué ces banderoles.

— Ce sont probablement des chrétiens », dit Ian. Je lui jetai un coup d'œil. Il semblait fier de ces demeures chrétiennes. Par ailleurs, pour lui, la conversation était terminée.

« Ils sont peut-être chrétiens, dis-je, mais la plupart des chrétiens n'affichent pas ces banderoles. La majorité pense que les gens doivent être heureux comme ils sont. Là, ces gens sont haineux. Comme les nazis. Les nazis n'aimaient pas les homosexuels, et ils les ont envoyés dans les camps de concentration avec les Juifs. »

Tout de suite, je compris que comparer, même indirectement, sa famille aux nazis n'était peut-être pas très fin de ma part.

Il resta silencieux une seconde, puis me demanda : « Tu savais que Hitler voulait être peintre ? Mais comme il n'a pas pu faire les beaux-arts, il est devenu nazi ?

— Oui, je me souviens de ça.

— Imagine qu'il ait réussi, le monde entier serait différent.

— Cela montre simplement que les gens devraient avoir le droit d'être eux-mêmes. Lorsqu'on les en empêche, ils deviennent mauvais et aigris. »

Il rigola. « Si au musée un type te disait : "Admirez ce magnifique Monet. Et ici sur votre gauche, un Hitler des débuts." Ce serait bizarre, non ? »

Impossible de faire machine arrière de façon subtile.

Il dit : « Tu irais au magasin de souvenirs pour acheter une carte postale d'un Hitler, et tu dirais : "Oh, regarde ce magnifique Hitler. Je vais l'accrocher dans ma chambre !" Et les gens porteraient des T-shirts Hitler.

— Oui, dis-je. Cela aurait sans doute été mieux. »

Fixant les montagnes au loin, je pensais à la « nation de fugitifs » de Leo. Fuir était un rituel de l'enfance qui m'avait échappé. Pas de fugue effrénée vers une cabane dans les arbres, le sac à dos rempli de confiseries. C'est alors que je me rappelai que je m'*étais* une fois enfuie. Je n'y avais pas repensé depuis des années, mais à l'âge de dix ans, je m'étais accroupie sous mon bureau. J'avais passé toute la matinée à jouer avec Tamara Finch à l'étage au-dessous, puis j'étais rentrée à la maison. Hypnotisée par le silence dans le couloir, comme si tout l'immeuble était en transe, j'avais voulu participer à ce silence. Sans un bruit, je m'étais recroquevillée sous mon bureau, d'où je pouvais voir la neige tomber à gros flocons. J'avais pris un livre mais ne l'avais pas lu. J'avais imaginé mon grand-père disparaissant dans une Sibérie désertique et enneigée. Je n'étais pas en colère contre mes parents, ni même triste. Simplement, je ne voulais pas rompre le charme du silence. Et lorsqu'ils s'étaient demandé si j'allais rentrer à la maison, même quand ils avaient appelé le père de Tamara, j'étais restée cachée, paralysée et refusant de sortir. Quand ma mère avait décroché le téléphone pour appeler la police, j'étais enfin sortie de ma chambre en bâillant, et j'avais raconté que je m'étais endormie sous mon bureau. Impossible de m'en vouloir, et ils ne m'avaient pas grondée.

S'ils s'étaient doutés de mon manège, m'avaient installée sur une chaise pour m'engueuler ou me corriger avec un bâton, je n'aurais peut-être pas fini dans ce souk. J'aurais appris ma leçon en douceur : On ne peut pas disparaître. Pas en Amérique, pas à notre époque. Mais on pouvait disparaître dans les étendues russes enneigées. C'était peut-être la raison pour laquelle j'avais accepté de conduire Ian vers le nord, la température baissant d'un degré tous les cinquante kilomètres, chaque jour offrant son lot de neige sale entassée au bord de la route. Mais non, c'était un mensonge de plus. Finie la Sibérie. Désormais, il était impossible de disparaître de la surface de la terre.

Au crépuscule, on s'arrêta à Bennington, parce que Ian se souvenait d'une bataille de Bennington mentionnée dans son fameux exposé. Le centre-ville était désert. Un dépliant ramassé dans une station-service indiquait un musée consacré à la guerre d'Indépendance, mais lorsque je suggérai qu'on attende jusqu'au lendemain matin, il ne parut pas très emballé. «Je ne suis pas vraiment fan de musées, parce que j'ai peur de déclencher les alarmes.» Je me demandai si son intérêt pour les Green Mountain Boys était sincère ou si c'était le seul détail qu'il connaissait du Vermont. Avec ce qui lui restait d'argent, Ian s'offrit des lunettes de soleil à monture et verres verts, siglées « I ♥ VERMONT ».

On reprit la route vers le nord, avant de s'arrêter dans un hôtel de la rue principale d'une ville dont j'ignore encore le nom. Le plancher, bancal, sonnait creux, et Ian réussit à se persuader que l'endroit était hanté. Nous étions les seuls clients de l'hôtel, mais lorsqu'on dîna au bar du rez-de-chaussée, le restaurant se remplit peu à peu de gens du coin. Ils nous jetaient des coups d'œil, sans doute parce qu'on ne faisait pas partie des meubles. Ou peut-être à cause de Ian, qui porta ses lunettes de soleil par-dessus ses lunettes de vue pendant tout le repas. Son lait lui apparaissait vert et il en était ravi.

J'avais faim, pour la première fois depuis qu'on avait quitté les Labaznikov. J'avais faim et froid, et j'étais fatiguée, malgré toutes les cochonneries grignotées, malgré les thermostats des hôtels poussés à vingt-cinq degrés chaque soir, malgré l'adrénaline et la caféine dans mon sang. Je rêvais de pain chaud, et de m'envelopper dans des couvertures pour y sombrer. Je fantasmais sur une tarte aux myrtilles. Sans doute le mal du pays. Mais de quel pays ? Ce n'était pas clair. Un pays qui n'existait pas.

Le lundi, la bibliothécaire perplexe et l'enfant très étrange engloutirent un Mars, un Coca, des biscuits salés, une pizza au pepperoni trop grasse et deux cheeseburgers. Mais ils continuèrent à rouler.

Le mardi, ils engloutirent six beignets sucrés, deux misérables salades de fast-food, des raviolis aux épinards, et une bouteille chapardée d'un syrah hors de prix. Mais ils continuèrent à rouler.

Le mercredi, ils engloutirent deux assiettes d'œufs, six verres de jus d'orange, deux granitas à la cerise, un sandwich bacon laitue tomate avec des cure-dents Frills, une quesadilla, plusieurs bonbons à la menthe barbotés dans un restaurant, et une cigarette. Mais ils continuèrent à rouler.

Le jeudi, ils engloutirent deux beignets, un verre de jus d'orange avec deux sachets de crème ajoutés « pour la texture », douze Oreo, deux sandwichs à la dinde, les spaghettis aux boulettes de viande et le pain à l'ail de Marta Labaznikov, et une quantité extravagante de café. Mais ils continuèrent à rouler.

Le vendredi, ils engloutirent du bacon canadien, des œufs brouillés aux légumes, du fromage, du pain, de la confiture, du beurre de cacahuète, du salami, du lait, de la moutarde et de la bière (apparemment, le petit déjeuner typique des Russes en Amérique), deux milk-shakes, quatre Tylenol, et quelques M&M's. Cette nuit-là, ils souffrirent de maux d'estomac.

Le samedi, ils engloutirent deux smoothies verts biologiques, aux effets plus que bénéfiques.

Et c'est tout. Ils ne construisirent pas de cocon.

Ils échouèrent à se métamorphoser. Ils échouèrent à s'envoler.

Cette nuit-là, on se mit d'accord pour partager une chambre et faire des économies, à condition que je ne demande pas à Ian d'éteindre sa lampe de chevet pour qu'il arrête de lire et dorme. Je tentai de me convaincre que si je passais un jour par la case tribunal, cet arrangement n'allait ni vraiment me servir ni m'enfoncer. En fait, ce fut très simple. La réceptionniste bavarde nous prit tout naturellement pour une mère et son fils. Elle demanda à Ian en quelle classe il était, et le nom de son école. (« L'école Sainte-Marie de l'Église de Dieu », répondit-il. Plus tard, il me lança : « Bien joué, non ? Comme ça, elle va penser que je suis catholique. »)

Vers vingt heures trente, on monta dans notre chambre. Je n'avais qu'une envie, redescendre me saouler. Pas au point de raconter à tout le monde ce que je faisais ici, mais suffisamment pour oublier Hannibal ; que Rocky avait appelé Glenn ; que Loraine avait discuté avec des policiers ; et que les Drake étaient peut-être à une dizaine de kilomètres derrière nous avec la maréchaussée. Je dis à Ian que j'allais passer des coups de fil.

Je m'assis au bout du bar, et sortis un petit carnet à spirale et un stylo de mon sac. Je les posai devant moi sur le comptoir et fis semblant de m'atteler à une liste technique classique pour éloigner les curieux. Je disposai mon tabouret de manière à pouvoir observer toute la salle. Les hommes étaient tous extrêmement maigres, et les femmes portaient des polaires tombant jusqu'à mi-cuisse. La barmaid, qui nous avait accueillis à la réception, était affublée d'un gros chandail bleu, un oiseau jaune cousu au-dessus de son sein gauche. Je commandai une vodka tonic, puis une autre. Dans un coin, un homme de dos ne semblait pas à sa place. Cheveux noirs lissés en arrière et blazer sombre. Je me contorsionnai dans le but d'apercevoir son visage, mais ne distinguai que son assiette de poulet pané intacte à côté de son téléphone portable dernier cri et hors de prix. Tout doucement, je me tournai vers la vitre donnant sur le parking en gravier. Ma voiture était là, mais pas là où je l'avais garée. Et immatriculée ailleurs, en Pennsylvanie.

Je voulais fuir, foncer vers un autre État, un autre pays ou une autre planète. Mais réveiller Ian puis quitter l'hôtel précipitamment avec lui serait sans doute la pire des décisions. Faute de mieux, j'optai pour une cigarette. Je la coinçai entre mes lèvres, les mains tremblantes. La barmaid rappliqua dare-dare. « Désolée, mon cœur, dit-elle. C'est de l'histoire ancienne désormais. On n'a plus le droit de fumer. »

À côté de moi, un homme au timbre alcoolisé déclara :

« C'est pratiquement à espérer que les libraires prennent le pouvoir. »

Un regard fixe et étrange. Était-ce une manière de me dire : « Je suis un agent en mission et, malgré les apparences, je suis armé » ? Ou mieux : « J'ai vu votre portrait à la poste » ?

« Z'êtes pas la libraire dont j'ai entendu parler ? » demanda-t-il. Il parlait de moi. Je me débarrassai de la cigarette, de peur de l'avaler.

« *Libertaire*, Jake. » La barmaid me gratifia d'un sourire, puis regagna l'autre bout du bar. Visiblement, elle connaissait cette rengaine.

Jake était obèse, avait une barbe touffue et portait une chemise de bûcheron. On aurait dit un figurant d'un film sur le Vermont, et son boulot aurait consisté à inciser des arbres en arrière-plan pour récolter du sirop.

« Ne fais que passer », dis-je. Mieux valait ne pas attirer les soupçons en m'exprimant à l'aide de phrases complètes.

Il renifla. « Un *libertaire* s'est pointé en ville. Y a de ça quelques années, ils avaient dans l'idée de prendre le pouvoir dans le coin. Z'ont choisi le New Hampshire à la place. Bon choix. Ici, se seraient fait descendre. Veulent tous monter là-haut dans le New Hampshire et faire sécession. La nation du New Putain d'Hampshire.

— Les libertaires », approuvai-je en hochant la tête. Je regardai de nouveau par la fenêtre, observant cette fois-ci le reflet. L'homme aux cheveux noirs était toujours à sa table, trop loin pour entendre notre conversation. J'aurais pu dire à Jake que cet homme dans son blazer BCBG était le libertaire, et l'envoyer, assoiffé de sang bourge, s'occuper du quidam tandis que je m'enfuirais. Mais Jake était déjà bien trop rond pour la mission.

« Tout le monde veut rappliquer dans le Vermont et le transformer en je ne sais trop quoi. Tous ces hippies dans les années soixante, z'ont construit leurs merdes solaires et essayé d'élever des lamas. Z'avez vu ces communautés ? »

On était passés devant une structure en bois étoilée, avec des cordes à linge qui dépassaient dans toutes les directions, et des vieilles Volvo garées devant. « Ouais, dis-je. J'en ai vu une pas loin d'ici.

— Maintenant, y a tous ces homos qui viennent se marier, et ces étudiants qui viennent skier. Ils rappliquent tous en se prenant pour des pionniers, comme s'ils étaient Christophe Putain de Colomb ! Plantent un drapeau à Montpelier, et prétendent que c'est la Californie. Nous transforment en Disneyland. »

La barmaid revint. « Jake, dit-elle, laisse donc cette jeune femme tranquille. »

Jake renifla de nouveau, avant de terminer sa bière qui laissa de la mousse sur sa moustache. Je retournai à mon carnet avant qu'il n'ait eu le temps d'embrayer, et me mis à faire une liste, la seule qui me vint à l'esprit. Elle disait :

Rocky
Loraine
Glenn
Sophie Bennett
Les Labaznikov
Maman, papa
Les Drake
Un type

À quoi correspondait-elle ? Mystère. Aux gens qui pouvaient me trahir ? À ceux que je craignais ? Je la regardai un moment, puis ajoutai le nom de Ian. Une bonne demi-heure plus tard, l'homme aux cheveux noirs paya son addition, laissant son poulet pané intact sur son assiette. Il mit son téléphone dans sa poche, puis se dirigea vers la porte menant aux chambres. Il restait pour la nuit. Avant que la porte se referme en oscillant derrière lui, il me fixa droit dans les yeux et me gratifia d'un bref hochement de tête. J'avais déjà bu quatre vodka tonics, plus que je ne pouvais m'en offrir, mais j'étais désormais beaucoup plus détendue. Je passai l'heure suivante à boire de l'eau sur mon tabouret de bar. Je m'imaginais que, si ce type m'attendait de l'autre côté de la porte avec une barre à mine, une caméra de télévision ou un badge de police, il finirait par se lasser et irait se coucher.

Je montai l'escalier encore ivre, guettant l'homme derrière chaque coin, inquiète à l'idée de passer à travers ces planches pourries. Ian dormait profondément, le souffle régulier, et je réussis à éteindre la lampe de chevet sans le réveiller. Je comptai les jours depuis notre départ, presque six, et je me rendis compte que c'était l'anniversaire de mon père. Ou plutôt, ça l'avait été toute la journée, et je l'avais oublié. Il était une heure plus tôt à Chicago et mon père était un insomniaque notoire. De plus, dans mon état, vaseux et vaporeux, j'étais contente d'avoir un prétexte pour l'appeler. Il fallait que je trouve une excuse pour lui expliquer pourquoi Ian m'avait accompagnée chez les Labaznikov, ce qu'il savait sûrement à présent. Par ailleurs, pour une raison indéterminée, je voulais le sonder au sujet de l'histoire de Leo Labaznikov. L'homme que j'avais laissé au lit avec son sac de glace deux jours avant était-il toujours le même ? Ou avait-il changé pendant le court laps de temps écoulé depuis la révélation compromettante ? Sa voix sonnerait-elle encore de la même façon à mes oreilles ? Serais-je capable d'y déceler la trace de la culpabilité, du parricide, derrière l'accent ?

Je le trouvai extrêmement joyeux, tout ce qu'il y avait de plus éveillé, et égal à lui-même.

« Lucy ! Quoi de neuf ? »

Assise sur le lit dur et moisi, je murmurai, trop effrayée pour aller dans le couloir. Je lui racontai que j'avais fini par conduire Ian dans le Vermont pour qu'il reste avec sa grand-mère. À Woodstock, dans le Vermont, précisai-je, presque sûre qu'une telle ville existait. Je racontai que la grand-mère avait la cinquantaine, était une artiste mosaïste, et parfaite pour s'occuper de Ian. « Mais il a rencontré les Labaznikov ! dis-je. Et c'était sympa ! Il nous a fait une petite crise d'asthme, mais elle s'est bien terminée.

— Oui, oui, mon petit doigt me l'a dit.

— Donc Leo t'a mis au courant. Ah, au fait, bon anniversaire ! C'est pour ça que je t'appelle ! » Je devais avoir l'air franchement bourrée. Je tâchai de ralentir mon débit et d'articuler, comme si cela avait jamais trompé quelqu'un au cours de la longue histoire de l'ivrognerie.

« Merci ! Inutile de me faire un cadeau ! »

Je mis les pieds dans le plat. En pleine ébriété fonctionnelle, les décisions fraîchement prises défilaient à la manière des poteaux téléphoniques sur l'autoroute.

« Oncle Leo m'a raconté la vraie histoire de la chocolaterie.

— Très bien. » Il n'avait pas l'air surpris mais plutôt nonchalant.

« La *vraie* histoire. Est-ce que maman est au courant ?

— Écoute, je vais te dire quelque chose. Tu penses que tu n'as pas besoin de l'aide de ton père. Eh bien pourtant c'est le cas. Tu as besoin d'argent, et tu devrais prendre ma voiture.

— Papa, je suis dans le Vermont. Je ne peux pas t'emprunter ta voiture.

— Tu ne dois pas être étonnée. Par la bêtise des enfants. Parce que c'est la morale de l'histoire, non ? Les enfants croient tout savoir, mais que savent-ils ? En tout cas, ils n'en savent jamais autant que leurs parents. »

Je ne trouvais aucun sens à ces mots. Il paraissait en colère. Était-il furieux contre moi parce que je n'avais jamais deviné la vraie histoire ? Ou contre lui-même ? Ou — était-ce possible ? — contre Ian, d'avoir trahi ses propres parents en pensant qu'il avait la science infuse ? Impossible à dire.

« Conneries », dit-il, et j'entendis un bruit de verre cassé. Je compris alors qu'*il* était saoul à presque minuit le soir de son soixante-quatrième anniversaire. J'étais sans doute la plus sobre des deux.

« Papa, on peut parler de ça plus tard. » Sur son lit, Ian se retourna et balbutia quelque chose d'incompréhensible.

« Non. Je vais maintenant te parler de la bêtise des adultes. Très bien, on est au courant des bêtises que peut faire un garçon de huit ans. Et ce même garçon dont a parlé Oncle Leo a grandi. Il a désormais vingt ans et comprend ce qu'il a fait. On comprend une chose à neuf ans, puis à dix, à onze et à douze. Chaque année, tu penses avoir compris mais, en fait, c'est de pire en pire. Et alors ton cœur se remplit de plomb. » Il criait presque. Je trouvais ça affreusement triste qu'il ne parle pas à la première personne et, pour lui, j'aurais voulu qu'il s'arrête. Mais l'interrompre aurait été encore plus cruel que de l'avoir incité à me parler.

« Et le jour de ton vingtième anniversaire, tu as deux choix : te suicider, ou prendre une revanche sur le monde. J'ai donc rédigé huit pages consacrées au lavage de cerveau des enfants russes et, au milieu de la nuit, je les ai collées sur toutes les portes de Moscou. Enfin pas toutes, mais au moins cinq cents. Ensuite, j'ai fourré des patates dans les pots d'échappement des voitures de dignitaires du Parti garées devant les bâtiments gouvernementaux. Pas pour les tuer, car en URSS personne n'était assez bête pour démarrer sa voiture sans une inspection préalable. Après avoir glissé mes huit pages dans la poignée de la portière, j'enfonçais la patate. Le message était clair, non ? J'avais un grand sac de patates dans les mains, et personne ne m'a posé de question. Personne n'a remarqué ce jeune homme avec son sac de patates. J'étais le premier surpris, je pensais vraiment me faire descendre. Lucy, écoute : je croyais que j'allais me faire tirer dessus et je m'en fichais. Pas parce que j'étais en train de me suicider, mais parce que je savais que j'avais raison. »

Je m'allongeai sur le lit et essayai de me concentrer sur la fenêtre du mur opposé (j'en voyais deux), tout en réfléchissant à sa dernière phrase. Le seul point commun entre les grands guerriers et autres fugitifs parmi les ancêtres des Hulkinov, mon père, expatrié pathologique, et moi : l'orgueil impétueux. Mais pas un orgueil négatif. En fait, nous *avions* raison. Simplement, on se souciait plus d'*avoir* raison que d'*agir* raisonnablement. Ainsi, notre propre vie comptait moins que le fait d'avoir raison.

« C'est pour ça que tu as fui ? demandai-je.

— Non. » En arrière-plan, j'entendais des objets tomber, s'écraser, se fracasser et valdinguer sur son passage. « C'est pour ça que Yuri s'est enfui. Ton oncle Yuri, le vrai, pas un faux oncle, d'accord ? Quelqu'un a dit à la police un truc du genre : "C'est le garçon Hulkinov qui l'a fait." Cette personne a peut-être même donné son nom, parce qu'on se ressemblait comme deux gouttes d'eau. Il dormait avec une fille dans les bois quand la police a frappé à notre porte à cinq heures du matin en demandant après Yuri. Ma mère leur a prouvé que je n'étais pas Yuri et, par la grâce de Dieu, ils ne l'ont pas arrêtée. C'était une pratique courante de coffrer les parents. Ce jeune con de flic a prévenu qu'ils reviendraient le lendemain. Là, son binôme, plus expérimenté, lui a balancé une claque dans la gueule, bang !

— C'est pour ça que Yuri est parti en Roumanie, dis-je.

— À la frontière, on lui a tiré six balles dans la poitrine. Notre cousin Anton l'a appris, et il a dû l'annoncer à ma mère.

— Papa, ce n'est pas ta faute, dis-je.

— Tu te prends pour ma psy maintenant ? Je vais t'en faire, moi, de la psychologie : on est en Amérique. Ici, il n'y a rien à fuir. Voilà pourquoi j'ai parcouru tout ce chemin. »

Je n'aurais sans doute pas dû le prendre personnellement, mais c'était au-dessus de mes forces. « Je ne suis pas en train de fuir.

— Laisse-moi finir. Tu vois ce qui arrive lorsqu'on ne fait pas confiance à ses parents. Les enfants ne savent pas où est leur intérêt.

— Tu me traites d'enfant ? » Je le demandais surtout pour vérifier si, oui ou non, il parlait de Ian.

« Évidemment. Tu es une enfant et je suis un très vieil homme le jour de son anniversaire. Je vais me coucher maintenant. Au plumard ! »

Je raccrochai en même temps que lui, espérant que ma mère ne dormait pas encore et qu'elle allait s'occuper de lui. Mais je savais que ce ne serait pas le cas : je ne l'avais pas entendue lui demander de se calmer et d'arrêter de boire.

Cette nuit-là, je rêvai de Leo Labaznikov qui se noyait dans une rivière en criant des paroles incompréhensibles. Il fallait que j'aille dans l'eau pour l'entendre, alors que j'aurais dû courir chercher de l'aide. « Lucy, qu'est-ce qu'une moitié de Russe ? criait-il. Qu'est-ce qu'une *moitié* de Russe ? »

Je me réveillai en nage sous les trois épaisses couvertures que j'avais empilées sur le lit. Je regardai autour de moi et aperçus le réveil. Une lueur rouge indiquait 4 h 24. Une moitié de Russe était une moitié de nihiliste, un quart de partie d'échecs et un sixième de révolution. Ça semblait juste. Une moitié de Russe était quelqu'un qui transportait des boîtes en carton sans importance dans la nuit, qui jouait à des jeux sans aucune stratégie. Et dont la seule révolution était de fuir.

29

Arnaque

Comment se brosser les dents comme un garçon de dix ans :

1. Tentez d'appliquer sur la brosse un parfait cylindre de Colgate terminé en pointe, comme dans les pubs. Si ça ne marche pas, raclez la pâte contre le lavabo puis recommencez. Répétez trois fois, jusqu'à la perfection.
2. Demandez à l'adulte la plus proche si elle n'aurait pas un appareil photo pour immortaliser votre chef-d'œuvre.
3. Chantez à votre pâte dentifrice l'air « À bientôt, adieu », de *La mélodie du bonheur.*
4. Brossez vigoureusement, assez pour obtenir une mousse bleu pâle.
5. Demandez à l'adulte la plus proche si vous ressemblez à un chien enragé.
6. Reculez à un mètre du lavabo pour cracher comme un chameau.

7. Une fois la bouche rincée, laissez tomber intentionnellement de la pâte dentifrice par terre et dites : « Je suis si décolgatonfit ! T'as pigé ? »

8. Utilisez du fil dentaire.

Le dimanche, on roula jusqu'à Burlington, où j'étais déjà venue une fois lorsque j'avais fait le tour des facs avec ma mère. Je me souvenais des librairies de Church Street. J'en parlai à Ian et lui promis qu'on allait trouver des livres sur l'histoire locale, puis déjeuner dans un restaurant italien. J'avais la gueule de bois : mes maux de tête semblaient aussi nécessaires qu'appropriés. L'état dans lequel j'aurais dû être depuis qu'on avait quitté la bibliothèque. Si je vomissais, tant mieux.

Je me garai, et laissai Ian s'occuper du parcmètre. « Je n'ai jamais, jamais, jamais fait ça de toute ma *vie* ! » dit-il, comme s'il pointait la faille de son éducation. On marcha jusqu'à Church Street, fermée à la circulation, où même au cœur de l'hiver de la Nouvelle-Angleterre les gens s'agglutinaient sous les arcades entre les magasins, ballet de manteaux chatoyants et de bonnets à pompon. Un vendeur emmitouflé derrière un chariot proposait du café et du chocolat chaud. Armés de nos gobelets, on se balada. Dans une papeterie, Ian choisit un carnet à croquis et des crayons de couleur. « Je te demande juste de ne pas *me* dessiner », dis-je, voyant un procureur brandissant la pièce à conviction H : un portrait me ressemblant étrangement, une tête aux cheveux aplatis pas tout à fait remis du gel Beau-Furet.

« Je vais faire des dessins pour les offrir à ma grand-mère parce que j'ai oublié de lui apporter un cadeau. »

Il me garantit qu'il respirait normalement, ce qui semblait vrai, mais il avait encore les épaules au niveau des oreilles, et il était pâle. Peut-être le stress, allez savoir.

Ian se soulagea dans des toilettes au sous-sol du tribunal (ironie qui lui échappa) puis on retourna vers le nord et les librairies indépendantes derrière la grande église unitarienne. On fit l'acquisition d'un livre sur l'histoire du Vermont, sûrement un manuel de cinquième obligatoire dans les années 1970. Chaque chapitre était suivi d'une page de questions : « Quelle est la fonction du lieutenant-gouverneur ? », « Citez les trois principaux schémas d'implantation. » On dénicha un guide intitulé *Autoroutes et chemins de traverse de l'État du Mont vert.* Je choisis deux livres de Lois Lowry qu'il avait eu trop peur d'emprunter à Hannibal, même en les glissant dans son pantalon. Il m'avait raconté que sa mère avait lu un truc sur le satanisme supposé de l'auteure. Lois Lowry, cette charmante vieille dame du Maine aux cheveux blancs, lauréate du prix Newbery. (« Ta mère ne croit pas à Satan ? » « Si, mais elle ne l'*aime* pas. »)

Il entama *Compter les étoiles* dans la boutique. « Le problème, c'est que je sais comment ça se termine, dit-il. À la bibliothèque, j'ai regardé.

— Je fais pareil et c'est une mauvaise habitude.

— Mais je n'en ai jamais l'*intention.* » Il marchait, parlait et lisait en même temps. « Faut que je jette un œil à la fin pour voir le nombre de pages. Comme ça, je sais exactement quand j'en suis pile à la moitié. Mais quand je regarde la dernière page, c'est comme si mes yeux aspiraient les mots.

— Au moins, tu sais que ça se finit bien », dis-je.

La moitié des gens que l'on croisait aurait fait tache à Hannibal, Missouri. C'était bon pour Ian. Piercings, crêtes iroquoises, un type en sarong, deux filles aux chapeaux verts assortis qui se tenaient la main. En ce début de trimestre à l'Université du Vermont, des tas d'étudiants à dreadlocks remontaient lentement la rue vers les bistrots, portant de gros sacs à dos telles des coquilles d'escargot, dodelinant de la tête sous leurs écouteurs.

« Les gens ici ont les cheveux sales, finit-il par dire

— C'est simplement un style.

— Non, ce type a une *brindille* qui dépasse de ses cheveux.

— Un point pour toi. »

Ian préféra un pub irlandais au resto italien. On s'installa dans un box sur ce qui ressemblait à un antique banc d'église. Je dis à Ian que je n'avais pas faim. « Ma maman, dit-il, ne mange jamais que des tomates. » Je commandai du café, servi à volonté, songeant aux bonnes calories de la crème et du sucre. Une fois son plat arrivé, Ian inclina la tête au-dessus de sa soupe au cheddar pendant un temps étrangement long. Je me concentrai sur mon café, sachant que son manège pouvait durer un moment.

Il releva enfin les yeux. « Faut que je te dise quelque chose, commençai-je. On est presque à court d'argent. J'en ai mis de côté pour le retour. Une fois qu'on aura vu ta grand-mère. Mais sinon, il nous reste une centaine de dollars.

— Et tes cartes de crédit ? » Il soufflait comme un dément sur sa cuillère, et sa soupe maculait toute la table.

« Je préférerais ne pas les utiliser, dis-je. On pourrait nous retrouver.

— Ne t'inquiète pas. J'ai mon idée pour la suite. » Il sortit les livres sur le Vermont et les étala sur la table. « Pour le moment, il faut que l'on trouve où vivaient les Green Mountain Boys. »

J'ouvris le manuel d'histoire, lui le guide touristique. Les premiers chapitres feuilletés, il apparut que Jake, le bûcheron alcoolo, avait raison. Cet État était un champ de bataille perpétuel, depuis les Iroquois chassant les autres tribus aux Français revendiquant cette Nouvelle France, sans oublier les Hollandais, les Anglais, de nouveau les Français puis les Anglais, et enfin le Massachusetts, New York et le New Hampshire. Le Vermont avait connu quatorze années d'indépendance, assez longtemps pour battre sa monnaie, susciter l'espoir chez ses courageux citoyens et imaginer que des siècles plus tard les écoliers verraient les Green Mountain Boys comme des pères fondateurs et des visionnaires. Une indépendance assez longue pour engager ses propres forces armées dans la guerre d'Indépendance.

Puis ils avaient cédé — le quatorzième État. Pas assez tôt pour obtenir une des premières étoiles blanches flambant neuves. Pas assez tard pour être une frontière. Et puis, Jake avait raison, les gens avaient continué d'affluer. La plupart des agriculteurs échouèrent à cultiver cette terre. Les hippies avaient débarqué dans les années 1960, des communautés dans les années 1970. Le manuel et son « espoir d'un futur radieux pour l'État du Vermont » s'arrêtaient là. La population de Church Street racontait la suite : skieurs, artistes, voyageurs, idéalistes de tout poil, fugitifs, tous venus pour combattre tous les Jake en puissance. On était là aussi. Et nous, on aspirait à quoi, au fait ? À un sanctuaire, peut-être.

Ian finit sa soupe, puis demanda du rab de pain. Il mit deux tranches sur ma soucoupe et beurra les deux autres avant de les dévorer comme s'il allait hiberner.

Il refit surface pour respirer. « Miss Hull, dit-il, faut que je te demande quelque chose.

— Tout ce que tu veux », dis-je. Ma gueule de bois disparut sous la poussée d'adrénaline.

« D'accord, reprit-il la bouche pleine. As-tu excepté Jésus dans ton beurre ?

— Je ne peux *répondre* que si je comprends ce que tu racontes. »

Il roula des yeux et, après avoir dégluti ostensiblement, répéta : « J'ai dit, as-tu accepté Jésus dans ton cœur ?

— Non. » Retour de la gueule de bois. Je ne voulais pas qu'il se fasse de fausses idées, ni le fâcher. « Écoute, je pense avoir fait le tour de la question. Pas la peine que tu perdes ton temps. »

Il haussa les épaules. « D'accord. C'était juste pour un devoir qu'on m'a donné à mon cours. Je dois trouver trois témoignages différents. » Ça ne le dérangeait visiblement pas. J'étais soulagée de voir que ce n'était pas, comme je l'avais brièvement craint, la raison de notre présence ici, un plan pervers et minutieux approuvé par ses parents.

« Eh bien, il compte quand même ?

— Probablement. En plus, j'ai prié pour ton âme avant de manger.

— Fabuleux.

— En fait, j'étais censé prier *avec* toi, mais je ne pensais pas que tu serais d'accord.

— Tout juste. » Je désignai alors les bancs d'église tagués et le vitrail derrière le bar. « Peut-être que tu auras un bon point pour m'avoir traînée dans cette charmante cathédrale. » Il roula des yeux. « Bon, j'ai une question à *te* poser. Est-ce que tu aimes ce cours où tu vas ? Les samedis ?

— On a un cahier d'exercices avec des dessins.

— Très bien. Mais est-ce que grâce à ce cours tu te sens mieux ? Ou moins bien ? »

Il enleva ses lunettes qu'il essuya avec sa serviette. « C'est pas le genre de cours que tu crois, dit-il. On n'apprend pas vraiment des choses. Je préférerais un atelier d'arts plastiques.

— Je crois que je vois. Ce ne seraient pas les cours du pasteur Bob ? »

Il eut l'air surpris, puis heureux, et enfin absolument mortifié. « C'est pour les garçons qui n'ont pas encore vraiment grandi. Enfin, qui grandissent peut-être moins vite que les autres.

— Tu es plutôt grand pour ton âge.

— Ouais, mais je ne suis pas, genre… bon en sport. C'est pour m'aider dans ce domaine. Et aussi mieux me débrouiller avec les gens.

— Tu as constaté un progrès en la matière ? »

Il sortit son inhalateur vide de sa poche et aspira les molécules indéterminées cramponnées au fond du pschitt. Il retint sa respiration dix secondes, repliant un doigt pour chaque seconde écoulée. Puis il expira en un petit courant d'air lent et bruyant. « En fait, je le déteste vraiment. »

Enfin, la brèche tant attendue. « Tu sais, dis-je, le pasteur Bob est assez tristement célèbre.

— Quoi, genre criminel ? C'est un criminel ?

— Non, dis-je, même si je l'ignorais. Ça veut simplement dire qu'il a mauvaise réputation. Beaucoup, beaucoup de gens, journalistes, avocats, d'autres pasteurs aussi, pensent qu'il raconte aux gens n'importe quoi. »

Il me braqua avec sa cuillère. D'une voix de présentateur de journal télévisé, il me lança : « C'est une remarque des plus intéressantes, m'dame. »

Je m'engouffrai dans la brèche avant qu'il ne se lançât dans une autre imitation ou une digression sur les avocats. J'avais pensé le formuler autrement, plus vaguement et avec plus de tact. Improviser quelque chose sur les gens qui s'aiment. Mais j'étais fatiguée de nos conversations hésitantes, j'avais la gueule de bois et, apparemment, je venais d'une longue lignée de combattants de la liberté suicidaires. Qui étais-je donc pour rompre avec la tradition ? « Au fond, dis-je, il raconte aux gens que, primo, s'ils sont homos, ils iront en enfer. Deuxio, que c'est un choix d'être gay. Tous les scientifiques réfutent le deuxio. Quant au primo, il se fonde sur deux petits versets de la Bible noyés parmi d'autres détails dont tout le monde se moque. Par exemple, le fait qu'on ne peut manger ni porc ni crustacés ; que les femmes doivent se couvrir la tête ; et qu'on ne peut planter deux variétés différentes dans un même champ. Le pasteur Bob se fiche de tout ça, et il passe sa vie à raconter aux gens qu'ils n'ont pas le droit d'être gay. »

Ian secouait la tête, l'air légèrement irrité, mais je ne savais pas ce qu'il pensait. « On ne parle pas vraiment de ce genre de trucs… chuchota-t-il. Enfin, de trucs genre *homos.* On parle de la famille, et comment être un papa un jour, et quoi faire à un bal, mais mon école n'organise même pas de bal avant la quatrième. Ça devient vraiment énervant. Et puis ma maman me demande systématiquement de lui raconter tout ce qu'on a fait, et elle me crie dessus quand je ne m'en souviens pas. Et puis dans la voiture, quand on rentre à la maison, elle pleure à chaque fois.

— Ah ! » dis-je. Évidemment, si le bon pasteur Bob espérait atteindre ces enfants avant que les « médias profanes » ne le fassent, il n'allait pas aborder le sujet en ces termes. Et si j'approfondissais, c'est moi qui mettrais Ian mal à l'aise, et je le perdrais. En plus, je ne voulais pas me charger de lui annoncer : « Hé, tes parents pensent que tu es homo. Ils ont probablement raison. Les huit à dix prochaines années de ta vie vont être un enfer. »

« Le problème, dis-je, c'est qu'il raconte aux gens qu'ils peuvent changer de nature. Et c'est *faux.* » En disant cela, je présumais que Ian allait retourner là-bas suivre le programme de réhabilitation du Cœur joyeux jusqu'à ce qu'il se révèle être hétéro ou s'enfuie, ou se tue, ou meure d'overdose, ou épouse une pauvre fille esseulée. Désespérant, mais au moins j'aurais essayé. Et j'avais encore le temps, même si on m'arrêtait dans les cinq minutes. Moins déshydratée, j'aurais pu pleurer. « Ce n'est pas vrai ! » répétai-je.

Le visage empourpré, Ian jetait des coups d'œil dans toutes les directions. Je parlais trop fort. Il devait avoir tellement honte qu'il n'avait pas capté un mot de ce que je venais de dire. Après avoir fourré sa serviette dans son bol de soupe vide, il la martyrisait à l'aide de sa fourchette. Je pensai lui présenter des excuses. À la place, je réglai l'addition.

« Les crevettes, c'est un crustacé ? demanda-t-il alors qu'on se levait.

— Oui.

— Le pasteur Bob, je l'ai vu manger une crevette lors d'une fête de Noël.

— Alors, tu vois. »

Une fois dans la rue, Ian — qui respirait mieux — sembla soudain surexcité. Il me tendit ses lunettes de soleil vertes en me disant : « Tiens-toi à distance. Fais comme si tu ne me connaissais pas. Et ne viens me chercher que si j'ai un problème. » Il triturait ses poches pleines de bonbons à la menthe et de cure-dents chipés au pub.

Je m'adossai à la devanture du pub. Le café m'avait réveillée mais pas désaltérée, je me sentais à cran et vidée. Il s'approcha d'un étudiant, le môme qu'on avait déjà croisé, avec ses dreadlocks et sa brindille. Ils échangèrent quelques mots. Je ne les entendais pas mais Ian parlait d'un air sincère, d'une voix pressante et bouleversée. L'étudiant posa son sac à dos par terre avant de s'agenouiller et d'ouvrir une des pochettes latérales. Il donna quelque chose à Ian, lui tapota gentiment l'épaule et s'en alla. Ian empocha ce qui ressemblait à un billet, puis s'approcha de deux adolescentes les bras chargés de courses. Comment choisissait-il ses cibles, évitant les mères de famille, susceptibles de le ramener chez lui sur-le-champ ? Je l'ignorais. C'était sans doute moins de la débrouillardise qu'une tactique de manipulation instinctive. Il aborda un jeune prof, une fille sur un skate-board et deux serveurs qui se reposaient. Vingt minutes plus tard, je fermai les yeux. S'il avait un problème, je l'entendrais.

Je rouvris les yeux et aperçus Ian discutant avec une femme à l'air défoncé, qui trimbalait une guitare. De l'autre côté de la rue, adossé à la vitrine d'une boutique de vêtements pour enfants, se tenait un type. Impossible de vérifier sa voiture, mais le blazer sombre, le jean, les cheveux lissés en arrière et les lunettes de soleil étaient tous identiques. Il tripotait son téléphone comme un chapelet. Il ne fit pas le moindre geste dans ma direction ni dans celle de Ian. Il était assez près de lui pour l'attraper avant moi. Je restai immobile, en équilibre contre le mur, espérant que les rayons pâles et obliques du soleil allaient me rincer des derniers effluves d'alcool. Je serrai mes clés de voiture dans ma poche, au cas où j'aurais besoin d'une arme. Mais Mister Ray-Ban semblait plutôt calme. Je fredonnai mentalement l'air de Mr. Propre, en inventant de nouvelles paroles.

J'en étais désormais sûre, je n'étais pas parano. Qui cela pouvait-il bien être ? Pas un flic, sinon il aurait déjà récupéré Ian. Peut-être un détective privé engagé par Rocky, ou Glenn. Ou par Rocky *et* Glenn. Ou un agent à la solde du pasteur Bob qui surveillait Ian et transmettait ses rapports, ne voulant pas créer d'incident et ainsi donner du grain à moudre à ces satanés médias. Ou un collaborateur de Loloblog ? Non, pas assez jeune et branché. Ses cheveux plaqués découvraient un front dégarni. Et pourquoi pas mon oncle Yuri, vérifiant depuis l'au-delà que je payais pour les péchés de mon père ?

L'homme regarda sa montre, puis entra dans la boutique. Il faisait semblant d'examiner les chasubles et barboteuses dans la vitrine. Je tournai la tête et vis Ian qui se précipitait vers moi.

« Devine combien j'ai ! dit-il.

— Espérons qu'il y ait assez pour dîner. » J'aurais parié sur une vingtaine de dollars. Le môme à la brindille n'avait pas l'air de rouler sur l'or.

« Cent soixante et des brouettes ! » Il sortit de sa poche une grosse liasse de billets, essentiellement des coupures de un dollar. « Le type avec les cheveux sales m'a donné un billet de cent dollars et d'autres trucs, ça aide. Je leur ai raconté que je devais acheter un billet de train pour aller à Boston voir ma grand-mère, et s'ils demandaient pourquoi, je disais que ma mère a essayé de se tuer. Je pense pouvoir me faire plus ! »

Dans le brouillard de ma gueule de bois, je compris que la rue principale de la plus grande ville du Vermont était probablement le pire endroit pour faire la manche. Il y avait forcément des flics partout. « Tirons-nous tant qu'on a encore de l'avance. » De fait, les deux serveurs nous regardaient en discutant. Ils nous prenaient sûrement pour des arnaqueurs. Nous *étions* une arnaque, il ne fallait pas que je l'oublie. On se dépêcha de passer le coin de la rue pour regagner la voiture. De toute façon, notre crédit de parcmètre était presque épuisé. Si notre désaxé nous suivait vraiment, il allait devoir nous retrouver sur la route. Sa voiture était là, à quelques mètres de la mienne, mais aucune trace de lui.

Je ne revis pas le type aux cheveux lissés de la journée. Ni pendant la soixantaine de kilomètres parcourus ni dans l'hôtel bon marché aux tapis humides. Pas plus dans le parking que je surveillais de notre fenêtre que dans le petit restaurant où l'on se gava de gressins gratuits avant de partager une assiette de spaghettis.

Cette nuit-là, je consultai mes e-mails dans l'entrée de l'hôtel en me jurant de ne pas refaire une recherche sur Ian. Très peu de messages mais, en tête de liste, un mot de Rocky posté la veille. Je le reproduis ici intégralement : « J'ai pensé que ça pourrait t'intéresser. Prends soin de toi. » Suivaient des liens vers trois articles. D'abord, celui de Loloblog que j'avais lu. Désormais, deux cent soixante-treize internautes avaient laissé un commentaire. Je ne lus pas ces tirades acerbes et mal informées, des deux extrêmes du spectre politique, qui dérapaient inévitablement en attaques personnelles sur les autres commentateurs. Venait ensuite le papier du *St. Louis Post-Dispatch* repris par Loloblog : « La police d'Hannibal lance un appel à témoins pour localiser un garçon de dix ans disparu depuis dimanche après-midi », et cetera. On y mentionnait l'adresse de Ian, une info qui m'aurait été bien utile six jours plus tôt, et un T-shirt rouge que, Dieu merci, il ne portait pas.

Le dernier lien renvoyait à un nouvel article du *Post-Dispatch* : « Alors que des voix s'élèvent pour dénoncer la maltraitance, le pasteur défend le ministère de "réhabilitation homo". » Impossible de me concentrer sur cet article. Pas à cause de son contenu effrayant, mais parce que j'étais épuisée et si stressée que les mots n'avaient plus aucun sens. Je relus chaque phrase cinq fois avant de renoncer. Je compris quand même que l'article de Loloblog avait incité un groupe Gay-Lesbien-Bi-Trans de St. Louis à manifester devant « l'ancien immeuble de bureaux de trois étages » qui abritait le quartier général des Ministères du cœur joyeux. Ils avaient par ailleurs lancé une campagne téléphonique : des volontaires devaient appeler la hotline du secrétariat de la Famille et de l'Enfance toutes les dix minutes, pour dénoncer les sévices mentaux et sexuels sur mineurs dont on soupçonnait le pasteur Bob. (Le président du groupe de GLBT spécifiait : « Bien sûr, on ne veut pas dire sévices sexuels au sens physique, du moins pas à notre connaissance. Mais nous croyons qu'infliger de graves troubles de l'identité sexuelle à de jeunes enfants peut produire les mêmes dégâts durables que l'abus physique. Et nous croyons que lorsque cette affaire sera jugée, elle créera une jurisprudence essentielle quant à la protection des enfants et des adolescents. » Bien entendu, cette affaire ne finirait jamais devant un tribunal. Même l'auteur de l'article en convenait. Mais vu sous cet angle, on vendait moins de papier.

Le journaliste confirmait que les infos de Loloblog qui faisaient le lien entre Ian Drake et le « Ian D. » disparu du pasteur Bob étaient exactes. Il y avait une brève déclaration des Drake : ils souhaitaient que leur fils soit sain et sauf. « Nous continuons à soutenir le bon travail des Ministères du cœur joyeux », affirmaient-ils.

Après avoir relu le dernier paragraphe pour la sixième fois, je compris que le pasteur Bob avait trouvé une réponse en « prolongeant son actuelle tournée de la

Côte Est ». Apparemment, toute couverture média, si mineure fût-elle, était bienvenue. Le but de cette tournée, semblait-il, était d'organiser et d'exciter les citoyens de la côte opposés au mariage gay, sans cesse moins nombreux dans ces États où les unions civiles évoluaient — lentement mais sûrement — vers des mariages officiels. Quel courage, méditai-je, de marcher sur Boston avec sa haine en étendard. Peut-être qu'en réalité il y allait pour les bars gays. « Nous avons eu Lawson en ligne depuis Brattleboro, dans le Vermont, où il tiendra meeting dimanche soir », concluait l'article. Ce soir.

J'insultai l'ordinateur, ce qui fit glousser des adolescentes qui attendaient à la réception en uniforme de majorette. À l'échelle du Vermont, Burlington est assez loin de Brattleboro. Mais assez proche pour que je m'interroge une demi-seconde sur les vraies motivations de Ian concernant le Vermont. Mais non, quel intérêt de fuir quelqu'un tout en se précipitant vers lui ?

Je regardai de nouveau le message de Rocky. Son « Prends soin de toi » insultant. Il ne signait jamais ses e-mails. Cette mise en garde en forme de petit adieu formel me paraissait sinistre. Comme un « Sois prudente », ou un « Fais gaffe ».

Dans la chambre, Ian avait soigneusement déballé ses affaires. L'avait-il fait tous les soirs ? La nuit précédente, la première où l'on avait partagé une chambre, j'étais au bar lorsqu'il s'était installé. Je le regardai ranger son inhalateur dans le tiroir de la table de chevet, puis sortir de son sac à dos des dépliants touristiques et des prospectus de restaurants récoltés en route. Il les disposa en arc sur la commode avec les livres de Lowry, les guides sur le Vermont et un exemplaire du *Jeu égyptien* provenant de la bibliothèque municipale d'Hannibal. « Je suis désolé de ne pas l'avoir fait enregistrer, me dit-il lorsque je le remarquai, mais, de toute façon, je n'aurais pas eu l'autorisation. J'ai essayé de le lire lorsque j'étais à la bibliothèque, mais ça fait trop peur. La bibliothèque est hantée la nuit.

— Par qui ?

— Probablement les fantômes de bibliothécaires mortes. Pas comme toi, mais des vieilles dames qui ne se sont jamais mariées. »

Allongée sur mon lit ce soir-là, je songeai au merveilleux livre que cela ferait : une bibliothèque hantée par de vieilles dames amicales. Elles planeraient autour des piles de bouquins, laissant des indices dans les livres poussiéreux, aidant trois vaillants amis à trouver le trésor sous le plancher. Quel meilleur endroit qu'une bibliothèque pour cacher un mystérieux objet ? Des milliers d'ouvrages fermés, des centaines d'étagères.

Peut-être ferais-je de même, une fois qu'ils m'auraient descendue, ou lorsque les remords m'auraient emportée. Je flotterais, me faufilerais et hanterais, dispersant les indices tels des flocons de neige. Lorsque des enfants viendraient se cacher, je leur jetterais un sort pour qu'ils pénètrent dans les livres illustrés. Et si les flics, les journalistes ou les pasteurs s'avisaient de venir les chercher, je sauterais hors de mon petit théâtre de marionnettes, et mes doigts fantomatiques leur colleraient une frousse de tous les diables.

30

Où est Ian ?

Tout le monde cherche Ian. Pouvez-vous aider à le retrouver ?

Est-il sous le lit ?
Non ! C'est un chat !

Est-il dans la BobMobile ?
Non ! C'est un moulin à paroles évangéliste !

Boit-il un café avec Shapko l'Ukrainien sur un canapé dans l'appartement haut perché ?
Non ! C'est le patriarche parricide russe !

Est-il dans les toilettes pour hommes de la bibliothèque, chuchotant avec le FBI dans son téléphone portable ?
Non ! C'est Rocky le gentil bibliothécaire !

Tourne-t-il autour de l'hôtel dans une voiture bleue rouillée immatriculée en Pennsylvanie ?
Non ! C'est un homme étrange avec des cheveux lissés et de sinistres lunettes de soleil !

Zigzague-t-il à travers le nord du Vermont avec une prétendue révolutionnaire qui se lance sporadiquement dans des imitations de Julie Andrews ?

Hourra ! Vous avez trouvé Ian !

31
Nord

Au milieu de ces montagnes, mon téléphone n'avait pas de réseau, sinon, j'aurais appelé Rocky pour lui dire que j'avais eu son e-mail et lui demander des nouvelles de Ian. On roulait vers le nord sur la Route 89. Ian se chargeait de la navigation.

« J'espère que ta grand-mère ne vit pas au Canada, dis-je. On en prend le chemin. » On chuchotait dans les rayons d'une petite boutique de campagne, où l'on s'était arrêtés pour se ravitailler.

« Pourquoi on ne pourrait pas aller au Canada ?

— Impossible, nous n'avons pas de passeports. » Le mien était là dans mon sac. « Et on ne te laissera pas passer avec ta carte de piscine.

— Je voulais juste dire que je veux voir le Canada. Avec mes yeux. On ne peut pas faire ça ?

— Il doit y avoir de sacrés bouchons à la frontière. Je doute que l'on puisse en approcher. » Foncer droit sur un contrôle de police était la dernière chose que je souhaitais.

Ian choisit des corn flakes en portion individuelle,

moins chers que ses céréales habituelles, de manière à pouvoir s'offrir des lingettes pour nettoyer ses baskets. Il s'accroupit au milieu de la boutique, devant le petit mur de boîtes aux lettres de poste restante, et il astiqua le cuir blanc des chaussures. « C'est beaucoup mieux », dit-il en se relevant avant de replier la lingette. Le barbu derrière le comptoir, receveur des postes, vendeur de Granola, de gasoil et de *Penthouse*, qui était probablement aussi le maire du coin, haussa un sourcil. « Quelque chose *cloche* avec ce gosse », indiquait l'expression de son visage.

On continua vers le nord au son d'une compilation des années 1990 d'Anya Labaznikov : Nirvana, Pearl Jam et The Cure. Ian respirait bruyamment à côté de moi. Il ne nous restait plus que trois cents dollars, en comptant l'argent du retour, et ces contrées perdues ne semblaient pas indiquées pour faire la manche. À moins de trouver une liasse de cash au bord de la route, on ne tiendrait pas plus de vingt-quatre heures. Des camions étaient garés devant des fermes qui auraient dû être abandonnées cinquante ans plus tôt. Ces ruines aux murs pourris et convexes ressemblaient à des toiles de Dalí.

« La bibliothèque me manque terriblement, dit-il.

— Désolée.

— M. Walters a dit qu'il me montrerait sa médaille de guerre, mais je n'ai jamais pu la voir. »

Mais de quoi pouvait-il bien parler ?

« Le Rocky Walters de la bibliothèque ? Te montrer quoi ?

— Sa médaille de guerre. Il a été blessé au combat.

— Ian », dis-je, avant d'enlever mon pied de l'accélérateur pour tourner la tête et voir son visage une seconde,

« de quoi tu *parles* ? Quelle guerre ? Le M. Walters de la bibliothèque ?

— Ouais, il a fait la première guerre d'Irak ou un truc dans le genre. Je croyais que tu étais copine avec lui. »

Je regardai devant moi la route déserte, les feuilles mortes qui filaient à l'envers tels des homards de dessin animé. « Donc, articulai-je, par blessure, tu entends sa chaise roulante ?

— Ouais. Avant il était tout à fait normal. Ma mère l'a connu à l'école, et quand il était petit il passait la tondeuse dans le jardin de mon grand-père, alors ça prouve qu'il était normal.

— *Putain* mais qu'est-ce que tu racontes ? » dis-je. Et voilà, c'était fait. J'avais juré devant un enfant de dix ans. Classieux. Fabuleux. Ian s'interrompit net et ouvrit un livre. Il se plongea dedans, la respiration haletante. Il avait peur. Peut-être pensait-il que la main de Dieu allait s'abattre sur moi et me châtier, et il voulait faire comme si l'on ne s'était jamais vus.

Je n'avais jamais interrogé Rocky, question de tact. Je pensais être relax et compréhensive en faisant comme si de rien n'était. J'essayai de me souvenir de ce qu'il m'avait raconté sur son enfance, le lycée ou les scouts. Un jour où l'on préparait la Journée des familles, il m'avait parlé de courses de relais en colonie de vacances, et je m'étais imaginé vingt petits garçons dans des chaises roulantes, des cartes de base-ball coincées dans les roues pour faire du bruit. J'avais l'impression qu'il avait délibérément évité toutes les histoires de son enfance. Pas de lits superposés, de jambes cassées ou de séances de natation. Pas d'histoire de voiture non aménagée. Et pas un mot sur l'histoire militaire des États-Unis. L'avait-il fait pour me punir de n'avoir jamais posé de question ? Ou était-ce trop douloureux de parler d'un temps où il se baladait la tête au-dessus du niveau de la ceinture des gens, un temps où il ne vivait pas chez sa mère ?

Toutes les cinq minutes, je demandais à Ian s'il était sûr d'avoir vu une photo de Rocky dans le trombinoscope du lycée de sa mère. Et s'il était sûr qu'il était membre de l'équipe de base-ball. Affirmatif. Je me sentais nauséeuse. Peut-être à cause de la faim. Plus vraisemblablement parce que je comprenais que Rocky et moi n'étions pas du tout aussi proches que je l'avais pensé. Dans mes pires cauchemars, même si Rocky pouvait jouer au détective et résoudre toute cette affaire de gamin disparu, il voulait quand même me protéger. J'avais toujours cru que Rocky était *amoureux* de moi, et il était à peine mon ami. Je n'y voyais plus clair. Il avait été au lycée avec Janet Drake. Et s'il la connaissait bien ? Et s'il avait été son petit copain ? Pourquoi ne m'en avait-il jamais parlé ?

En plus du choc, en plus de mes doutes quant à la loyauté de Rocky, toutes mes certitudes s'effondraient. Si je ne savais pratiquement rien de Rocky, si je ne savais pratiquement rien de mon propre père — bref, si j'étais si peu perspicace, qu'en était-il de mes certitudes sur Ian et sa famille ? Certes, j'avais un jour vu Janet Drake le traîner dans l'escalier tandis qu'il hurlait des excuses. Peut-être l'avait-il mérité. Il avait peut-être étranglé un chat. Et puis Ian m'avait dit que les marques de fourchette sur sa tête, il se les était faites lui-même. De quoi pensais-je donc le sauver exactement ? Un garçon de dix ans fâché que ses parents soient parfois injustes avec lui. Gros traumatisme.

Mais le pasteur Bob, lui, était bien réel. Et Ian s'était effondré cet hiver. Ça, je ne l'avais pas inventé. Je ne pensais pas l'avoir inventé.

J'étais ravie de m'éloigner de Brattleboro, loin de là où le pasteur Bob allait se réveiller. Il se gargariserait de son discours de la veille, puis, dans la BobMobile, partirait vers une autre ville de la Nouvelle-Angleterre ayant besoin d être délivrée de la tolérance. Il ne viendrait jamais si loin au nord, à moins de vouloir prêcher devant les vaches. Autre chose : si je m'étais complètement trompée jusqu'à présent, ne m'étais-je pas fait des idées sur les raisons qui avaient poussé Ian à choisir le Vermont ? Bob, ce psychotique refoulé, avait-il manipulé de jeunes garçons ? leur intimant de le retrouver en route, par tous les moyens ? L'un d'entre eux avait-il alors forcé une jeune bibliothécaire naïve à faire le taxi ? Ça n'avait aucun sens. Cela dit, la logique semblait avoir déserté mon monde.

Ian n'avait pas dit grand-chose depuis mon juron. Pour me faire pardonner, et pour m'éloigner un peu plus du pasteur Bob, je lui dis : « Je te propose un marché. On va *aller* voir le Canada. On va tâcher d'apercevoir tout ce bacon, ces oies et ce hockey sur glace. Sans oublier leur couverture sociale. » Il me regarda d'un air absent. J'étais vraiment odieuse. Fatiguée, déshydratée et affamée, je marchais à l'adrénaline. Pas une raison pour lui parler comme ça. Pour la première fois depuis plusieurs jours, je pris une profonde inspiration. « Mais avant tout, dis-je, il faut que l'on trouve ton médicament. Normalement, dans quelle pharmacie vas-tu ?

— Walgreens, à Hannibal.

— D'accord. » La veille, dans un rare moment de clairvoyance, j'avais cherché sur Internet les Walgreens dans le Vermont. L'État en comptait trois. La première, très loin au sud, à Rutland, la deuxième à Brattleboro, où l'on risquait de croiser le pasteur Bob en personne, et la dernière au milieu de nulle part, à soixante kilomètres à l'est.

Je savais qu'on ne devrait pas s'attarder plus de vingt-quatre ou quarante-huit heures dans le Vermont, même si on avait assez d'argent pour y rester plus longtemps. L'ordinateur de Walgreens n'était sûrement pas relié à celui de la police d'Hannibal, cependant, en utilisant l'assurance maladie des Drake, on laisserait des traces. Mais si on quittait le Vermont, ça les mènerait sur une fausse piste.

Une heure après, au comptoir de la pharmacie, je donnai le vrai nom de Ian. On s'assit, et tandis que Ian feuilletait une brochure intitulée *Bon appétit* (en ponctuant chaque illustration d'un « Miam ! », d'un « Beurk ! » ou d'un « Miam-miam ! »), je paniquai en silence. Pourquoi attendait-on si longtemps ? Nous retenaient-ils jusqu'à l'arrivée de la police ? Combien de temps ça prenait pour apporter un simple inhalateur ? Ce n'était pas comme s'il s'était agi de compter une montagne de cachets.

Vingt minutes plus tard, on nous appela. Trente dollars de tiers payant, plus soixante-quinze cents pour la barre chocolatée qui me ferait probablement office de déjeuner. On me demanda si j'avais des questions à poser au pharmacien. Non. Des tas de questions pour l'éthicien, mais aucune pour le pharmacien.

Tandis qu'on sortait, Ian secoua trois fois l'inhalateur avant de le porter à ses lèvres et de gonfler les joues comme un poisson-ballon. Le problème de l'ordonnance si facilement réglé, je compris que j'aurais dû m'en occuper bien plus tôt. Je m'en voulais d'avoir attendu. Mon tempérament révolutionnaire manquait de courage russe, ou au moins de témérité, qui aurait été plus utile que mon instinct maternel judéo-américain. Imaginez Woody Allen menant la Charge de la brigade légère. C'était moi.

Ma clé ne rentrait pas dans la serrure de ma voiture. J'essayai de nouveau, Ian tirant sur la poignée de la portière côté passager. Je m'acharnai, bêtement. Puis Ian demanda : « Pourquoi il y a cinquante gobelets en plastique sur la banquette arrière ? » On détala vers *ma* voiture, garée un peu plus loin. Ian s'engouffra à l'arrière. Je me dépêchai de rejoindre la rue principale, puis plein nord pour sortir de la ville. Ian pensait sans doute que l'on fonçait pour échapper au regard du propriétaire de la voiture qui nous avait sûrement vus tandis qu'il attendait son tour dans la pharmacie. Je craignais qu'il nous ait vus moi aussi, mais pour des raisons bien plus sinistres. Son incompétence me soulageait : sortir de sa voiture pour acheter des articles de toilette alors qu'il était censé ne pas nous lâcher ! Ou peut-être nous avait-il suivis à l'intérieur pour nous appréhender, nous prendre en photo, ou s'emparer de Ian. Je préférai me représenter Mister Ray-Ban remplissant son petit panier vert de coton et de gel pour les cheveux, ignorant qu'on était partis.

Une bonne chose, cette décision de quitter le Vermont. D'un autre côté, *exit* le prétexte d'une urgence médicale pour ramener Ian chez lui. Je n'avais plus aucune excuse pour me débarrasser de lui en vitesse. Je pouvais toujours tenter ma chance : lui demander, nonchalante, s'il était prêt à rentrer à Hannibal. Il fallait attendre le moment propice. Si je posais la question plus d'une fois, il se braquerait à coup sûr. De plus, il fallait que l'on en ait *fini*. Fini quoi, je l'ignorais. Fini de le réparer. De le sauver.

Je cassai en deux la barre chocolatée et lui tendis une moitié. J'en croquai un petit coin, comme Charlie Bucket, et le laissai fondre sur ma langue. Quel délice, cette douceur qui avait causé la perte de ma famille. (« En Russie soviétique, le chocolat *te* mange ! »)

Ian l'engloutit en deux bouchées. « Je me sens bien mieux maintenant, dit-il. Mais, Miss Hull ?

— Oui ?

— Je ne sais pas pourquoi, mais j'ai un peu de mal à respirer, et on dirait que tu sens la fumée. »

32

Sornettes

Vers onze heures, tandis que les noms de villes prenaient des tonalités françaises, Ian se pencha en avant et posa un billet de cinquante dollars sur mon épaule. « Je crois que tu as perdu ça, dit-il.

— Il était où ?

— Il dépassait, là. » Il parlait du filet derrière mon siège.

Je pris le billet et fixai Ulysses S. Grant comme s'il allait me révéler d'où il venait. « Ça doit être une partie de l'argent que tu as récolté dans Church Street, dis-je.

— Non. Ce type m'a donné cent dollars en un seul billet. Les autres ne m'ont filé que des coupures de un dollar. »

Ian l'avait-il volé dans la caisse de la boutique perdue en pleine cambrousse ? Ou l'avait-il toujours eu, soigneusement planqué dans son sac à dos ? Le billet le plus neuf et craquant que j'avais jamais vu, aux coins encore pointus. S'il était passé, ne serait-ce que cinq minutes, entre les mains d'un gosse de dix ans, il n'aurait pas ressemblé à ça. Par ailleurs, impossible qu'il soit resté deux ans dans ma voiture sans que je le découvre. Très peu probable que ce fût une relique du mangeur de fast-food fan de football australien. Je ne voyais qu'une solution : il était à Glenn. J'avais toujours verrouillé la voiture, même dans les minuscules parkings du Vermont. Je posai le billet sur le tableau de bord comme un porte-bonheur.

La route menant au Canada était une petite nationale champêtre bordée de fermes. Je devinai un Ian impatient derrière moi, refusant d'admettre qu'il s'ennuyait. La vision de la frontière canadienne ne valait peut-être pas les vingt minutes de route supplémentaires. Il me montra une grande église blanche au loin, à l'est. « Une grosse église verte ! » cria-t-il. Il avait remis les lunettes. « Allons-y !

— D'accord », dis-je. Je m'engageai sur une route qui y menait. Sans doute la dernière échappatoire avant la frontière. J'étais ravie de ne pas m'en approcher plus, de ne pas exécuter un demi-tour suspect devant des gardes frontières lourdement armés et très bien informés.

« En plus, dit-il, on est dimanche. On pourra peut-être assister à la fin de la messe.

— On est lundi, dis-je. On est partis depuis une semaine.

— Tu m'as laissé rater la messe ! » se plaignit-il. Pas une joyeuse stupéfaction, comme on pouvait s'y attendre de la part d'un enfant. Il avait l'air sincèrement horrifié, comme si j'avais tenté de l'empoisonner.

« J'ai compris, on y va de ce pas. »

Quelques détours plus tard, on atteignait l'église. De près, elle était moins grande et moins blanche que je ne l'avais imaginé. Sale au point d'en être presque grise, elle était encore parée de ses décorations de Noël, trois mois auparavant. Les guirlandes et autres couronnes marron tombaient en lambeaux. Les nœuds rouge vif ressortaient sur les aiguilles délavées. À côté de l'édifice, un petit cimetière aux stèles minces comme des pelures d'oignon que plus personne ne se donnait la peine d'entretenir. « Paroisse de Sainte-Bérénice », indiquait un panneau. « Bienvenue à tous ! » Quelle riche idée, de traverser la moitié du pays avec cet enfant, tout ça pour le conduire vers une église catholique ! Comment faire machine arrière ? Il avait l'air si heureux, rebondissant sur la banquette arrière tandis qu'on se garait sur le parking désert entre l'église et le cimetière. Je coupai le contact et enfilai mon manteau. Ian, affublé de ses lunettes vertes, s'enfonçait déjà dans la neige fondue pour atteindre la porte latérale. Il sonna à l'interphone avant de prononcer quelques mots. Le temps que je le rejoigne, la porte bourdonnait et Ian la tirait d'un coup sec des deux mains. On entra et il frotta ses chaussures sur le paillasson.

Un homme maigre et pâle, vêtu d'un jean, d'un pull rouge et d'un col romain, apparut dans le couloir, l'air légèrement surpris. Il nous observa en marchant, intrigué par ces visiteurs. À trois mètres de nous, il tendit la main à Ian. « Je suis le père Diggs », dit-il, en agitant le bras de Ian, avant de me serrer la main. « Ou père Oscar, si vous préférez. Ou juste Oscar ! » Un père Diggs aussi près d'un cimetière, c'en était presque trop dickensien pour être vrai[1]. Mais il était là, grand et grêlé et dégingandé. « Excusez ma familiarité. On n'a pas beaucoup de visi-

1. *Dig* : creuser. *(N.d.T.)*

teurs pendant la semaine. C'est une petite paroisse. » Il nous fit un large sourire, réajusta son pull sur ses épaules noueuses, et enchaîna : « J'imagine que vous êtes venus voir le doigt. »

Ian me regarda, puis ses yeux se posèrent sur le prêtre. Je cueillis les lunettes vertes sur son nez. « Oui, dit Ian. On aimerait vraiment voir le doigt. » Déconcertée, j'acquiesçai, contente que Ian prenne les choses en main. Je paniquais à l'idée que le prêtre propose à Ian de se confesser et que, dans le secret du confessionnal, il dise au père Diggs qui nous étions vraiment.

Le père Diggs me sourit par-dessus la tête de Ian. « Je m'en doutais. Je suis toujours heureux de le montrer. Vous avez lu le guide ? Quelqu'un en a parlé dans un guide touristique. Suivez-moi dans le sanctuaire, vous pourrez jeter un œil pendant que j'irai chercher les clés. » On lui emboîta le pas. D'une pichenette, il releva quatre interrupteurs, et le narthex s'illumina autour de nous.

« Vous êtes du coin ?

— Oui, dit Ian. On vient de Concord, la capitale du New Hampshire. Mais notre famille n'est pas catholique. Nous sommes protestants. On voulait simplement voir le doigt, par curiosité. »

Le père Diggs se dirigea vers une longue table sur laquelle s'étalaient des piles de dépliants et de prospectus. Il nous tendit deux feuilles roses : *La légende de sainte Bérénice.* Difficile de déchiffrer ces lettres gris clair passées à la moulinette d'une photocopieuse.

« Personnellement, dit-il à mon intention, je ne sais pas grand-chose sur cette relique. Je suis arrivé ici en 1992, et c'était déjà de l'histoire ancienne. Croyez-moi ou non, je venais d'Omaha, dans le Nebraska. Une sacrée trotte. J'ignore encore comment j'ai fini dans ce bel État qu'est le Vermont. Vous m'avez dit Concord, c'est ça ? C'est une chouette ville. » Il ouvrit les immenses portes menant au sanctuaire : des bancs en bois sombre, de vastes vitraux devant et les stations du chemin de la Croix sur les côtés. On suivit le père Diggs dans l'allée centrale. « Une offrande faite au début du XXe siècle par un paroissien prospère revenu d'un périple en Europe. Il a ramassé le doigt quelque part en France. » Je réussis à ne pas rire. « J'ai tendance à penser que si on le lui a vendu, c'est que les vendeurs n'y tenaient pas beaucoup. Ou peut-être mouraient-ils de faim ? Il a perdu de son intérêt, mais les vieilles femmes de l'église y sont très attachées. Vous comprenez, elles ont grandi avec. » Nous arrivions au bout de la nef. « Excusez-moi une minute, dit-il, je dois d'abord lui faire un brin de toilette. Jetez un œil en m'attendant. »

Il ouvrit une petite porte derrière la chaire, puis se courba pour passer. Je baissai les yeux sur Ian, son visage strié par les couleurs des vitraux : ses joues jaune, bleu et orange, marquées de zones d'ombre. Je le laissai là et m'engageai dans la nef latérale.

Je ne savais pas où le chemin de la Croix était censé commencer. Je l'observai donc dans le désordre. Le Christ rencontrant sa mère. Le Christ tombant pour la première fois. C'était assez vilain et le Christ ressemblait à s'y méprendre à John Lennon. Ian me suivait du regard. S'attendait-il à me voir transcendée par une espèce de révélation religieuse ?

Mon sac bipa, deux fois, le son résonnant dans tout le

sanctuaire. Ian bondit en arrière et retira ses mains de l'autel, convaincu d'avoir déclenché une alarme. Un message, et une barre de réseau. Je fis un pas en avant et la barre disparut. Je reculai, rien. Je brandis alors le téléphone devant moi telle une baguette de sourcier des temps modernes. Je finis accroupie contre le mur voûté d'une petite alcôve en pierre. Ian était occupé à baisser les agenouilloirs des bancs. J'entrai mon code et écoutai la messagerie.

« Lucy, allô ? Lundi matin et tu n'es toujours pas rentrée. J'imagine que je parle à ton répondeur. Tu n'as pas idée du mal que j'ai eu pour trouver ce numéro. Rocky a dû le chercher parmi des montagnes de dossiers et autres papiers. L'enfer ! Pour tout le monde. »

J'éloignai Loraine de mon oreille, gardant le téléphone parfaitement immobile pour ne pas perdre le signal.

« Et j'ai besoin de savoir exactement quand tu comptes rentrer, Lucy. En bas, c'est un vrai chaos. Ce type qui fait toutes sortes de trucs avec ses ballons gonflables s'est pointé hier, et personne ne savait qu'il venait. Par ailleurs, Rocky m'a dit qu'il t'avait raconté pour la famille Drake. Apparemment la maman a suggéré aux enquêteurs d'aller voir Sarah Ann. Dieu seul sait pourquoi. J'ai dit au type que c'était *toi* qui t'occupais des enfants, pas Sarah Ann. Et tu n'es même pas là, ça nous met vraiment dans l'embarras. Sarah Ann refuse catégoriquement de s'occuper de l'atelier de lecture vendredi prochain. La semaine dernière, les enfants se sont comportés comme des monstres avec elle. Je vais devoir m'en charger moi-même si tu n'es pas rentrée. Tu sais que j'adore travailler avec nos petits chérubins, mais, tu t'en doutes, je suis *débordée.* »

Fin du message. Pas d'adieu, pas d'ultimatum, sauf à considérer l'atelier de lecture coaché par Loraine comme une menace. Trop occupée à tenir le cap de mes divers mensonges, j'avais oublié un détail crucial de l'histoire originale : je serais de retour lundi. J'envisageai de la rappeler, mais pour dire quoi ? Ne voulant pas perdre l'unique barre de réseau, ultime chance de communiquer avec le reste du monde, je composai le numéro de Tim.

« Lucy, dit-il, où *es*-tu ? »

Je lui racontai la même histoire qu'à Rocky et Glenn : la moelle osseuse, Chicago. Je précisai que je serais rentrée chez moi pour le week-end.

« Hier, ton téléphone fixe n'a pas arrêté de sonner. J'ai fini par entrer pour le débrancher. Ça nous rendait dingues.

— Ah, je suis vraiment désolée.

— Et puis un type qui te cherchait est passé.

— Un mec en fauteuil roulant ?

— Non. Et c'était pas non plus ton petit copain. Un vieux, dans le style Charlton Heston. Il connaissait ton deuxième prénom et tout ça. Tu es sûre que ça va ?

— Il s'est présenté ? Est-ce qu'il avait les cheveux noirs ?

— Non, blancs. Comme Charlton Heston. Il m'a laissé un nom et un numéro de téléphone, mais je les ai jetés. Je l'ai pris pour un pervers.

— C'est sans doute un ami de mon père, dis-je, même si je savais que ce n'était pas le cas. Il a des copains bizarres.

— Mais toi, ça va ?
— Ouais. Il n'est venu qu'une seule fois ?
— Oui. Tu as des ennuis ? »

En toute logique, ce devait être le flic qui était passé à la bibliothèque. Il ne négligeait aucune piste. Loraine lui avait probablement donné mon adresse. Si Rocky avait découvert le pot aux roses et s'était confié à la police, l'affaire aurait fait la une de la presse locale et un avis de recherche aurait été diffusé. Pas un type frappant un unique coup à la porte. Cependant, ça signifiait que mon nom était apparu sur leur écran radar. Ça ne me plaisait pas du tout.

« Tout va bien. Simplement, ce petit voyage n'était pas prévu.
— Super. Si tu rentres bientôt, sache qu'on part tous en week-end. Nous avons annulé la répétition de vendredi pour aller au truc à St. Louis. Ça nous a paru important. Toute la troupe y va.
— Quel truc ?
— T'as pas vu les affiches en bas ? Sur le gamin qui s'est enfui ? Le rassemblement ?
— Ah, oui. »

La communication fut coupée net. Impossible de retrouver du réseau, ce qui tombait bien. Les murs froids et humides de la petite alcôve me donnaient l'impression de se rapprocher. Aux confins du pays, incognito et injoignable, j'avais pourtant la sensation que le monde se refermait sur moi. Des enquêteurs étaient passés à la bibliothèque et chez moi. *La* personne sur laquelle je comptais, le cœur, l'esprit et la voix exubérante de l'immeuble allait à un rassemblement organisé pour le garçon que j'avais chapardé, l'encourageant sans doute à fuir plus loin encore. Je regardai aux alentours et aperçus Ian. Je m'attendais à voir mon père assis là sur un banc, à côté de Rocky, Glenn, Charlton Heston, Mister Ray-Ban et Loraine. *C'est ta vie,* diraient-ils. *Tu as le droit de garder le silence.*

« Miss Hull ! chuchota Ian depuis l'allée centrale, agitant sa photocopie fatiguée. C'est la seule relique de toute la Nouvelle-Angleterre ! Et dire qu'on est arrivés ici par hasard !

— Quelle chance !

— C'est quoi, une relique ? »

Le visage du père Diggs réapparut dans l'encadrement de la porte. Il toussa poliment. Ian regarda le plafond, se signa (à l'envers, me sembla-t-il) et passa solennellement la petite porte.

« Elle est la sainte de *quoi*? demanda Ian tandis que je les rejoignais.

— Tous les saints ne sont pas en charge d'un truc en particulier. Tu peux la considérer comme la sainte patronne de cette paroisse, et du village où elle vivait en France. » On longea un couloir encombré de boîtes en carton avant de pénétrer dans une petite pièce qui contenait un portant avec des chasubles. Dans un coin s'entassaient les restes du spectacle de Noël : ailes d'ange, bâtons de berger et un tas de linge blanc et sale. Le père Diggs recula vers le mur en brique et quelque chose qui ressemblait à un aquarium, masqué par un petit rideau pourpre. Il se frotta les mains. « Bien, dit-il, la voici. »

Il tira le rideau et actionna un interrupteur. Une lumière fluorescente bleuâtre grésilla dans l'aquarium. Ian colla son nez contre la vitre. Entre ses cheveux parcourus d'électricité statique, je tâchai d'apercevoir quelque chose. Un coussin bleu délavé trônait au centre. Dessus, une petite saucisse blanche et flétrie.

« Il a encore un *ongle* ! » couina Ian. Le père Diggs se pencha et étudia la relique. Prise de vertiges, je m'appuyai contre le mur froid.

« Non, dit le père Diggs, à mon avis ce n'est pas un ongle. Le doigt pointe dans l'autre direction.

— Pourquoi ? »

J'avais les yeux fermés, j'écoutais mon pouls.

Le père Diggs resta silencieux un moment. « Je crois me souvenir qu'ils ont fait en sorte que le doigt indique le sud-est, vers la Terre sainte.

— Il peut aussi indiquer le nord-ouest, dit Ian. Le chemin à parcourir serait juste plus long pour rejoindre la Terre sainte. »

Le père Diggs rit. « Un bon point pour toi.

— Je pense que c'est vraiment un ongle. Miss Hull, *regarde*. Tu ne crois pas ? » J'ouvris les yeux, surtout pour voir si le père Diggs avait remarqué que Ian ne m'appelait pas maman. Ils fixaient la vitrine, en partie embuée par la respiration de Ian. Ce doigt pouvait indiquer le Canada, le Mexique, la Russie ou Jérusalem, je m'en moquais. Quelle que soit la destination, on ne serait en sécurité nulle part. Impossible de s'arrêter. Et comment interpréter un doigt pointé, sinon par un *allez, allez, allez* ?

« Tu ne crois pas ? répéta-t-il.

— Je n'en ai aucune idée. »

Le père Diggs posa les yeux sur moi. « Hé là, dit-il en me saisissant par le bras. Jeune homme, je crois qu'il vaut mieux que l'on fasse prendre l'air à votre amie. »

D'une chiquenaude, Ian éteignit la lumière. Puis il se signa de nouveau et ramassa mon sac là où je l'avais laissé tomber.

« Je suis désolée, dis-je au père Diggs, tandis qu'il me soutenait pour passer la petite porte et remonter l'allée centrale.

— Ce n'est rien, ce n'est rien. C'est pour ça qu'on le garde à l'abri des regards. Les gens sont contents de savoir qu'il est là, mais ils ne veulent pas le voir toutes les semaines. »

On franchit la porte principale, et la brise fraîche me fit le plus grand bien.

« Tu pourrais t'allonger dans la neige », dit Ian. Mon sac, qu'il portait en bandoulière, heurtait sa hanche en cadence.

« Je me sens beaucoup mieux. » J'espérais que je retrouvais des couleurs.

« Je ne pense pas que ce soit une très bonne idée de conduire. » Le père Diggs me tenait par le coude.

« Je pourrais conduire ! proposa Ian.

— Non, pas question ! » dis-je, adossée contre la grille du petit cimetière.

Je fermai les yeux, puis les rouvris sur le père Diggs qui me souriait. « Respirez un bon coup, dit-il. Vous êtes sûre que ça va ? Regardez, je vais vous montrer quelque chose d'amusant. Vous voyez, là-bas ? » Il indiqua le bas de la colline sur laquelle on se trouvait. À environ un kilomètre vers le nord, on distinguait un ensemble de grands édifices, non loin de la route principale. Pas des corps de ferme. Des voitures, ainsi que des camions chargés de bois, étaient arrêtés. « C'est le poste frontière. L'Amérique s'arrête là. »

Ian fixa l'endroit à travers ses lunettes vertes, repêchées dans mon sac. « C'est vraiment bizarre. Je croyais qu'il y avait un mur ou quelque chose.

— Tu n'imagines pas ce qui arrive à *cette* route, dit le père Diggs. Un ou deux kilomètres plus au nord, elle s'arrête net au milieu d'un champ. Il y a des arbres et la frontière réelle. Ils fauchent de temps à autre pour que ça reste dégagé. De l'autre côté, la route redémarre. Mais là-bas, elle s'appelle Rue de la machin-chose. Ici, toutes les routes finissent comme ça. Dans le Nebraska, elles continuent à l'infini. Je ne m'y habituerai jamais.

— Ça va aller, dis-je. Je suis juste un peu impressionnable. Merci beaucoup pour votre temps. » Je me sentirais mieux une fois qu'il aurait regagné ses pénates, nous laissant seuls sous le soleil pâle parmi les herbes mortes.

« Prends soin de cette charmante demoiselle, dit le père Diggs en souriant à Ian. Revenez quand vous voulez. On ne sort pas le doigt pendant la messe !

— On est protestants ! lui lança Ian. Mais merci quand même ! »

33

Ô Canada !

Quelques minutes plus tard, je réussis à rejoindre la voiture pour m'asseoir sur le capot. Le temps se réchauffait. Je me sentais bien sous les rayons du soleil à observer la frontière.

Nous étions silencieux, ce que j'appréciais. Sans conviction, je tentai de bouger mes pieds vers le nord. En vain, comme je m'y attendais. Ils restèrent plantés sur le pare-chocs de la voiture. Plusieurs visions ridicules se superposèrent dans mon esprit : Ian et moi marchant vers le nord, dans les collines, au son d'un chœur de bonnes sœurs nous invitant à poursuivre notre rêve ; moi qui franchissais la frontière, abandonnant Ian aux douaniers ; les cavaliers de la police montée canadienne formant une espèce d'arche avec leurs épées pour que l'on passe dessous. Beaucoup plus sérieusement, je me demandais ce qui arriverait si l'on se dirigeait vers ce poste frontière. Ian devrait se cacher dans le coffre. Il faudrait que je sois prête à ce qu'ils fouillent la voiture et le découvre. Je leur sortirais alors une histoire quelconque : je fuyais un mari violent et mon fils n'avait pas son passeport, nous allions passer quelques semaines chez mon oncle Yuri, le temps que la décision de justice soit appliquée.

Pourquoi le Canada m'obsédait-il ainsi ? Je l'ignorais. Cette nation et la mienne avaient des conventions d'extradition. Les Canadiens n'étaient pas plus libres ou heureux. Peut-être moins enclins à l'extrémisme religieux. Et plus accueillants avec tous les Ian du monde, mais moins avec les pasteurs Bob. Enfin, pas tant que ça. J'avais grandi en entendant toutes ces histoires d'expatriés, passant les frontières avec pour seul bagage les vêtements qu'ils avaient sur eux. J'en avais tiré une vision romantique de l'âge adulte : à vingt ans, on se devait de tout laisser derrière soi pour tout recommencer. De préférence en zigzaguant entre les balles dans un champ de mines. Abandonnant une mère inconsolable. Mais comme Leo Labaznikov l'avait justement fait remarquer : « En Amérique, il ne reste plus aucun endroit où fuir. » J'étais née trop tard.

Une voiture passa sur la petite route : bleu métallisé, rouillée et japonaise. Cheveux noirs, lunettes de soleil noires. Le conducteur roulait à une trentaine de kilomètres à l'heure. Il ne nous regarda même pas. Il disparut derrière la colline.

« Une seconde, j'ai presque cru que ce type avait volé notre voiture, dit Ian. Et puis je me suis rendu compte qu'on était assis dessus ! »

L'homme repassa dans l'autre sens et regagna l'axe principal, en direction du sud. S'il voulait récupérer Ian ou me descendre, c'était le moment ou jamais. Quelle que fût son intention, je souhaitais qu'il en finisse au plus vite. Ian dit : « Il a dû faire demi-tour à la fin de la route. »

Je m'allongeai sur le capot encore tiède, plus chaud que l'air ambiant. Je regardai la circulation sur la route principale. Après la réélection de Bush, des tas de gens avaient prétendu vouloir se réfugier au Canada. Je ne connaissais personne qui l'avait fait. Tim et ses amis comédiens le criaient haut et fort lorsqu'ils étaient saouls. J'imaginai que tous ces conducteurs de camions et de Subaru se lançaient à l'aventure vers une nouvelle vie — les poches pleines de monnaie canadienne et les oreilles saturées de chants de liberté. Des pionniers partant coloniser le Canada pour en faire une nouvelle Amérique, terre de tous les possibles. Ils camperaient dans les prairies et sur le littoral. Vivraient de morue et de mouettes. Je les rejoindrais. Je laisserais Ian, non pas aux douaniers mais à la porte du presbytère. Puis je rattraperais mes potes pèlerins.

Un secret hérité de mon père me poursuivrait : on emporte toujours un peu de son pays natal avec soi. Vous pensiez pouvoir fuir la Russie ? Vous vous retrouvez à voler du linge et acheter au marché noir des cigares, fer de lance du communisme cubain. Vous pensez pouvoir fuir l'Amérique ? Allez-y, essayez !

Qu'est-ce que trois Américains ? Une révolution. Qu'est-ce que deux Américains ? Une nation divisée. Qu'est-ce qu'un Américain ? Un fugitif sans destination précise.

Je garderais mon secret pour moi et observerais la suite prévisible. Nous autres colons, on revendiquerait une ville sur une colline. On pousserait gentiment les Canadiens de souche vers des réserves dans le Yukon. Les plus sympas nous apprendraient à forer pour trouver du pétrole. Ils nous céderaient Montréal contre de la verroterie.

Quelques générations plus tard, les authentiques Canadiens seraient très rares. Nos enfants s'habilleraient comme eux pour Halloween. Nos bases de loisirs auraient pour noms ceux de leurs chefs déchus.

Notre courageuse petite nation grandirait. Réchauffement de la planète oblige, notre climat deviendrait tropical. L'Amérique, roussie et obsolète, sombrerait dans le désespoir. D'autres nations jalouseraient le Nouveau-Canada. Nos enfants ont de belles dents, et alors ? Nous répandons notre glorieuse lumière sur le monde, et alors ? *Quelqu'un* doit dominer le monde.

Assez vite, notre président invoquerait le droit divin et bombarderait à tout-va. On développerait alors un profond dégoût de nous-mêmes.

Les choses deviendraient merdiques, les arbres de plus en plus rares.

Certains d'entre nous, les rêveurs, embarqueraient sur des rafiots et mettraient les voiles vers le Groenland, terre de tous les possibles. Les deux cents premières années seraient merveilleuses.

Ces deux derniers jours, je me berçais de l'illusion que c'est moi qui décidais — se battre ou s'enfuir, rester ou partir —, alors que Ian avait mené la barque depuis le début. Et la fin de notre voyage ne serait pas le cul-de-sac de cette route du Vermont, mais ce que Ian déciderait.

« Écoute, dis-je finalement, comment s'appelle la ville où ta grand-mère habite ? » J'attendis la débâcle.

« Mankton », dit-il, en glissant du pare-chocs. Il me souriait de toutes ses dents, comme s'il avait gagné à un jeu. Que ferait-il une fois sur place ?

« Très bien, allons-y.

— On y est ! » Il claqua des dents comme un singe. « Vraiment, je suis *impatient* de voir ma grand-mère !

— On y est ?

— Tu n'as pas vu le panneau ? Il indiquait : "Mankton, Vermont. Patrie du grand élan de Mankton !" Je l'ai appris par cœur.

— Bon, et c'est quoi son adresse ?

— Au fait, j'ai oublié de te dire un truc. Elle est morte. Je voulais juste me recueillir sur sa tombe. Et devine où elle est ?

— Juste là, dans ce cimetière ?

— Oui ! Probablement ! »

Il recula vers le portail en scrutant le cimetière comme pour se souvenir de quelque chose : un cinéma qui n'aurait pas trompé la plus naïve des apprenties instit.

J'étais de nouveau en mesure de marcher, mais j'aurais bien avalé quelque chose. Je le suivis et poussai le portail branlant : un paysage de touffes d'herbe gelée parsemé de neige fondue. Un petit cimetière, entre trente et quarante tombes. Ian examina les inscriptions sur chaque stèle même si elles semblaient toutes très anciennes. Les sillons gravés un jour au burin s'étaient effacés. Ne restaient que de légères empreintes, comme celles d'un doigt sur le sable.

« Bon, Ian, comment s'appelait ta pauvre grand-mère ?

— Eleanor Drake », dit-il, avant de rouvrir la bouche, comme s'il avait changé d'avis. « Mais elle avait un autre nom, son nom de jeune fille. Mais je suis sûr qu'elle est enterrée ici. Je suis venu quand j'étais petit. »

Je voulais mettre un terme à cette comédie et lui dire que ce mensonge était inutile. Mais il semblait obéir à un plan et n'avait pas l'air acculé. Après tout, qu'il se débrouille. Je ne dis rien, poussée par une curiosité égoïste. Comme lorsque je finissais un très mauvais livre pour enfants juste pour voir comment l'auteur allait sauver la baby-sitter, et son chien, des griffes des pirates. Ian déambulait entre les tombes, lisant à haute voix les épitaphes encore déchiffrables.

« Thomas Fenster ! 1830-1888 ! C'est sûr que c'est *pas* ma grand-mère ! » Il s'arrêta devant une autre et compta sur ses doigts. « Cette fille n'a vécu que jusqu'à six ans ! Elle est sans doute morte dans un incendie ! » Avait-il vraiment besoin de ses doigts pour faire une telle soustraction ? Au vu de ses lectures, j'avais toujours pensé qu'il s'en sortait très bien à l'école. Les maths, ce devait être une autre histoire. Les maths, la logique, des problèmes avec des solutions, ça nc collait pas avec le monde de Ian.

Je l'observais et le suivais, guettant un signe de faiblesse pour lui dire d'abandonner sa fable, car de toute façon je l'aurais emmené au bout du monde.

Cinq minutes plus tard, il s'arrêta devant un mince rectangle de pierre et plissa les yeux. Derrière lui, je jetai un œil par-dessus son épaule. Une stèle illisible, surtout à la hauteur du nom.

« Je crois que ça y est, dit-il.

— Comment le sais-tu ? On ne peut même pas déchiffrer le nom.

— Ah, parce que j'ai déjà vu une photo de cette tombe. Et puis je suis venu ici quand j'étais petit. Et les dates correspondent. » Il indiqua du doigt la seule partie lisible, où était gravé 1792-1809.

« Tu sais, Ian, cette sépulture est très ancienne. La personne est morte il y a deux siècles.

— Eh bien, oui. J'ai aussi oublié de te dire que c'était genre mon arrière-arrière-arrière-arrière-arrière-grand-mère.

— Hum, hum. » Plus que tout, j'avais envie d'aller me coucher. Il s'accroupit devant la pierre. Je me serais bien assise à côté de lui — allongée même —, n'eût été la neige et la gadoue.

« Que dit le reste ? demanda-t-il.

— Je n'arrive pas à lire. » Trois mots sous les dates, dont un qui commençait par un *D* ou un *O*. Au-dessous, quatre autres mots. Le premier et le troisième très courts, le deuxième ressemblant à « ville ».

« J'ai une idée, dit-il. Miss Hull, si tu te mets là, au-dessus, tu feras de l'ombre, et on pourra lire plus facilement. » Il avait raison. Le soleil se reflétait sur la pierre, ce qui n'aidait pas. Je m'exécutai. Une main en visière sur le front, il s'accroupit. « Je pense que le premier mot est "mort". Logique, non ? Parce qu'elle est morte. Le deuxième, on dirait que c'est "défonçant" ou quelque chose dans le même genre. Je suis sûr que la dernière lettre est un *T*. »

Brusquement, je devinai. « Défendant, dis-je. À vue de nez, c'était un soldat.

— Super !

— Ta grand-mère était un soldat de dix-sept ans ? »

Il ne répondit pas. « Bouge pas ! Je n'arrive toujours pas à lire la dernière partie, mais j'ai une idée ! » Il se précipita vers un grand arbre dénudé coincé entre la dernière rangée de tombes et l'église. Il l'escalada.

« Je pense que je verrai mieux d'ici ! »

Et ce fut ses dernières paroles avant de plonger vers la mort, entonna une voix off dans ma tête, mais il se débrouillait comme un chef. Quelques secondes plus tard, il scrutait la stèle depuis une branche basse.

Il secoua la tête. « C'est pas bon. Pourquoi tu n'essaies pas, toi ?

— Hors de question que je grimpe dans cet arbre, dis-je, mais descends me faire de l'ombre, toi. » On inversa les rôles. J'étais sûre des deux premiers mots, et du « ville » dans la ligne suivante. Probablement : « Mort en défendant la ville de ». Je me concentrai. L'ombre glissa sur la pierre, et je distinguai alors un mot lisible. « Ce pourrait être Howe, dis-je, mais je pense que c'est plutôt Havre. Je pense qu'il est mort en défendant la ville du Havre.

— *Elle.* Ma grand-mère était une fille. »

Ian enregistra ce que nous pensions avoir déchiffré. Il me demanda si nous pouvions aller dans une bibliothèque de manière à vérifier les dates et la ville. On remonta donc en voiture, direction ouest puis sud, sans saluer le père Diggs une dernière fois. On tourna le dos à la frontière et ses promesses de vie nouvelle.

Il était encore temps. Je pouvais le mettre dans le coffre et me tirer, ou le laisser à l'église. Pas convaincant. Le manque d'élan encore plus criant que d'habitude. J'avais honte de moi, de mon incapacité à quitter cette Amérique à laquelle rien ne me retenait. Mes parents, certes, mais ils viendraient me voir n'importe où. Ian, mais pas pour longtemps. Aucun ami. Même si j'avais cru le contraire. Qu'est-ce qu'une moitié de Russe ? Une moitié d'Américain. Qu'est-ce qu'une moitié d'Américain ? Une moitié de fugitif.

34

La bataille de Havre

À Lynton, on dénicha une bibliothèque. Un golden retriever dormait dans l'embrasure de la porte. Je racontai à la bibliothécaire, une jeune femme pâle aux cheveux ternes, l'histoire de la tombe. Je l'interrogeai sur les batailles dans le coin au début du XIXe siècle. Elle fixait mon épaule d'un air endormi. « Tout ce que je sais, c'est qu'il y avait des bagarres perpétuelles avec les Canadiens au sujet de la frontière. Certaines disputes étaient mineures, une famille contre une autre. La littérature sur le sujet est rare, mais regardez toujours.

— Avez-vous déjà entendu parler d'une ville appelée Havre ? demandai-je. Ou peut-être Howe ? Ici, dans le Vermont ? »

Elle soupira et regarda l'épaule de Ian. « Bah, tous ces noms ont beaucoup évolué. Parfois, quand ils repoussaient les Français, ils rebaptisaient la ville avec un nom anglais. Celle que vous cherchez, Dieu seul sait ce qu'elle est devenue. Elle a peut-être même disparu. Des foules de colons débarquaient pour cultiver la terre, et après un ou deux hivers ils perdaient courage. Ils abandonnaient parfois des villes entières.

— On a lu des trucs sur le sujet, dit Ian.

— Sans vouloir vous décourager, à mon avis, si vous ne la trouvez pas sur une carte, c'est qu'elle n'existe plus. » Elle nous laissa à nos piles de bouquins.

On y passa l'après-midi, sans que la chance nous sourie. Les livres et Internet semblaient confirmer les dires de la bibliothécaire au sujet des combats incessants à la frontière. On ne chercha pas juste Havre et Howe, mais tous les noms de villes de quatre ou cinq lettres commençant par un *H.* Rien ne collait. On essaya Haven — j'étais à peu près sûre que c'était la traduction de Havre puis Harbor, sans succès. J'étais trop fatiguée pour me lever et chercher un dictionnaire français. Il y avait New Haven, une ville plus petite et moins fameuse que celle de Yale. À une soixantaine de kilomètres au sud. « Je ne vois pas mieux, dis-je à Ian en lui montrant. Lorsqu'ils l'ont conquise, en toute logique, ils l'ont rebaptisée avec un nom anglais. Pour fêter ça, ils lui ont ajouté un "New", eu égard à la nouveauté. » Un raisonnement douteux, mais la vérité importait moins que de satisfaire Ian. Il secoua la tête, toujours plongé dans son livre, et brandit un doigt, comme s'il allait parler. Ce qu'il ne fit pas.

« J'ai une théorie », dit-il enfin vers seize heures. Il enleva ses lunettes et les essuya avec sa chemise. « Je pense que Mankton et Havre étaient la même ville. C'est logique. Parce que quand ils ont gagné, ils ont changé le nom. Pour célébrer leur nouvelle liberté, comme tu disais. La ville dont tu parles n'était même pas près de la frontière, donc aucune raison qu'il y ait eu une bataille là-bas. Et aussi, ma grand-mère est morte au combat, et ils n'ont pas dû la transporter bien loin. Ils l'ont probablement enterrée sur place. Elle devait être toute sanguinolente et amputée aussi. »

Je fermai mon livre, épuisée d'avoir cherché dans l'index une Drake, Eleanor. « Peut-être.

— De toute façon, c'est une héroïne de guerre, et c'est ce qui compte. Elle a aidé à sauver sa ville. »

J'étais contente de le voir heureux, fier de cette ancêtre imaginaire. Ian me souriait comme le faisait Tim lorsqu'il me servait un scénario ridicule aux dénouements absurdes, oubliant qu'il n'était pas réel.

On rangea les livres sur leurs étagères poussiéreuses et on en emprunta quelques-uns.

Comment emprunter un livre sans carte de bibliothèque :

1. Vous, à la jeune ado stagiaire derrière le comptoir : « Je crains d'avoir oublié nos cartes. Je m'appelle Anderson. »
2. La stagiaire, concentrée sur la procédure : « Joan Anderson, ou Jennifer ? »
3. Vous, soufflant sur une mèche rebelle : « Jennifer. »
4. « Est-ce que vous pouvez me confirmer votre adresse ? »
5. « Ah, on vient de déménager ! Je vais vous donner la nouvelle ! »
6. Jennifer Anderson se débrouillera.

Dans la voiture, Ian se cala la tête en arrière, souriant. Je roulais sans but vers le sud-est et songeais à la stèle. Ian s'était inventé une petite histoire, il fallait que je fabrique la mienne. Il y avait plus d'une interprétation. Mourir en défendant... Défendre ses convictions, jusqu'à la mort. Défendre son pays contre tous les pasteurs Bob du monde. Mais qu'est-ce qui m'obligeait à le prendre personnellement comme si un ado était mort en 1809 juste pour m'indiquer une direction énigmatique ?

Peut-être le problème venait-il du fait que je n'avais jamais perçu de signe. Du moins aucun d'intelligible. Mes armoiries familiales, à la double symbolique, étaient trop équivoques : une tête sur une pique ! Ou alors, un commandement : reste chez toi et lis ! Le doigt indiquait l'ouest, l'est, le nord et le sud : chez moi, loin, le Canada, l'enfer. Ici, enfin, malgré son caractère flou, une instruction ferme : Mourir en défendant. Ne pas rentrer à la maison. Ne pas abandonner. Ne pas larguer cet enfant sur les marches de la bibliothèque municipale de Lynton. Combattre, et non pas fuir.

À une trentaine de kilomètres au sud, on jeta notre dévolu sur un motel en voie de désintégration, le moins cher que l'on dénicha. On était presque complètement fauchés, et je n'étais pas sûre que l'on ait assez d'argent pour l'essence jusqu'à Hannibal, ou même pour acheter des billets de bus. Je réglai tandis que Ian fouinait autour d'une petite table où s'étalaient bonbons, cartes, dictionnaires anglais-français, sodas, chewing-gums. Il fourra ses doigts dans la fente du téléphone public en quête de monnaie. Je l'observai pendant que le gérant bricolait sur son ordinateur. Le naturel et la banalité de la scène me frappèrent : Ian hypnotisé par les Snickers, mon coude posé sur le comptoir en bois, son lacet gauche effiloché et impossible à nouer. C'était bien nous. Tous les soirs. Je me présente l'air décontracté. Il zyeute les sucreries. Sa chaussure se fait la malle.

On s'écroula sur les lits avec les livres empruntés. Bizarrement, je me sentais aussi abattue qu'énergique. Je songeai à Tim et à tous ses amis au rassemblement ce week-end, et à ce qu'ils penseraient de moi s'ils savaient. S'ils ne prenaient en considération que mes actes et non leurs motivations ambiguës, ils me prendraient pour une héroïne. Je songeai aussi à la fuite de mon père — la première, vertueuse et affichée, celle du pot d'échappement fourré à la patate et des tracts distribués, avant que Yuri ne meure, avant que les événements ne deviennent plus désespérés que révolutionnaires. Je l'avais dans le sang, dans mes solides veines russes des Hulkinov, ce besoin de lutter. Je me le ferais tatouer dans le dos en prison : Mourir en défendant.

Je jetai un coup d'œil à Ian sur son lit, allongé et tenant à bout de bras *Les vingt et un ballons*. Il en avait déjà lu le tiers. Ses bras et ses pieds étaient crasseux.

« Ian, tu excuseras ma question, dis-je, mais quand as-tu pris une douche pour la dernière fois ? »

Il fronça le nez. « Je n'aime pas les douches d'hôtel. Elles sont glissantes, et c'est très dangereux. Je me suis lavé chez les gens aux furets, tu te souviens ?

— Faisons un marché. Tu prends une douche maintenant, et si dans une demi-heure tu n'es pas revenu, j'appelle une ambulance.

— Quand j'aurai terminé mon chapitre. »

Sans appel. Lorsqu'il pénétra enfin dans la salle de

bains, j'appelai mon père en PCV avec le téléphone de la chambre.

« Tu es à court d'argent ? Écoute, Ophelia, ma secrétaire noire, peut virer mille dollars sur ton compte. D'accord ?

— Je ne veux pas d'argent. » Je n'en étais pas sûre, mais je pourrais toujours changer d'avis.

« Ha ! Mais tu me réclames déjà de l'argent avec cet appel en PCV ! Qui paie la communication ? »

Je lui demandai de ses nouvelles et m'excusai de l'avoir énervé l'autre soir.

« On n'appelle pas les gens quand ils sont saouls.

— Ce que tu as fait est très courageux, je voulais te le dire. Tu aurais pu te servir du passé pour t'attirer les bonnes grâces du Parti, et tu ne l'as pas fait. Je n'ai pas eu le temps de te le dire l'autre soir. »

Mon père baissa d'un ton, signe que ma mère était dans les parages. « Lucy, tu trouves ça héroïque, cette cavalcade de fou avec les patates et mes huit pages absurdes ? Le problème avec toi, c'est que tu lis encore et toujours, mais tu n'écoutes rien de ce qu'on te *dit.* Et tu ne m'as pas compris : ce combat était stupide. Qu'ai-je accompli ? Yuri s'est fait tuer et j'ai gâché des patates. Ai-je mis fin au communisme ? Ai-je obtenu de Khrouchtchev des excuses officielles à ma pauvre mère ? Qui, dans l'histoire, a perdu ses *deux* fils. Parce que après je n'ai pas pu retourner la voir, et elle n'a pas pu sortir. » Ma grand-mère était morte quand j'avais deux ans. Je n'avais jamais vu les choses comme ça : la femme qui perd son mari, puis un fils, et un autre.

Je ne trouvais absolument rien à dire, rien qui ne soit

banal ou susceptible de faire empirer les choses. « Il y a une chose que tu peux faire pour moi, dis-je. Si quelqu'un vient vous voir à mon sujet, oublie que je suis passée à Chicago. J'ai besoin de calme en ce moment, d'avoir la paix. Que personne ne sache où je suis. Comme mes collègues ou d'autres.

— C'est déjà fait ! » Il avait l'air fier de lui. « Une espèce de petit copain a appelé ici. Il n'avait pas une bonne voix.

— Rocky Walters ?

— Oui, un nom ridicule dans ce genre-là.

— Merci. »

Ian sortit de la salle de bains une minute plus tard, les cheveux mouillés et sculptés — une iroquoise. Il avait mis son T-shirt rouge, celui signalé par la police. Difficile de lui demander d'en changer sans lui expliquer pourquoi. Par ailleurs, j'étais trop occupée à en vouloir à mon père de m'avoir crevé mon petit ballon. Il devait se tromper. Il avait peut-être oublié la sensation. Les révolutionnaires ne sont pas jeunes pour rien. Trois *jeunes* Russes : une révolution. Trois *vieux* Russes : un trio dans une cuisine se disputant sur la quantité de chou qu'il faut mettre dans la soupe.

Ian s'allongea sur le lit et se remit à lire, avant de poser le livre sur son abdomen et de fixer le plafond à la peinture cloquée.

« Miss Hull, tu me donnerais pas un peu de monnaie ?

— Il est trop tard pour les bonbons.

— Non, tu n'y es pas, mais je ne peux rien te dire. C'est un secret.

— Combien ?

— Deux dollars. »

La cabine téléphonique du hall me revint en mémoire et je me décomposai. Je lui lançai quand même mon porte-monnaie, m'allongeai et fermai les yeux. Je l'entendis compter les pièces en les empilant puis quitter la chambre.

C'était donc terminé.

S'il voulait appeler la police, il ne m'aurait pas demandé d'argent. À moins qu'il ne sache pas que c'était gratuit. Son instit, ses parents, un oncle, une tante ? Et pourquoi pas la bibliothèque ? Ou le bon pasteur Bob ? Je passai les cinq minutes suivantes à faire la seule chose en mon pouvoir, respirer. C'était fini. S'il revenait et m'annonçait que c'était fini, que quelqu'un était en route pour venir le chercher, alors fin de l'histoire. Impossible de franchir la ligne et de passer au kidnapping réel.

Il revint avec ce que je pris pour un petit annuaire téléphonique. Il déplia la chose sur le lit : un ensemble de lignes, de minuscules lacs, de mots. Une assignation ? Le dessin d'une prison ? Une masse d'enfer rose et vert. En fait, une carte du Québec.

« Non, dis-je en m'asseyant. On ne va pas au Canada. On en a déjà discuté. »

Il roula des yeux. « Tu me prends pour un imbécile ? Je sais très bien qu'ils nous arrêteraient à la frontière. Mais je pense avoir trouvé quelque chose.

— Quoi ?

— Non, lis ton livre. Je t'expliquerai dans une seconde. »

Je m'allongeai, mon livre au-dessus de la tête, malaxant

de l'autre main le polyester spongieux de l'édredon. Tout compte fait, ce n'était pas terminé. Je lisais *Anna Karénine*. Un livre dont je savais dès la première page qu'il finirait mal. Je n'allais pas attendre — en vain — une fin heureuse.

« Ça y est », dit-il. Il se mit à pouffer en rougissant. Il attrapa un oreiller et le mit sur sa tête avec ses deux bras. Ses lunettes tombèrent, et il rit de plus belle.

Je m'approchai de lui. Du doigt, il indiqua un petit point au milieu d'une grande tache verte, à quelques kilomètres au nord de la frontière du Vermont : Havre.

Il me fallut une seconde. « Donc tu crois que tout cela est arrivé, tu crois que ta grand-mère était canadienne.

— *Non.* » Il riait comme quelqu'un venant de toucher le gros lot, ou découvrant le tas de cendres laissé par sa maison partie en fumée. « Tu es vraiment débile. Ils ont *perdu.* »

Il disparut pour se brosser les dents. J'aurais pu pleurer. De faim, de fatigue et de stress. Je cherchais un signe, que la grand-mère soldate nous dise quelque chose. Pas *Sauve-toi*, pas *Aie confiance, il va s'en sortir*, pas *Continue le combat*, mais *Tu vas perdre.* C'était vrai. Et mon père semblait d'accord. C'était la seule chose qui me paraissait claire. Le papier peint de la chambre était flou, les chiffres du réveil une simple bande rouge, et le miroir un point jaune éblouissant. Mais une certitude : impossible de continuer, de faire demi-tour ou de rester ici. Que croyais-tu avec ton sac plein de patates ? Comment pensais-tu que tout cela allait finir ?

Ian sortit de la salle de bains, sa brosse à dents toujours

à la main. « Ce qui est vraiment très drôle, commença-t-il, c'est que *personne* n'avait raison. N'est-ce pas étrange ? Moi, je pensais que c'était la même ville que Mankton, et toi que c'était New Haven, et la bibliothécaire a dit que la ville n'existait peut-être plus. La réponse est complètement différente ! Je pensais que tu pouvais avoir raison parce que tu es vraiment intelligente, et cette bibliothécaire parce qu'elle vit ici. Mais *personne* n'avait raison !

— À part toi », dis-je.

Il y réfléchit. Puis brandit triomphalement sa brosse à dents, avant de faire une révérence.

Il se rallongea, sans reprendre sa lecture des *Vingt et un ballons*, ce qui me surprit un peu. Il avait glissé le dépliant des chaînes de télé en guise de marque-page et, à vue de nez, il attaquait le meilleur passage, le plus excitant, quand la mouette fait un trou dans le ballon à hydrogène et que le professeur s'écrase sur l'île mystérieuse. Mais non, il scrutait la pièce comme si d'autres énigmes allaient se résoudre d'elles-mêmes, d'autres cartes révéler leur mystère.

J'étais complètement paumée. Sans voix et incapable d'agir ou de prendre une décision. Je venais de m'écraser de la hauteur de ma ferveur révolutionnaire. Ian semblait enthousiasmé par sa découverte. Je décidai de me reposer sur lui, une fois de plus. Encourager Ian à mener la barque avait d'abord été un moyen d'apaiser ma culpabilité, moralement et légalement. Désormais, c'était seulement une façon d'échapper à la paralysie.

« Comme tu as réponse à tout, il faut que tu décides de la suite. Financièrement, on est presque à sec. Je peux trouver de l'argent si on en a vraiment, vraiment besoin, mais là, il nous reste à peine de quoi regagner Hannibal. Et pas question de refaire la manche. » Sans l'influencer, je voulais lui fournir un prétexte, s'il était prêt à rentrer chez lui. Toute la journée, j'avais ressenti un étrange sentiment de fin. Fin de notre argent et fin du pays. Et Ian ne m'avait-il pas suggéré que nous en avions fini, en nous laissant trouver sa grand-mère ? Il aurait pu continuer à nous faire tourner en rond dans le Vermont pendant encore plusieurs jours, s'il avait voulu. Il aurait aussi pu dire : « Ah, j'ai dit *Vermont* ? Parce que je voulais dire *Virginie* ! »

Il observait le plafond, songeant peut-être au menu du petit déjeuner le lendemain. « Le truc, c'est que les auditions pour le spectacle de printemps se déroulent la semaine prochaine, et je veux vraiment un rôle.

— D'accord.

— Les rôles principaux sont réservés aux grands, mais je veux y aller, même si c'est juste pour le chœur. On devrait peut-être rentrer maintenant. »

Il continuait de fixer le plafond, sans doute pour ne pas me regarder.

« Miss Hull, je suis désolé de changer de sujet, mais pourquoi la cornemuse joue toujours le même morceau ? Tu sais, comme au défilé ? » Il entama une imitation honnête de cornemuse. Il ne me regardait toujours pas.

« Je n'en ai pas la moindre idée, dis-je. La plupart des compositeurs n'écrivent pas vraiment pour la cornemuse.

— Je vais en mettre dans ma symphonie. Elles auront toute une section de l'orchestre. Ou bien les joueurs de cornemuse se cacheront parmi le public, leur instrument planqué sous leur siège. Ils les sortiront en un éclair, se mettront à jouer et tout le monde sursautera. Mais ils ne porteront pas de kilts, pour ne pas éveiller les soupçons.

— C'est sûr, cela aurait l'air louche. »

À la salle de bains, je me passai un gant de toilette froid sur le visage.

De toute façon, je croyais faire quoi ? L'élever moi-même et l'inscrire dans une école quelque part ? Lui faire cours à la maison ? Nous embaucher dans un cirque ? J'avais toujours vaguement imaginé une fin aussi fantastique qu'illogique à cette histoire, comme Ian et sa grand-mère. Si j'y avais réfléchi plus tôt, on n'en serait pas là. J'avais oublié que les histoires de fuite finissent ainsi. Tout le monde rentre à la maison. Dorothée retrouve le Kansas et Ulysse sa femme, quant à Holden Caulfield, il pénètre par effraction dans son propre appartement. Huck ne rentrait pas à la maison, lui au moins, mais qu'arrivait-il à Jim ? Probablement quelque chose de terrible. Je ne m'en souvenais même plus.

Mais quelle fin heureuse avais-je imaginée pendant tout ce temps ? Elle me hantait comme un rêve à moitié oublié. Une image d'un lieu où l'emmener, peut-être tirée d'un livre : une maison ensoleillée aux murs blancs où les gens s'occupaient des enfants, où ils lui expliqueraient les mystères du monde et le laisseraient rester pour toujours, ou jusqu'à ce qu'il soit assez fort pour affronter ses parents. Ou alors, nous allions tous embarquer sur un joyeux petit navire et bâtir un pays neuf, sur une terre vierge s'élevant de l'océan : une Amérique idéale, enfin ou encore.

35

Amende impayée

Une fois de plus, je me réveillai à quatre heures du matin, la tête sur des oreillers trop fermes, et le cœur battant trop vite. Pour le meilleur ou pour le pire, Ian rentrait chez lui. C'était réglé. Mais moi, j'allais où ? Je me levai et tirai les épais rideaux, laissant les réverbères illuminer la pièce. Sur le parking au-dessous, ma voiture et sa jumelle, côte à côte. Ça ne m'étonnait plus mais j'admirais le travail. Allait-il nous suivre jusqu'à Hannibal ? Et ensuite ? Me livrer à la police pour toucher une récompense ? Et si je ne rentrais pas à Hannibal ? Allait-il me suivre, ou Ian ? Qui suivait-il vraiment ?

Même si je rentrais chez moi, et même si Mister Ray-Ban retournait dans le quelconque meublé miteux d'où il s'était extrait en rampant, je savais que Ian finirait par s'emmêler les pédales. Plus probablement, le pasteur Bob lui tirerait les vers du nez. Et j'attendrais derrière mon petit bureau que l'on vienne m'arrêter.

Sans compter que je n'avais pas vraiment *envie* de rentrer chez moi. Je ne verrais plus Ian, je le savais. On le maintiendrait à bonne distance de la bibliothèque, même si ses parents ne me soupçonnaient en rien. Et si par hasard on se croisait, lors du défilé du 4 Juillet, les choses seraient bien différentes. Moins fortes et plus tristes. Et Rocky ne serait plus mon ami, s'il l'avait jamais été. Et sans Rocky et Ian, je n'aimais même pas mon boulot.

Allongée, j'attendais le lever du soleil. Ian devrait rentrer chez lui seul. Si je le ramenais, il n'était pas impossible qu'à une trentaine de kilomètres d'Hannibal on nous arrête pour le phare cassé que je n'avais toujours pas fait réparer. Les flics reconnaîtraient Ian et même mon père ne pourrait inventer une salade susceptible de nous sortir de là.

Je comptai les cent vingt dollars qu'il restait dans mon porte-monnaie, puis allumai la télé sans le son. Je regardai la chaîne météo : des arabesques de couleur balayaient la nation vers l'est, encore et toujours. Ian se réveilla vers sept heures et j'éteignis la télé. « Tu as déjà pris un bus Greyhound ? » demandai-je.

Non, jamais, mais il en avait déjà vu. Et il se montra très enthousiaste à l'idée de grimper dedans, même lorsque je lui annonçai qu'il devrait voyager seul vingt-quatre heures. Et peut-être descendre à St. Louis et, de là, appeler ses parents ou la police. Je lui dis que je rentrerais séparément. Ma principale préoccupation concernait sa sécurité. Je songeai à lui laisser mon téléphone portable et qu'il le jette par la fenêtre dès le Mississippi franchi, mais il y avait trop de risques que ça foire. Je préférais me dire que Ian allait trouver la plus gentille grand-mère du bus et s'y accrocher tout le trajet. Il avait roulé la moitié de Church Street. Il s'en tirerait bien.

Après avoir déniché l'adresse de la gare routière de

Burlington, on boucla nos sacs. Je ne voulais pas appeler de la réception — ça équivaudrait à livrer le tout bien ficelé à un procureur. Et évidemment, point de connexion dans l'hôtel. Beaucoup de moisissures, mais pas d'Internet. Une seule solution : gagner la station, consulter les horaires et attendre.

En route vers Burlington, on peaufina les détails du plan. Ian, nerveux, frottait ses oreilles avec ses épaules. Ses yeux étaient cernés de noir et je me demandai combien de temps il avait vraiment dormi. Pourtant, il m'avait semblé plutôt dans les vapes entre quatre et sept heures, mais ç'avait peut-être été ses uniques heures de sommeil.

« Tu es certain de ton choix ? » demandai-je.

Et s'il me disait non ? « C'est sûr que j'ai raté plein de devinettes ! » dit-il. Je le pris comme un oui. Ce n'était pas obligé, mais c'est ce que je fis.

Je changeai donc de sujet. « Les gens pourraient *me* chercher, dis-je. Tout de suite, ou plus tard. Même si tu ne dis rien du tout. »

Je vis alors Mister Ray-Ban doubler une voiture derrière nous, et se rapprocher dangereusement. Sa surveillance devenait sans gêne, s'il s'agissait bien de cela. Soit il envisageait de passer à l'action, soit il savait que je l'avais démasqué et avait décidé d'abandonner toute forme de discrétion.

Ian agrandissait un trou sur le genou de son pantalon. « Je *jure* que je ne dirai rien. Mais ils ont peut-être déjà trouvé un indice. Un truc que j'aurais oublié à la bibliothèque, genre une chaussette ou quelque chose, et ils auraient fait un test ADN. »

Oh, mon Dieu !

Des fourmis dans les mains sur le volant. « Ian, tu as rangé tes origamis ? » Inutile de crier.

« Quels origamis ?

— Dans la plante ! Tu te souviens, l'accident d'avion et les gens ? Quand tu étais caché à la bibliothèque ? »

Il se pinçait les lèvres.

« Tu as fait le ménage quand on est partis ? »

Il fit non de la tête.

Devant nous, un camion ralentit pour tourner, et je l'emboutis presque. Mister Ray-Ban m'emboutit presque. Une fois nos esprits calmés et nos ceintures de sécurité détendues, je dis : « Ils penseront peut-être que c'est les restes d'un cours de travaux manuels. Il n'y avait pas ton nom, n'est-ce pas ?

— Les autres dames qui travaillent en bas ne s'en rendront même pas compte. Elles sont un peu débiles.

— Vrai. » Ils n'allaient pas relever d'empreintes sur ces pliages, non ? Et Rocky ne pouvait pas descendre. Pas glorieux de s'en réjouir, mais Dieu merci, impossible pour Rocky de dévaler l'escalier en fauteuil roulant.

On se détendit un petit peu, et Ian se mit à compter les vaches que l'on croisait.

« Une fois que tu seras rentré à Hannibal, dis-je, on pourrait ne pas se revoir avant un bout de temps. »

On n'avait pas encore mis au point l'histoire que Ian raconterait. Il inclina à fond le siège passager et ferma les yeux. J'allais pouvoir réfléchir. On aurait aussi probablement du temps à tuer à Burlington. Si les prochains bus étaient complets, on devrait peut-être passer quelques jours de plus là-bas, campant au milieu de Church Street, volant des quignons de pain sur les tables des cafés.

Je ne trouvai rien de brillant avant d'arriver. J'allais le réveiller en me garant mais il ouvrit les yeux tout seul. Il rassembla ses affaires. Alors qu'il rangeait soigneusement son sac à dos, et un sac en plastique devenu indispensable pour le surplus, j'aperçus tous les bouquins sur le Vermont et ceux de la bibliothèque de Lynton. Je lui demandai de me les rendre.

« Ça pourrait les mettre sur une piste ? » demanda-t-il. Il devenait bon.

« Tu pourras finir *Les vingt et un ballons* à la bibliothèque, dis-je. Je sais que nous en avons deux exemplaires. Et tu dois me promettre que tu vas aussi emprunter *Bilbo le Hobbit.* »

En sortant de la voiture, Ian dit : « Tu sais, cette histoire avec la crevette ? Ça veut dire, genre, les homards et tout ? Les pères pèlerins ont mangé les homards de l'océan Atlantique, non ? Je croyais qu'ils étaient très chrétiens. »

Mister Ray-Ban avait disparu, mais cela n'allait pas durer très longtemps.

« C'est écrit.

— Tu es sûre ?

— Tu pourras vérifier en rentrant. Je crois que c'est dans le Lévitique. »

Il ouvrit la portière arrière et inspecta sous les sièges pour s'assurer de n'avoir rien oublié. Une voix échappée du plancher de la voiture me dit : « Mais c'est juste que… c'est pas possible. »

Une victoire modeste, mais qui me remplit de joie. À long terme, ces crevettes et homards absurdes pourraient se révéler un fossé crucial entre Ian et le pasteur Bob. On traversa le parking vers un petit bâtiment tranquille.

Je repensais à son émerveillement de la veille, lorsqu'il avait réalisé que personne, sinon lui, n'avait percé le mystère de Havre. La révélation universelle de l'adolescence : les adultes n'ont pas toujours de réponse. Le chemin des enfants vers la maturité est long et douloureux. Ian allait le comprendre dans les années à venir. Pour lui, c'était plus qu'une simple désillusion. Cela allait peut-être lui sauver la vie, comme à des milliers d'autres avant lui. Ceux, qui, contrairement à mon ami Darren, avaient regardé ces codes moraux d'un autre temps et les jugements des parents, tantes et prêtres, en disant la même chose : *Non, attendez ! C'est pas possible.*

Je n'étais pas une relativiste morale. Je n'aurais pas pu l'être, sinon, j'aurais laissé au pasteur Bob le choix de ses opinions, et aux Drake celui d'élever Ian comme bon leur semblait. Une chose chez les fondamentalistes m'avait toujours gênée. Ils supposent, lors des débats sur les droits des homosexuels, l'avortement ou le suicide assisté, que vous défendez qu'il n'y a pas de droit absolu. Je crois en un droit absolu ; mais par *leur* droit absolu. À mon sens, les vérités universelles ne sont pas cryptées dans des lois araméennes surannées sur la rotation des cultures, le sang menstruel et autres couvre-chefs.

On s'approcha du guichet dans la gare Greyhound. Ian s'adressa au préposé, un vieil homme souriant, ravi de parler avec un enfant. Un bus partait à 10 h 45, dans une heure et demie, et en changeant deux fois, il arriverait jusqu'à Hannibal, et oui, il restait des places. Ian ne s'en étonna pas — normal, vu qu'Hannibal était le centre de son monde. Pour ma part, j'étais sous le choc. Et je me sentis vaguement insultée, une vraie gifle. Non seulement le destin voulait qu'il sorte de mes griffes et rentre chez lui, mais il le voulait *immédiatement*.

« À quel âge on peut voyager tout seul ? » demanda Ian. J'étais impressionnée — je n'y aurais pas pensé.

« Si le voyage dure plus de cinq heures, il faut avoir quinze ans.

— Ah, parfait, dit Ian très fort. Parce que j'ai eu quinze ans mardi dernier. Et j'ai mon permis de conduite accompagnée ! »

L'homme leva un sourcil à mon intention. J'acquiesçai. Ouais, vraiment quinze ans.

« Vous devez me trouver un peu petit », continua Ian. Je l'adjurai intérieurement de se taire. « Mais c'est parce que je bois trop de café. Ça retarde la croissance. »

L'homme tapotait le comptoir de ses doigts, beaucoup moins amusé. « Je vais avoir besoin d'une pièce d'identité. »

Ian et moi, on se regarda. Je n'étais pas assez riche pour l'accompagner, même si je l'avais voulu. Sans compter que je devrais abandonner ma voiture. Puis descendre du bus avant lui quelque part dans l'Illinois, sans voiture ni argent, et loin de Chicago. « C'est une urgence, dis-je. Sa maman — je ne suis pas sa mère — est très malade. » L'homme secoua la tête.

« Hé ! » dit une voix derrière nous. « Pas de problème ! Je suis arrivé à temps ! » Un fort accent russe.

Mister Ray-Ban, ses lunettes de soleil toujours sur le nez, même à l'intérieur.

Je fixai le front au-dessus des lunettes, les pommettes, les lèvres charnues et la barbe de trois jours : je ne le connaissais ni d'Ève ni d'Adam. Pas un cousin ou un ami de la famille, ni un associé louche de mon père. Il dit au préposé : « Je vais avec ce garçon. On va dans le Missouri, d'accord ? » Mon instinct me commandait d'attraper Ian et de foncer vers la porte indiquant « Réservé au personnel » avant de nous barricader derrière. Mais Mister Ray-Ban avait la main dans la poche de son blazer, peut-être sur une arme.

« Alors, d'accord », dit le préposé en me jetant un coup d'œil, et j'acquiesçai. « Un enfant, un adulte », dit-il. Mister Ray-Ban sortit un portefeuille en croco de sa poche gauche et paya avec trois billets flambant neufs de cent dollars. Ian avait l'air plus terrifié que moi, mais pas très impressionné par tout cet argent ! Je calai mes mains sur ses épaules.

Le vieil homme tendit les billets et le reçu à notre mystérieux Russe et, lentement, on se dirigea tous les trois vers l'autre bout de la station. On se jetait des coups d'œil maladroits pour donner de la cohérence au groupe. Un trio de vieilles femmes bruyantes en T-shirts verts assortis nous séparait désormais du comptoir.

« Écoutez, me dit le type, moi pas lui faire de mal. Ils ont dit à moi que M. Hull me tuera si je le touche. D'abord, moi pas vouloir le toucher, d'accord ? Je vais juste m'asseoir à l'arrière du bus. Je serai comme Rosa Parks, d'accord ? Oui ? À l'arrière du bus. Moi pas vouloir ennuis avec M. Hull, vous croire moi.

— Vous connaissez M. Hull ? demanda Ian. Le mec avec les cornes ?

— Vous nous avez laissé, dis-je, un billet de cinquante dollars quand on était chez Walgreens. » Je tenais toujours fermement Ian par les épaules, y enfonçant mes ongles.

Mister Ray-Ban enleva enfin ses lunettes de soleil. De petits yeux verts. « Écoutez, je voulais pas faire peur à vous ! Vous êtes dame très belle, d'accord. Moi pas vouloir faire de la peur à vous ! » Il me tendit une carte de visite : *Alexei Andreev.* Au-dessous de son nom, en guise de profession : *Fiabilité et discrétion.* « Moi souvent travailler pour M. Leo Labaznikov, et moi jamais problème. »

Quelle gourde d'avoir cru que les cigares dans la boîte étaient destinés à le remercier d'un service passé ou à venir ! C'était pour un service présent. La boîte contenait sans doute aussi un paquet d'argent. Cette interminable matinée chez les Labaznikov, en fait ils nous retenaient en attendant Mister Ray-Ban. Comment mon père s'était-il douté de quelque chose, je l'ignorais. J'avais gobé ses bobards pendant vingt-six ans, lui n'avait pas cru dix minutes aux miens.

Alexei Andreev plongea la main dans l'autre poche de son blazer et tendit à Ian un téléphone portable noir brillant, modèle dernier cri extra-plat. « Ça, c'est super. Le garçon peut tester, vous voir que ça marche, lui garder téléphone dans main tout le trajet.

— Qu'allez-vous faire de votre voiture ? » demandai-je.

Il rit. « Sans importance. »

À ce moment-là, je m'étais considérablement détendue. Peu importait qui était cet homme, ses origines ou son CV criminel, il était clairement dans mon camp. Même si j'avais toujours détesté accepter de l'argent de mon père, ce pognon pas net tiré de ses magouilles sur le marché noir russe de Chicago, là je n'étais pas en position de refuser de l'aide. Un petit dépannage entre criminels.

« Vous deux aller dehors, dit-il, prendre bon air. Vous essayez le téléphone, d'accord ? Et dire au revoir, et fumer la cigarette. Moi là quand le bus partir. »

Lentement, incrédules, on sortit dans le froid pour mettre au point notre plan. Les événements se précipitaient, les billets avaient été achetés, tout cela semblait trop soudain. Aucune raison d'attendre, aucune excuse non plus. Plus vite il rentrerait chez lui, plus vite la police cesserait les recherches et la récolte des témoignages. Ils passeraient à des affaires plus urgentes.

« Ça te va ? demandai-je.

— Ce mec est trop cool ! Pourquoi il a peur de ton papa ? Tu crois qu'il marche vraiment, ce portable ? »

Je lui pris le téléphone et composai mon numéro. Ça fonctionnait. J'enregistrai mon numéro sous le nom de Laura Ingalls et on s'assit sur un banc maculé de chewing-gum, à bonne distance des quatre personnes attendant le bus avec des valises.

« Il faut qu'on trouve une histoire, dis-je. Et une bonne. »

Un exercice en cours d'espagnol au lycée me revint en mémoire : accusés de meurtre, deux élèves devaient fournir un alibi en béton et en espagnol. Puis les autres élèves interrogeaient les accusés séparément, tandis que le complice patientait dans le couloir. Des questions du style : « Dans quel restaurant ? », « Quelle boisson ? », « Quel temps faisait-il ? » Rajiv Gupta et moi pensions tenir l'histoire parfaite : nous avions roulé jusqu'à la plage et regardé les vagues. Il ne s'était rien passé. Nous n'avions pas échangé un mot. Le temps était clément. Puis nous étions rentrés en ville dans une Ferrari rouge. Point barre. On avait pris le soin de passer en revue nos vêtements, ma coiffure, et même le fait que le réservoir de la voiture était plein. Je répondis en premier aux questions, brillamment, puis sortis dans le couloir faire mes devoirs de math, laissant la place à mon acolyte. Je venais d'allumer ma calculatrice lorsque les élèves explosèrent de rire. La Señora Valdez me rappela dans la salle. Elle expliqua en espagnol et en articulant chaque mot qu'à la première question j'avais répondu « el lago Michigan » et Rajiv « el océano Atlántico ». Tout le temps passé à accorder nos violons, il s'était représenté une excursion en famille dans le Maine, et moi les quais en béton tagués en face de chez nous.

Au moins, avec Ian, inutile que nos histoires concordent. Parce que, plaise à Dieu, je ne serais jamais interrogée. « Qu'est-ce que tu veux leur raconter ?

— Je pensais dire que je me suis enfui au Metropolitan Museum, comme dans *Le secret de la vieille dame.* C'est plausible, surtout de la part d'un enfant qui lit beaucoup.

— Personne ne va croire un truc pareil. Ils ont dû revoir la sécurité des musées depuis la sortie de ce livre. Et puis c'est de la fiction. À mon avis, ça n'a *jamais* été possible. » J'avais très peu dormi, et assise dans le froid de cette gare routière du Vermont, persuadée qu'un enquêteur prenait racine chez moi, avec un homme de main russe qui attendait Ian à l'intérieur, je ne trouvais pas mieux.

« Je pourrais raconter que j'ai fait comme les enfants dans le livre. Pas l'exposition où ils dorment, parce qu'elle a peut-être changé depuis, mais je pourrais dire que je me suis caché dans les toilettes pendant que le garde faisait sa ronde. Et que je me suis lavé dans la fontaine !

— Et comment serais-tu arrivé jusque là-bas ?

— Dans un bus Greyhound ! D'ici à ce que j'arrive chez moi, je serai expert en la matière. Je dirais que j'ai économisé mon argent de poche. Et que le type à la station a cru que j'avais quinze ans. Je pourrais leur raconter tout le voyage, mais à l'envers ! Je vais mémoriser tous les noms de villes ! »

Pour me réveiller et réfléchir, je me tapai sur les joues. Sans résultat. L'heure tournait, et il fallait se décider. « Ils ne te croiront probablement pas, quoi que tu dises. Mais si tu t'en tiens à la même histoire, celle du Metropolitan, et que tu te contentes de la répéter à l'infini sans changer de version, et que tu ne dis rien concernant la bibliothèque, Chicago ou le Vermont, ils ne sauront jamais la vérité. Fais-le avec un certain sens de l'humour. S'ils te prennent en défaut, s'ils disent que le Metropolitan a brûlé la semaine dernière, rigole et répète ton histoire. Inlassablement. Même s'ils te menacent. Ils finiront par abandonner. Mais ne leur raconte jamais rien de vrai.

— À cause de toi. Parce que tu serais virée.

— Oui. » Devais-je lui dire que je ne reviendrais probablement jamais à la bibliothèque ? S'il découvrait plus tard que j'avais quitté la ville pour toujours, il pourrait se croire libre de raconter la vérité, ou se sentir trahi et le faire sous le coup de la colère. « Même si je ne reviens pas, dis-je, il faut t'en tenir à ton histoire. Parce que je ne serais pas juste virée, j'irais en prison. Et pour très, très longtemps. » Était-ce si sûr ? La vraie histoire était-elle si horrible ? J'avais essayé de le conduire chez sa grand-mère qui s'était révélée être un soldat mort. Je l'avais alors renvoyé chez lui. Ils m'enverraient en prison, sûrement, mais pour combien de temps ? On n'était pas en Russie. Ils ne m'embarqueraient pas de force dans la nuit noire. Ils n'empoisonneraient pas ma vodka.

Sans raison apparente, j'éclatai de rire. Un rire fou comme celui de Ian la nuit précédente. D'abord surpris, il s'y mit lui aussi. Le vent balayait la gare routière, Ian serrait son sac à dos sur sa poitrine pour se réchauffer, et on se gondolait. On ne riait pas de soulagement ou pour cacher notre tristesse. On riait de l'absurde. Ta grand-mère est un garçon de dix-sept ans, et alors ? Ce Russe flippant vient juste de payer ton billet de car, et alors ? Le gel Beau-Furet, et alors ?

On finit par se calmer. On resta assis en silence quelques minutes, puis je l'interrogeai sur son histoire. (« Qu'est-ce que tu as vu au Metropolitan ? » « Eh bien, ce que j'ai préféré, c'est les antiquités. » « Ian, nous savons que tu mens. Il y a des détecteurs de mouvements partout là-bas. » « Ils devaient être en panne. ») Le plan : descendre du bus à Hannibal, traverser le centre-ville sans se faire repérer, et se pointer à la bibliothèque. Une fois encore, Ian fit preuve d'intelligence : car pourquoi se rendrait-il exactement là où il avait fui ? Et où Ian Drake pouvait-il bien aller, *sinon* à la bibliothèque municipale d'Hannibal ? Je l'imaginais se précipiter pour rendre des livres sous l'œil de Rocky, tandis qu'un RETARD ! s'afficherait sur l'ordinateur en lettres majuscules.

Je lui dis de ne m'appeler qu'en cas d'urgence, et de rendre à M. Andreev son téléphone avant d'arriver à Hannibal. Ou, encore mieux, de le jeter quelque part, après avoir effacé mon numéro de téléphone.

Le bus était là, bruyant, sale et pressé. Je donnai à Ian toute ma fortune. Il pourrait se payer à manger dans les restoroutes sans taxer son chaperon russe flippant. Alexei Andreev sortit du bâtiment et resta à l'écart, mains croisées et l'œil en alerte, comme un agent des services secrets. « Moi appeler vous quand lui déposé », dit-il.

Ian compta la monnaie avant de l'empocher. Il me tendit la main et je la serrai. Fallait-il que je l'embrasse ? Probablement pas — il avait dix ans. Je lui donnai un petit coup de poing dans l'épaule pour lui souhaiter bonne chance. On se sourit, plus comme des amis qui allaient bientôt se retrouver et rire de tout ça, que comme des gens qui n'allaient plus jamais se revoir. Le moment rêvé pour dire le truc parfait qui lui aurait permis de tenir les dix prochaines années.

Je ne trouvai rien à dire.

Les adieux selon Ian Drake :

1. Exécutez un charleston ou une approximation grossière.
2. « Sayonara ! »
3. Saluez comme une geisha.
4. Demandez à votre chaperon russe flippant si, par hasard, il n'aurait pas du baume à lèvres.
5. Tournoyez en cercles, bras tendus, jusqu'à votre bus.
6. Montez les marches à reculons en regardant le ciel.

Ian et Mister Ray-Ban disparurent ensemble dans le bus. Je cherchai le visage de Ian derrière la vitre, un éclat sur ses lunettes qui m'indiquerait qu'il allait bien s'en tirer. En vain. Sans doute avait-il trouvé une place de l'autre côté.

Le bus s'ébranla et je regagnai rapidement ma voiture. Tandis qu'il s'éloignait, je pensai encore aux caméras de surveillance. Avec un peu de chance, personne ne regarderait jamais ces bandes.

Je restai assise une minute sur le siège froid avant de mettre la clé de contact. Je m'attendais à pleurer, mais je souriais toujours. Je me sentais libre, vraiment. Je n'avais encore jamais éprouvé un pareil sentiment. Pas à la fac, où j'étais trop effrayée pour faire autre chose que boire de la bière en guise de liberté. Ni ensuite, trop occupée à trouver un boulot, à refuser l'argent de mes parents et à dégoter un appartement dans mes moyens. En plongeant dans le fleuve, en descendant de l'avion, et malgré sa culpabilité, mon père avait-il ressenti la même chose que moi ? Le sentiment d'être sans attaches ni abri, mais mystérieusement radieux.

36

Où Lucy claque des talons trois fois

Je roulai jusqu'à Church Street et m'installai dans une sandwicherie. J'ignorais comment j'allais le payer mais je commandai un café. Qu'allais-je faire de ma journée ? Flâner dans les librairies du coin ? Assister à un atelier artistique de l'université ? Brancher une bande d'étudiants téméraires et dormir sur leur canapé ?

Dès que j'aurais un plan, fini cette sensation d'infinité des possibles. Peut-être que quinze minutes de totale liberté suffiraient à ma sensibilité de bibliothécaire. J'avais vaguement l'idée de décamper au bout du monde ou de faire quelque chose de définitif. L'idée me tomba dessus comme un halo alors que je fixais la rue : j'ouvrirais une librairie pour enfants, un endroit merveilleux avec des canapés, un chien et des biscuits chinois, là sur Church Street. Je n'avais pas un sou, nada, zéro à la puissance un million, aurait dit Ian. Ma boutique se résumerait à une boîte en carton dans le parc, où je pourrais vendre les livres de la bibliothèque de Lynton et ceux sur le Vermont. Puis j'en aurais terminé. Liquidation avant fermeture.

Je vidai tout mon sac sur la table devant moi, comme une folle et comme si cela aurait pu m'aider. Baume pour les lèvres, portefeuille, couteau suisse, chewing-gum, stylo, passeport, agenda inutile. L'esprit juste assez clair pour laisser mes tampons dans la poche. J'ouvris mon portefeuille et jetai un œil à la monnaie. Cent pour cent canadienne. Mon permis de conduire. Des factures de carburant et d'hôtel qu'il fallait vraiment que je détruise. Des cartes de crédit que je pouvais évidemment utiliser en cas de besoin, mais encore un indice compromettant devant un tribunal, qui me relierait au Vermont à cette date. Ma Visa. Et une carte platine au nom de mes parents, que mon père m'avait remise de force l'année précédente. Elle n'avait encore jamais quitté sa place dans mon portefeuille. Celle-ci ne me relierait pas nécessairement au Vermont. J'aurais pu y penser plus tôt. J'aurais dû. Ian serait toujours avec moi et mes poches pleines. Mais impossible de le regretter, plus maintenant, soulagée que j'étais comme sous une douche brûlante. Je commandai un club sandwich et des frites, pour ne pas régler une addition de deux dollars avec une carte platine. J'étais affamée, et dévorai si vite mon sandwich que je me blessai la lèvre avec le cure-dents planté au centre.

Je posai le petit rectangle argenté de mon père sur la pochette à additions et regardai la serveuse partir avec. Là, il ne s'agissait pas d'une histoire d'indépendance et de liberté chèrement acquise ; rien à voir avec le plongeon dans la rivière, la patate dans le pot d'échappement, la fuite de Yuri vers la frontière roumaine. Ça rappelait plus la pathétique fuite d'Anya la droguée vers Londres.

J'étais gâtée. J'étais née trop tard et dans un lieu trop confortable. J'étais là avec mon café et ma carte platine, mes parents à portée de coup de fil. J'attrapai mon téléphone et les appelai.

Je dis à mon père que je voulais passer une semaine ou deux chez eux. « Enfin, dit-il, tu comprends que cette ville d'Hannibal c'est peau de balle ! Chicago ne demande qu'à profiter de tes lumières. Tu te sers de la carte, hein ? Achète-toi un billet d'avion. »

Je ne voulais pas d'un billet nominatif. Et même si j'en avais plein le dos de ma voiture, le temps passé à fixer le pare-brise en silence ne me ferait pas de mal. Après tout, il ne me faudrait que deux jours. Et, au passage, je pourrais rendre les livres de la bibliothèque municipale de Lynton, comme toute bonne citoyenne.

« Ce type, dis-je, Alexei, quel numéro !

— Ah, ah ! Oui, il est très *bon* ! Je ne l'ai jamais rencontré, mais il m'appelle tous les jours et vient au rapport. Il te trouve très belle et, si tu passes un jour par Pittsburgh, il serait ravi de t'inviter à dîner !

— Papa, il m'a fait flipper, à *mort*. Tu aurais pu me prévenir.

— Tu n'étais pas censée le voir ! Il a appartenu au KGB, mais ce n'est pas un mauvais gars. C'est même plutôt un bon bougre. Moldave, très malin. Les anciens du KGB ne peuvent plus bosser. Poutine n'en a gardé que quelques-uns. Plus, ça ferait mauvais genre. Et, là-bas, plus personne ne veut entendre parler d'eux. Donc, ici, aux USA, c'est la grande braderie du KGB !

— Comment as-tu deviné ? demandai-je, ignorant ce qu'il savait.

— Bon, bah, tu as vingt-six ans. Donc, Janna Glass, cette copine de lycée, elle aussi. Et voilà un garçon de dix ans. Certes, ce n'est pas impossible. On voit plein d'ados enceintes dans l'émission d'Oprah. Mais ta mère m'a fait remarquer que c'était bizarre qu'à l'époque tu ne nous aies jamais parlé de cette copine enceinte. Pas bête, j'ai pensé. Et puis ta mère était au courant de tous les cancans de l'établissement. Ta mère est *la* commère de Chicago. Elle me fait penser à un salon de coiffure, haut lieu du commérage. Et si ta mère n'a jamais entendu parler d'une Janna Glass enceinte, alors cet événement n'a pas pu se produire. Elle s'est donc renseignée en appelant le bureau des anciens élèves. Ta copine Janna Glass vit à Prague.

— Ensuite, tu as appelé les Labaznikov.

— Oui. J'ai dit à Leo de nous tenir au jus. Il a rappelé pour nous dire que le gamin était toujours avec toi. Je lui ai alors demandé ce qu'il pouvait faire. »

J'observai la sandwicherie : deux garçons jouaient aux cartes avec leur père, une femme lisait un livre au titre allemand. Tous calmes et visiblement heureux. J'essayai de les imiter. « Est-ce que quelqu'un a appelé chez vous pour me joindre ? demandai-je.

— Non, non. J'ai une idée. Si tu as des ennuis, quels qu'ils soient, on peut fournir un reçu prouvant que tu étais en Argentine avec nous. Tu te souviens de mon copain Stepan, l'agent de voyages ? Il peut nous imprimer ça. Il peut fabriquer des factures, des talons de billet, et même des retraits de bagages. Mais il ne peut plus accéder aux ordinateurs de United Airlines à cause de leur connerie de protection contre le terrorisme qui, de toute façon, est un fiasco. Je vais lui demander de m'envoyer ça, d'accord ?

— Ça pourrait ne pas être une mauvaise idée. » Qui le deviendrait si la police d'Hannibal pensait à vérifier. De toute façon, s'ils creusaient un peu, je l'avais dans l'os.

« Écoute, je vais dire à ta mère que tu as eu une rupture difficile avec un petit ami, d'accord ? Ça te va ? Elle ne sait pas vraiment ce qui se passe.

— Ouais enfin, toi non plus, n'est-ce pas ?

— Je ne sais rien ! Je suis un ignare ! »

Je sortis me balader dans Church Street, inondée de soleil. Vue de l'intérieur, une journée d'hiver clémente. Une fois dehors, un air si rare et froid que l'on savait la terre abandonnée de toute protection atmosphérique. Le soleil ne semblait briller que pour faire ses adieux.

J'arpentai la rue à en avoir mal aux pieds et les joues brûlantes. Maintenant que j'avais décidé de rentrer à la maison, et probablement pour de bon, j'avais l'impression que tout ce temps passé à la fac et à Hannibal avait représenté la véritable fuite. Comme Ian, Dorothée et tous les autres, je finissais par rentrer chez moi. Je rentrais tout droit dans les bras protecteurs de la mafia russe, probablement ce que j'avais fui au départ. Vous pensez ne pas pouvoir rentrer chez vous ? C'est le seul endroit où vous pouvez *toujours* aller.

Un autre détail m'avait échappé, en plus de vingt-six moins dix égale seize. Je savais que, lorsque le pasteur Bob affirmait qu'on pouvait changer fondamentalement, il avait horriblement, dangereusement *tort*. Pourtant, n'avais-je pas essayé de changer Ian en l'éloignant de son environnement ? Ce que je n'avais pas compris, c'est que si on ne peut pas changer fondamentalement c'est parce qu'on ne peut pas modifier ses origines. Je pouvais emmener Ian sur Pluton, sa mère resterait sa mère, son père serait toujours son père, et la voix du pasteur Bob résonnerait à jamais dans ses oreilles.

De retour dans ma voiture, je remarquai que Ian avait laissé la cassette de l'hymne australien sur son siège, comme pour le remplacer ou me faire rire. Je ne la mis pas. J'étais plus d'humeur à écouter l'hymne russe et sa tristesse héroïque, ou l'américain — ce chant dont les paroles pompeuses et le rythme hardi m'avaient toujours fait oublier, lors des défilés et autres matchs, qu'il se terminait par un point d'interrogation.

37

Loin de la Terre un moment

Deux jours plus tard, j'étais à Chicago, chez moi, très haut dans le ciel. Je restai une semaine sans quitter l'appartement. Je goûtai tout ce temps passé sans que mes pieds ne touchent la planète Terre. Ma mère me sortait des trucs dans le genre : « Quel que soit son nom, oublie-le. Il n'en vaut pas la peine. » Elle m'apportait des sandwichs et mon père me faisait des clins d'œil pardessus son épaule. Je passais des heures à fixer le lac par la fenêtre. Je faisais la grasse matinée.

Au bout de dix jours, je n'avais eu des nouvelles de personne à Hannibal. Pas un coup de fil, pas d'e-mail, et pas d'assignation à comparaître. Alors que je traversais l'Indiana pour gagner Chicago, j'avais reçu un appel d'Alexei Andreev. « Garçon descendu du bus à Hannibal, Missouri, dit-il. Cette ville s'appelle comme ça en l'honneur de grand conquérant Hannibal ? » « À mon avis, oui », lui répondis-je. Je le remerciai et ajoutai que je le recommanderais à mon père, soulagée qu'il ne m'ait pas demandé ma main. Ian ne m'appela pas avec le téléphone d'Alexei, ce qui était probablement bon signe. Et aussi, sans doute, celui que je n'entendrais plus jamais sa voix.

Un article court et frustrant dans les journaux en ligne : « Un garçon de dix ans vivant à Hannibal, qui avait disparu, a retrouvé sa famille. Ian Drake avait été vu pour la dernière fois le dimanche 19 mars, et il est rentré chez lui par ses propres moyens le mercredi 29 mars. L'enquête sur sa disparition suit son cours. » Je m'attendais à une réponse outragée de Loloblog et des groupes d'activistes ralliés à sa cause, mais il y avait très peu de commentaires sur son retour. En revanche, la croisade contre le pasteur Bob continuait. Les articles les plus récents ne mentionnaient Ian qu'en passant : « Encouragés ce mois-ci par la disparition d'un garçon de dix ans enrôlé dans le programme pour jeunes des Cœurs joyeux », etc. La disparition de Ian avait concentré les efforts des activistes sur le pasteur Bob. C'était quelque chose. Ils essayaient toujours de le traîner devant un tribunal, sans succès. J'étais un peu déçue qu'ils ne s'intéressent pas plus à l'enfant lui-même, maintenant qu'il était rentré chez lui, mettant un terme au drame. Cependant, je ne voulais pas qu'ils fondent sur Hannibal et brandissent des pancartes en face de chez lui. Ses camarades de classe étaient probablement tombés sur ces articles, avant de raconter à toute l'école que Ian s'était enfui parce qu'il était secrètement gay. Inutile d'attirer plus d'attention sur lui. Je voulais juste que quelqu'un d'autre se soucie autant de lui que je le faisais encore moi-même.

Sur le site Internet du pasteur Bob, on s'autocongratulait et on versait dans le tendancieux : « Depuis la disparition et le retour béni d'une de nos petites brebis, nous sommes exposés aux feux médiatiques. Nous sommes toujours ravis de répandre la parole de Dieu pour un public plus large, de toucher ceux qui ont un point de vue différent, qui n'ont pas encore vu la lumière de Jésus. Dieu nous met à l'épreuve, mais nous savons que le retour de notre précieuse brebis est un signe du Très-Haut. Comme le Fils prodigue est retourné vers son père avec compréhension, humilité et grâce, notre jeune ami est retourné à son Créateur et à notre ministère le cœur joyeux. » Je pointai le majeur devant l'écran, comme si quelqu'un pouvait se soucier de mon opinion. Mais personne ne regardait, et tout le monde se moquait de ce que je pensais.

Je trouvai finalement le courage de vérifier toutes les pages disponibles, toutes les fausses pistes, tous les liens sur un certain Ian Drake, plombier à Cape Cod, les liens sur les sites d'anciens élèves : Ian Drake, ancien de Colgate, 1985. Ian Drake, ancien de Berkeley, 2000. Je découvris un Ian Drake marié à Elizabeth Westbridge en 1888. Un autre avait un casier judiciaire à Amarillo, au Texas. Toute la journée, tandis que mon père se rendait à des réunions et que ma mère faisait du bénévolat aux quatre coins de la ville, je restais allongée sur le canapé à lire des magazines, incapable de me plonger dans un truc aussi long qu'un livre. Quand j'en avais marre des potins, je me faisais une tartine au beurre de cacahuète et me plantais devant l'ordinateur de mon père.

Je m'attendais vraiment à ce que l'on vienne m'arrêter. Chaque jour qui passait était un signe que Ian ne m'avait pas balancée, qu'il leur servait toujours la version du Metropolitan. Je patientai dix jours, puis décidai de passer un coup de fil.

« Loraine voudrait savoir si elle doit te remplacer » fut la première chose que dit Rocky en entendant ma voix.

« Bah ! probablement », répondis-je sans réfléchir, ce qui était de toute façon inutile. Je ne pouvais envisager de retourner là-bas. « Pour le moment, je dois rester chez mes parents. Mon père a eu un accident et je m'occupe de lui. Le traitement est lourd.

— *Le traitement est lourd lourd,* de Robert McCloskey. » Pas drôle, et il le savait. « Bon, et Ian Drake est revenu.

— Ah oui ? J'ai vaguement suivi sur le net, mais je n'étais sûre de rien. Alors c'est vrai ?

— Il y a deux semaines, il a réapparu comme par enchantement. » Il ne précisa pas qu'il l'avait fait à la bibliothèque. Ian avait-il changé d'avis ? Il était peut-être rentré directement chez lui. Plus vraisemblablement, il avait dû être aperçu en quittant la station Greyhound.

« Où était-il passé ? Il va bien ?

— On ne sait rien, sinon qu'il s'est enfui. Ce n'est pas franchement le genre de sujet qui passionne le *Hannibal Herald.* Contrairement aux ventes de charité et autres histoires de boy-scouts.

— Exact. Pourquoi tu ne m'as pas appelée ?

— Apparemment, ses parents l'ont retiré de l'école, et personne ne l'a vu depuis qu'il est revenu. Il n'a même pas pointé le bout de son nez ici. J'ai discuté avec l'instit qui vient très souvent et qui enseigne dans son école.

— Sophie ?

— Peut-être. Elle m'a dit que les parents avaient appelé l'école le lendemain de son retour pour avertir que, désormais, ils se chargeaient de sa scolarité à domicile. Elle était un peu flippée. Je crois qu'elle s'inquiète à l'idée qu'ils l'enferment dans un placard. » Il marqua une pause, mais j'étais incapable de réagir. « Elle m'a dit qu'une fois, l'année dernière, il est venu à l'école avec le front brûlé parce qu'ils l'avaient fait s'agenouiller sur la moquette toute la nuit, la tête contre le sol pour se repentir d'un truc. Je commence à croire que tu avais raison à son sujet. » Était-ce vraiment Sophie, elle qui m'avait toujours dit qu'il s'en tirerait bien ? Évidemment, à cette époque, il allait encore à l'école et à la bibliothèque.

J'étais calme. Je ne pouvais accepter, soudain, de ne pas savoir où était Ian et ce qu'il faisait. Je l'imaginai agenouillé dans un placard ou préparant ses affaires pour une retraite d'un an avec le pasteur Bob. Ce qui me tuait, c'était que, deux mois auparavant, ces événements m'auraient semblé terribles et cruels, alors qu'aujourd'hui ils n'étaient pas seulement terribles et cruels : c'était ma faute, car je l'avais laissé rentrer chez lui.

J'aurais pu me livrer sur-le-champ. Dire à Rocky, à la police et aux Drake que rien de tout cela n'était de la faute de Ian, que je l'avais embarqué contre sa volonté. Mais je ne pouvais pas, du moins je ne le fis pas. Et honnêtement, je ne pense pas que cela aurait changé grand-chose. Je crois que Ian n'aurait pas cautionné cette nouvelle version. Je refusais de me sentir coupable de ne pas la raconter. Quand bien même ça me vaudrait les feux de l'enfer.

« Faut que je sois franc, dit Rocky. Jusqu'à ce qu'il rentre, j'ai pensé qu'il était peut-être avec toi.

— *Quoi* ?

— Lucy, tu as disparu pile le lendemain. Et tu étais dingue de lui.

— Je ne suis pas une kidnappeuse, Rocky.

— Ça, je le sais, dit-il sans conviction.

— Peut-être qu'il était avec ce pasteur. Ce type a l'air flippant. Écoute, demain je vais envoyer mes recommandations à Loraine pour l'été. Faudra que tu l'aides à accéder à ses e-mails. Et dis-lui de chercher quelqu'un pour me remplacer. À l'occasion, je passerai récupérer tout mon bordel.

— Appelle quand tu seras dans le coin. » Il le dit comme s'il doutait que cela arrivât un jour.

38

… *Et il faisait encore chaud*

Deux mois passèrent avant que j'aie le courage de rentrer. Mon père avait envoyé des chèques à Tim pour le loyer, pour qu'il ne balance pas mes affaires dans la rue ou dépouille ma garde-robe pour en faire des costumes. On était en juin, sept heures du soir, et après un hiver et un printemps longs et froids, le temps se réchauffait enfin. J'arrivai à Hannibal en voiture et observai les gens que je croisais, les gamins devant le glacier. Je ne reconnus personne.

Grâce au fin limier du *St. Louis Post-Dispatch*, je savais désormais où habitait Ian. Je m'engageai dans la rue lentement, mais pas trop quand même. Que ferait-il s'il regardait par la fenêtre et voyait ma voiture ? Peut-être qu'il sourirait intérieurement, ou se précipiterait sur sa mère en hurlant, ou dans la rue pour se jeter sur mon capot. Une charmante maison blanche bordée de pivoines et d'iris. Au rez-de-chaussée, une large baie vitrée aux rideaux tirés. Un SUV blanc était garé dans l'allée. Je fis demi-tour au bout de la rue et repassai devant. Pas un manifestant sur la pelouse ; point de groupe de prière agglutiné sous le porche ; pas de camarades de classe lançant horreurs et cailloux. Ian n'avait pas le visage collé à la fenêtre de sa chambre, au comble du désespoir. Pas de cris, d'alléluias ou de bruyants morceaux de rock chrétien. Les poubelles étaient sur le trottoir. Je passai mon chemin.

Je me garai derrière la bibliothèque, fermée depuis plus d'une heure. Ma clé fonctionnait toujours. Le soleil bas envoyait des traînées dorées à travers les vitres. Les choses étaient différentes : de nouveaux livres exposés et le caddie des bouquins à cinq cents avait disparu. J'enlevai mes chaussures en descendant l'escalier, le silence me rassurait. Les gros poufs avaient changé de place. Dans cette lumière particulière, une fine couche de poussière scintillait partout. J'attrapai un ours brun dans la boîte des peluches et avec je dépoussiérai les bords des étagères. Puis, perchée sur un tabouret à roulettes, je m'attaquai aux rayonnages en hauteur. Ça faisait un bail que personne ne s'en était chargé. Je m'attendais à entendre Ian chuchoter mon nom depuis les profondeurs de la science-fiction. « Je vis ici depuis des mois, dirait-il. Qu'est-ce qui t'a pris aussi longtemps ? »

Je vis que le dos de *Heidi* partait en lambeaux. Je sortis d'un tiroir le rouleau de toile adhésive et m'assis au centre du petit tapis bleu. C'était agréable d'être là et de travailler. Je n'avais pas allumé la lumière et la pièce était assez sombre. Seuls les rayons obliques du soleil s'infiltraient par les fenêtres situées au niveau de la chaussée. Au-dessus de ma tête, je distinguai une centaine de toiles d'araignées tissées entre les poutres en bois du plafond et les fenêtres. Sûrement invisibles pendant la journée, elles scintillaient à travers les rayonnages sur des distances incroyables, comme si les araignées avaient sauté dans le vide avec pour seul parachute un fil de soie derrière elles. Je pensais à la toile de Charlotte, et au ver à soie dans la pêche de James. Je comprenais pourquoi Ian avait voulu dormir dans la bibliothèque. Un paradis pour lui.

Au calme dans la pénombre, pour la première fois, je compris que j'avais chamboulé mon existence plus que je ne l'aurais voulu. Je compris que je ne pourrais jamais avoir d'enfants, car si j'en avais, un jour je connaîtrais la peine de les perdre. Et plus je les aimerais, plus cela ferait mal. Impossible de vivre en ressentant la même douleur que les Drake. Pas parce que je ne le voulais pas, mais parce que je n'y survivrais pas.

Je serai la femme de trente-cinq ans évacuant son petit copain. Pendant les fêtes, des amis bien intentionnés me rappelleront que l'horloge biologique tourne. J'écrirai un livre : *Qu'attendre lorsque vous n'attendez rien.*

C'est peut-être mieux ainsi. Mettre fin à la grande lignée des Hulkinov une bonne fois pour toutes. Mon père est le dernier des Hulkinov, du moins le seul en Amérique, et je suis sa fille unique. Terminé l'héritage de fuites, trahisons et affabulations. Du moins pas dans notre famille. Donc Hulkinov a été raccourci en Hull, puis réduit à néant. Des millénaires d'hivers russes, de mets russes, de survie russe, et puis un jour un enfant est né en Amérique. Fin de l'histoire.

Je me relevai et fouillai de fond en comble mon bureau à la recherche de tous les artefacts de ma vie ici. La moitié des tiroirs était vide, l'autre pleine des classeurs et des pulls de quelqu'un d'autre. Je découvris mes affaires dans un carton par terre. Listes de choses à faire, stylos, un Thermos, l'e-mail origami de Ian encore replié, comme je l'avais laissé, du Tylenol. J'entassai par-dessus quelques trucs ramassés dans mon casier et que je voulais garder. Avant de partir, j'attrapai un stylo et dénichai notre plus vieil exemplaire de *Bilbo le Hobbit*. Une édition reliée à la couverture en plastique jaunissant qui se fragmentait et cornait. Parmi tous les exemplaires, Ian aurait choisi celui-ci, probablement plus hanté que les autres. Sur la vieille carte obsolète de la page de garde, sous « Matthew Lloyd, 2/4/91 », j'inscrivis « Ian Drake », et la date à laquelle nous avions quitté la ville. Je ne savais pas trop pourquoi je le faisais. Ça ressemblait à ces mots que les tueurs en série laissent aux flics, ces sarcasmes qui sont en réalité une prière de se faire attraper. Mais ce n'était pas ça, j'en étais certaine. Pas un message pour Ian non plus. S'il ne revenait jamais à la bibliothèque, ça ne pouvait l'être.

Peut-être tomberait-il dessus une fois adulte. Revenu en ville pour les obsèques de son père, il se replongerait dans les lieux de prédilection de son enfance. D'ici là, espérais-je, il aurait lu ce livre, et aussi vague et inepte soit mon message, il comprendrait : c'était un roman sur un petit homme parti pour un long voyage vaincre des monstres. Maintenant que j'y réfléchissais, la métaphore ne fonctionnait pas. *Je* ressemblais plus à ce voleur involontaire pourchassé par les aventures. Je regardai la couverture et lus le sous-titre : *Revenu de loin*. Évidemment. On revient toujours. Et je n'avais même pas tué le dragon en chemin.

Puis j'allai à mon appartement. Deux mois s'étaient écoulés depuis que Tim m'avait dit avoir croisé un Charlton Heston venu me poser des questions. Pourtant, je ne voulais pas prendre le risque de passer par-devant. Je pénétrai dans le théâtre, traversai le hall à la moquette rouge et dépassai le panneau des programmes et le panier de pastilles pour la toux.

Je rassemblai mes affaires, les quelques cartons qui en valaient la peine. Mon père avait promis de m'offrir de nouveaux meubles et une nouvelle garde-robe. Je me moquais de savoir d'où il sortirait l'argent, j'accepterais. Je ne voulais plus de mes vieux trucs poussiéreux et figés, restés intouchés pendant des mois. Une vraie maison hantée, un jour habitée, mais désertée depuis des siècles. Prière de ne pas déranger le fantôme de Madame.

Un par un, je transportai les cartons dans le hall et jusqu'à ma voiture. Pas de représentation prévue ce soir-là, mais un brouhaha de répétition s'échappait de la salle. Au dernier voyage, je m'arrêtai et, depuis la porte du fond, observai les acteurs sur la scène, qui eux ne pouvaient pas me voir. Tous accroupis en train de regarder quelque chose, ils ne répétaient pas. Une fois les yeux accoutumés à l'obscurité, je distinguai cinq mannequins éparpillés autour d'eux. Un gros type chauve avec une veste Blackhawks et un bloc-notes leur criait des instructions : « Pincez-leur le nez, ou bien l'air va ressortir tout de suite ! Faut que vous leur pinciez le nez ! » S'entraînaient-ils pour des raisons légales, et sauver les baby-boomers grassouillets amateurs de théâtre des environs d'Hannibal ? Ou pour une pièce ? Peut-être était-ce une pièce. Ou une idée de Tim pour une fête. Agenouillé au bord de la scène, il faisait du bouche-à-bouche à un mannequin, qui se gonfla et s'éleva du sol. Puis il pratiqua un massage cardiaque à la poitrine en caoutchouc, sa queue-de-cheval libérant des mèches blondes.

À l'autre bout de la scène, l'actrice rousse rigolait en prenant le pouls au cou de son mannequin. Elle le ramassa par les épaules et le secoua. « Pour l'amour de Dieu ! criait-elle. Ne me laisse pas, Clyde ! Ne me laisse pas maintenant ! Qui va prendre soin du *bébé* ?

— Bon, dit le coach, faut pas *secouer* la victime. Vérifiez maintenant la respiration. Bon, reposez-moi ça. »

Mais elle avait trouvé un public et continua. « Vous ! cria-t-elle en pointant du doigt des fauteuils vides. Ne restez pas là à ne rien faire, appelez une ambulance ! Vous ! Cet homme est mon *amant* ! Je ne voulais pas te tuer, mon chou ! Tu sais que j'ai besoin de toi ! »

Les autres acteurs avaient abandonné leur mannequin et faisaient cercle autour d'elle pour pleurer, rire et battre l'air. Sauf Tim. Je le regardai faire son massage cardiaque sous les spots jaunes, comme s'il avait pu redonner vie à cette silhouette en plastique, et que le sang coulât à nouveau dans ses veines. Un court instant, je crus que c'était possible.

39

Tim ex machina

Dans ma voiture, l'air conditionné sur les joues, j'eus soudain l'impression de me réveiller en sursaut, comme si c'était la première fois depuis des mois. Ça me rappelait un été où je m'étais cassé la jambe. Lorsque j'avais arrêté le Vicodin, j'avais émergé d'un brouillard de huit jours dont je n'avais même pas conscience.

Ce que j'avais oublié cette fois, ce n'était pas mes actes et leurs répercussions, ou même la morne réalité d'Hannibal qui me rattrapait brièvement, mais que j'étais en mesure de faire des plans. Pour reprendre les termes ridicules des manuels de développement personnel qu'on aimait se lire avec Rocky lors des inventaires : j'étais un poisson dans le courant, et j'avais oublié que je pouvais nager.

Je respirai un bon coup et je fis des projets. Je roulai vers le centre commercial d'Hannibal, où les boutiques seraient encore ouvertes. Je dénichai, comme prévu, une librairie chrétienne, remplie de calligraphie qui aurait fait notre bonheur, à Darren Alquist et moi. Je trouvai un magazine intitulé *Ado born again !*. Sur la couverture, un skate-boarder tout sourire bondissait sur sa planche. Parfait. J'en pris deux exemplaires que je payai à une femme au visage rose.

Je repris le chemin de mon immeuble. Les acteurs étaient toujours en compagnie de leurs mannequins. Chez moi, je m'assis à mon bureau et dressai une liste. Puis sept autres. Armée d'un tube de glu, je collai les listes sur les pages d'un des deux exemplaires du magazine chrétien, en prenant soin que les bords ne dépassent pas. J'aplatis le tout sous un dictionnaire. Puis, toute contente, j'allai aux toilettes et tirai délibérément la chasse.

Deux minutes plus tard, Tim était à ma porte, les yeux écarquillés, l'air heureux et les bras grands ouverts. Il me souleva autant qu'il me serra. « Je pensais que tu avais été kidnappée ! dit-il.

— Je l'ai été. Entre.

— Je t'ai entendue tirer la chasse et je me suis dit : "Mon Dieu, un fantôme !" Ils m'ont tous demandé de monter vérifier. Mais c'est bien *toi* ! Tu es *là* ! On ne répète pas, sinon je t'aurais déjà tordu le cou.

— Non, dis-je, je sais. C'était un signal de détresse. J'ai besoin de ton aide. »

Tim s'assit sur l'accoudoir du canapé. En nage à cause des exercices de réanimation, il passa une main dans ses cheveux trempés.

« Tu te souviens du garçon qui a disparu ? dis-je. Celui de la clique de Bob Lawson ?

— Bien sûr. » Sur le point d'ajouter quelque chose, il s'interrompit. Mon visage devait en dire long mais je m'en moquais. Je m'assis en face de lui sur le sofa, les pieds relevés. J'essayai de commencer par le commencement, mais je n'étais plus sûre du début. Était-ce le jour où j'avais rencontré Ian, ou celui où je l'avais retrouvé accroupi parmi les piles de livres ? Je commençai donc par le milieu : « Un jour, il m'a apporté ce Jésus en origami. »

Je lui racontai toute l'histoire. Une version courte. Pourquoi lui faisais-je confiance ? Parce qu'il aimait les tragédies ou parce que c'était lui ? Peut-être parce que je le voyais comme un enfant assis en tailleur par terre dans la bibliothèque, lisant *La guerre des poussettes*, bondissant comme il le faisait en ce moment même. J'avais raison, je pouvais lui faire confiance. J'aurais pu même si Ian avait été là avec moi, toujours en fuite et affublé de son sac à dos rempli à ras bord.

« C'est dingue, répétait-il. C'est tout simplement *dingue*. On s'imaginait une petite bibliothécaire toute douce. Et te voilà, justicière et tout le bordel, et tu as risqué ta *vie* ! »

Ça m'irritait qu'il voie les choses de façon aussi flatteuse et je l'arrêtai. « J'ai besoin de ton aide, dis-je. Mais n'en parle à *personne*. »

Je lui montrai le magazine avec les listes, et lui dis ce que j'attendais de lui. « Tu peux prendre tout ce qui reste dans l'appartement, dis-je. En dédommagement. Garde-les pour toi ou les décors, je m'en moque. Tu peux même les vendre. » Il regarda la table basse, les lampes, le petit tapis oriental que mon père m'avait envoyé à Noël. Des accessoires plus jolis que la plupart des trucs qu'ils conservaient dans la réserve.

« Je le fais gratos », dit-il. Je savais que c'était vrai. Il arpentait énergiquement la pièce, comme il devait le faire en coulisse avant d'entrer en scène. « Tu viens de m'offrir le meilleur rôle de toute ma *vie.* »

Cette nuit-là, je dormis dans l'appartement, plus profondément que je ne l'avais fait depuis des mois.

Tim frappa à ma porte à dix heures du matin pour m'annoncer qu'il « montait au front ».

« Lucy, dit-il, sérieusement, si ce pasteur est là et que je le plante avec ma clé, ça foutra tout en l'air ?

— Oui. » Je ne pus m'empêcher de rire. « Tu t'en tiens au scénario, Tim. Et puis le pasteur ne sera pas là. Tu me sembles parfait. » C'était le cas. Complet gris emprunté aux costumes, chemise blanche, pas de cravate mais des souliers vernis. Une queue-de-cheval soignée. Attaché-case, bloc-notes, stylo et une espèce de formulaire que je regardai plus attentivement : une offre d'abonnement au théâtre ramassée dans le hall. Les magazines étaient coincés sous son bras. « Tu sais lequel est lequel ? »

Il hocha la tête. « Absolument.

— Bonne chance. »

Je passai la matinée à faire le ménage. Pas de peur que Tim ou le prochain locataire ne vérifie que l'aspirateur avait bien été passé, mais parce que c'était la seule chose qui me vint à l'esprit. Je frottai les vitres avec du vinaigre, récurai le plateau tournant du micro-ondes et vidai l'armoire à pharmacie.

Soudain, Tim tambourina à ma porte des deux mains. Il se rua à l'intérieur — hors d'haleine, rouge et jubilant —, et se mit à tournoyer comme un dément autour de ma table basse.

« C'était fantastique ! dit-il. Lucy, j'ai été foutrement bon. Et dire que pas un critique ne m'a vu ! Enfin, pas grave. J'ai été épatant. Et, pour info, ce gamin est cent pour cent homo. C'est flagrant. Tu aurais dû me *voir* ! J'y suis allé dans le genre : "M'dame, j'ai là un exemplaire d'essai gratuit pour vous." Elle est sur le point de me le prendre des mains, alors je lui sors : "Écoutez, si je ne les remets pas en main propre au public visé, je peux avoir des ennuis." Là, je lui dis que j'ai vu un panier de basket-ball dehors et qu'elle a sûrement un fils adolescent. Sur ce, elle dit : "Non, il n'a que onze ans." C'est alors qu'il apparaît soudain derrière elle et demande : "Quoi ? C'est quoi ?" Le timing *parfait* !

— Il avait l'air comment ?

— Tu veux parler de son état de santé ? Pas de problème. Mais genre nerveux. Agité, même. Mais il ne saignait pas, rien du tout. Ils m'ont fait entrer. La mère me demande à quelle branche notre magazine est rattaché. Aux évangélistes ! que je lui réponds. Je ne savais même pas si ça voulait dire quelque chose. Visiblement, oui. J'ai répété exactement ce que tu m'avais dit : "Oui, nous sommes basés dans le Vermont, mais nous avons aussi des paroisses dans l'Iowa, l'Ohio, à Oahu et Hawaï". T'aurais dû voir la tête du gosse. Il a dû croire que j'allais le balancer. Il me lançait des regards furieux, caché derrière sa mère. Et puis il m'a semblé qu'il cogitait, comprenant que toi seule pouvais être au courant. Pendant ce temps-là, la maman m'interroge sur notre philosophie, notre éditeur. Je lui tends alors un exemplaire, le vierge. Là, je demande : "Il y a un chat, ici ? Parce que les yeux me piquent." Le gamin répond : "Non, juste un cochon d'Inde." Alors je lance : "Oh, j'ai grandi avec des furets." La mère est plongée dans son exemplaire, et j'en profite pour faire un clin d'œil au gosse. C'est alors qu'il *pige*, il a pigé, c'est sûr. Je lui tends son exemplaire en disant : "Jettes-y un œil, regarde si ça te parle. Quand tu auras un moment au calme, penche-toi dessus." Il l'a pratiquement fourré dans sa chemise. Il ne voulait pas que sa mère mette la main dessus. Au passage, cette bonne femme est complètement *anorexique.* »

Tim tournait toujours en rond.

« À quoi ressemble la maison ? demandai-je.

— Banale. Pas d'immenses crucifix aux murs ou de machins dans le genre, si c'est ta question. Très, très propre. Un piano dans le salon. Plein de bibelots partout, dans le style mièvre. Le genre de baraque où on trouve des coussins brodés de voiliers. Enfin, j'en ai pas vu chez eux. »

Réconfortant, d'une certaine manière, cette image de la normalité. Ou peut-être était-ce juste agréable d'avoir *quelque chose* à se représenter. « Et ensuite ? demandai-je.

— Écoute-moi ça. J'enchaîne : "Vous préférez me régler votre cotisation aujourd'hui, ou remplir un des formulaires dans le magazine ?" Là-dessus, la mère se met à raconter qu'elle voudrait regarder le magazine plus en détail, lorsque Ian dit : "Maman, je peux monter le lire dans ma chambre ?" J'ai eu l'impression qu'elle allait dire non, qu'elle voulait d'abord en savoir plus. Mais j'étais là avec mon air implorant. Elle a donc dit oui à son fils pour se débarrasser de moi. Le gamin était dans l'escalier avant même que je n'arrive à la porte. Je parie que, s'il est malin, il s'est enfermé dans sa chambre. » Tim arrêta de faire les cent pas et écarta les bras. « Alors, tu trouves que j'ai été bon ? »

Il s'attendait sans doute à des applaudissements. Je me levai et le serrai dans mes bras. « Formidable. Promets-moi de ne *jamais* en parler à *personne.* »

Une fois Tim parti, je ramassai des babioles et marchai mécaniquement jusqu'à ma voiture. Alors que je démarrais, il se mit à pleuvoir. Je passai une dernière fois devant la tranquille demeure des Drake, klaxonnai trois fois, puis quittai Hannibal pour toujours. J'imaginai Ian dans sa chambre, décollant la couverture du magazine. Il reconnaîtrait mon écriture sur-le-champ.

Je lui avais concocté des listes de lecture. « Livres à lire lorsque tu auras onze ans », indiquait la première. *Danny champion du monde* en tête, un hymne charmant à la désobéissance civile. Puis la série d'Oz (« Assure-toi que ce sont les bons, ceux du vrai L. Frank Baum ! » avais-je écrit. « Pas du simple Frank ! ») et dix autres bouquins que j'aurais empilés sur ses bras tendus si j'avais encore été bibliothécaire.

« Livres à lire quand tu auras douze ans » commençait avec *La boussole dorée* et se terminait avec *Sa Majesté des mouches.*

Difficile de se représenter Ian à quatorze ans, puis à seize. Mais tandis que les listes prenaient forme, je devinais l'esprit qui se façonnerait. À quinze ans, tout juste tombé amoureux de *L'attrape-cœurs,* il serait prêt à attaquer *Une paix séparée* et *À propos de courage,* et du Whitman en quantité.

Au Ian de dix-huit ans, je conseillais *David Copperfield* (« Serai-je le héros de ma propre histoire, ou quelque autre y prendra-t-il cette place ? Ces pages devraient le dire »), et aussi *Middlesex*, et A. E. Housman et Jeanette Winterson.

J'aurais voulu, dans ces dernières listes, inclure des bouquins plus pratiques. Des livres qui expliqueraient à un garçon de seize ans comment réagir face à un père qui veut le virer du foyer familial, ou à une mère qui lui assure qu'il finira en enfer. Mais je ne connaissais que des romans. Cela me donna à réfléchir : je me rendis compte que toutes mes références étaient fictives, que tous ces récits n'étaient que mensonges.

Une fois les listes terminées, j'avais essayé d'écrire quelque chose de plus personnel : un mot, une note d'encouragement, n'importe quoi. Impossible. Mon stylo avait refusé de noircir plus de papier.

Après ce printemps nébuleux et cet été torturé, je suis désormais certaine d'une chose : je ne peux pas sauver les gens. J'ai essayé, et échoué. Je suis sûre que certains en ce bas monde possèdent ce don, mais pas moi. Cependant, je continue de penser que les livres peuvent vous sauver.

Ian Drake se procurerait ces livres, aussi sûrement que n'importe quel camé se procure sa drogue. Il soudoierait sa baby-sitter, sortirait furtivement de sa maison à la nuit tombée pour casser une fenêtre de la bibliothèque. Il vendrait son cochon d'Inde pour se payer des bouquins. Il lirait sous sa couette avec sa lampe frontale. Il creuserait son matelas et le remplirait de livres de poche. Ils pourraient bien l'enfermer dans la maison, ils ne parviendraient jamais à le convaincre que le monde se résumait à cet endroit. Ils se demanderaient alors pourquoi ils n'arrivaient pas à le dompter. Ils s'interrogeraient sur ses sourires chaque fois qu'ils lui demanderaient de monter dans sa chambre.

Les livres le sauveraient parce qu'ils l'avaient sauvé jusqu'à présent, je le savais. Je connaissais plein de gens que les livres avaient sauvés. Des profs de fac, des comédiens, des scientifiques, des poètes. À l'université, buvant du café par terre dans leur dortoir, ils s'étaient étonnés d'avoir enfin trouvé des âmes sœurs. Ils s'habillaient toujours un peu en décalage avec les saisons. Leurs noms demeuraient sur les cartes roses coincées dans les ouvrages de tous les sous-sols des bibliothèques d'Amérique. Si les bibliothécaires étaient assez paresseux, assez nostalgiques ou assez futés, ces noms y resteraient inscrits à tout jamais.

S'il n'y avait pas d'épilogue, Ian proposait le sien

Je suis la mortelle à la fin de cette histoire. Je suis le monstre à la fin de ce livre. Je suis là uniquement pour démêler les fils et je n'y parviens pas. Comment classer tout ça ? Quel autocollant dois-je mettre sur le dos ? Ian avait un jour suggéré qu'en plus des autocollants spécifiques aux romans policiers, à la science-fiction ou aux ouvrages animaliers, il faudrait en créer pour les bouquins qui finissent bien, pour ceux qui finissent mal, pour ceux qui, par un tour de passe-passe, vous plongent inévitablement dans le tome suivant. « Avec des grosses larmes, avait-il précisé, comme pour *Là où poussent les fougères rouges.* Sinon, c'est pas juste. Imagine que tu lises au milieu de gens, alors tout le monde se moquera de toi parce que tu pleures. »

Quel avertissement pour l'histoire de Ian Drake ? Une étiquette bleue avec un point d'interrogation, peut-être. Des doigts croisés. Une pièce jaune dans une fontaine.

Dans la vraie vie, je ne m'occuperai plus jamais de ces autocollants bleus. Terminé. Plus besoin de se triturer les méninges pour décider si tel ou tel livre relève du fantastique, ou s'il convient à la fragile jeunesse d'Hannibal.

Après un été passé à la maison, je trouvai un nouveau boulot — loin d'Hannibal et loin de Chicago. C'est tout ce qui comptait vraiment pour moi. Des étudiants empruntent des livres sur les théories féministes ou la critique contemporaine de l'œuvre d'Hemingway. Personne ne me demande jamais d'être sauvé. Mon unique tâche consiste à scanner et tamponner, scanner et tamponner. Ici, je suis contente. Je suis stable. Ou, du moins, stationnaire.

Si je retourne un jour à la bibliothèque d'Hannibal, ce sera en tant que fantôme. Ian a toujours cru que la bibliothèque était hantée, peut-être avait-il raison. N'est-ce pas le but ultime de tous les bibliothécaires, du moins dans les films et les clichés ? Le silence et l'invisibilité. Rien, sinon se promener au hasard de vieux livres poussiéreux. J'aurai un livre en main, j'en montrerai les images au cercle des enfants, de gauche à droite. Je suis la Main de rien. (Ne dites pas aux lapins où je me cache.)

Voici les images. Formez un cercle et regardez attentivement : fugitifs et chapardeurs, anges et aurochs et acteurs, malins vauriens et petits héros piteux. Maintenant, plaignez-vous que la fille devant vous obstruait la vue. Plissez les yeux et demandez pourquoi l'artiste a tout dessiné de travers.

Après tout, je suis presque déjà un fantôme, pâle et hantée derrière mon nouveau bureau. J'ai compris que c'est le destin des personnages qui ne sont plus au centre de l'intrigue. La plus grande aventure est derrière eux. Il en est ainsi pour le Chapelier fou, la belle-sœur méchante et le génie fatigué. Ils s'installent à une table libre et se remémorent le jour où un truc extraordinaire a fait trembler la cité.

Un jour d'octobre, très brièvement, j'entrai de nouveau dans la danse. Ou peut-être était-ce l'histoire qui me rattrapait. En rentrant du boulot, je me suis fait arrêter pour excès de vitesse. J'ai alors pensé que c'était la fin, que Ian m'avait balancée. « Savez-vous à quelle vitesse vous rouliez ? » demanda l'agent de police. Vous n'avez pas idée, ai-je eu envie de dire. Si vite que je n'ai cessé de m'agiter depuis des mois, même dans mon sommeil. J'ouvris la boîte à gants pour attraper les papiers, et cinq mille bonbons à la menthe dégringolèrent sur le levier de vitesse avant d'atterrir sur mes genoux. Ian s'était donc préparé pour un long périple. Nous aurions pu tenir une semaine de plus, traverser un champ vers le Canada, à moitié morts de faim mais l'haleine fraîche. Je tendis la carte grise et sentis mon cœur se serrer : un temps, Ian avait cru qu'on allait y arriver et ne plus jamais revenir.

Approchez de la dernière page, écartez la fille qui vous bloque la vue. Exigez de savoir si c'est une fin heureuse ou triste, si les bons sont récompensés et les méchants punis. Jetez un œil aux derniers mots. Voyez si vous pouvez le dire. Demandez-le encore : est-ce que tout se révèle à la fin ?

Mais je ne sais pas. Je ne sais pas. Cela dépend de ce que vous entendez par fin. La fin de mon histoire, ou la fin de la sienne ? Voilà ce que je sais : je le cherche toujours, dans les recoins de mon ordinateur, et je retombe sur le plombier de Cape Cod. Mais s'il s'en sort, lorsqu'il s'en sortira, je pourrai savoir ce qu'il est devenu. Toutes les chances que ça finisse bien. Autant que ça finisse très mal. Il doit désormais avoir quinze ans, et je le saurai peut-être bientôt. Ces jours-ci et à cet âge, on ne se perd jamais vraiment de vue pour toujours. Il n'y a plus de Sibérie.

Tortillez-vous sur le tapis et regardez l'horloge. Demandez si cette histoire était vraie.

Voici le tableau final. Voici les sous-titres utiles. Voici quelques dernières notes d'espoir pour les curieux, ceux qui, comme Ian et moi, ne peuvent se retenir de lire les dernières phrases en premier. (Peut-être les ai-je trompés, comme je me suis moi-même trompée. En mon for intérieur, j'avais toujours pensé que notre courage était la garantie d'une fin heureuse, si seulement nous parvenions au dénouement. Ou peut-être pas. Parce que, qui peut affirmer que ça n'arrivera jamais ?)

Donc voilà, patient auditeur : imaginez-le heureux. Imaginez-le tournoyant en cercles. Si je n'y croyais pas, je ne pourrais pas me lever le matin. Imaginez-le cachant ces listes pendant huit longues années. Imaginez son paradis, où à sa guise il passe de personnage en personnage, de livre en livre. (Rêvons-le en roi, en géant, en gamin capable de voler.) Imaginez-le sous ses couvertures avec la lampe de poche. Pour une éternité bienheureuse, un tel monde devrait suffire. Pour le moment, il devrait le sauver.

Faisons le pari.

Composition IGS-CP
Achevé d'imprimer
par CPI Firmin-Didot
à Mesnil-sur-l'Estrée, en juin 2012
Dépôt légal : juin 2012
Numéro d'imprimeur : 113116

ISBN 978-2-07-013220-1/Imprimé en France.

180064